SHUTTER ISLAND
DENNIS LEHANE

禁 闭 岛

〔美〕**丹尼斯·勒翰** 著　　金宇 译

南海出版公司

新经典文化股份有限公司
www.readinglife.com
出　品

禁闭岛

献给克利斯·格里森和麦克·艾根，

他们是倾听者、知晓者，

间或也是传诵者。

……我们是否必须梦着我们的梦/并同时拥有它们?

——伊丽莎白·毕肖普:《旅行的问题》

目 录

序幕

摘自莱斯特·希恩医生的日志

一九九三年三月五日

    我已经很多年没见过这座岛了。上一次看见它还是在一位朋友冒险驶入外港的船上。它就在远处，孤零零地位于内海之外，笼罩在夏日的薄雾中。在苍穹的映衬下，就像一小块不经意涂上的油漆斑痕。二十多年来，我未曾再次踏上这座岛。但埃米莉说（有时是开玩笑，有时却很正经）她觉得我可能根本没离开过。有一次，她说时间对我而言只不过是一组书签，我借此在生命的篇章中来回穿梭，一次次地回到过去发生的事件之中。在我那些较为敏锐的同事眼中，正是这些事让我拥有抑郁症患者的全部典型特征。

    也许埃米莉没错，她通常都正确。

    不久，我也将失去她。只剩几个月的光景，阿克塞尔罗德大夫星期四告诉我们。去旅行吧，他建议，你们总说要去。到佛罗伦萨和罗马，还有春天的威尼斯。因为，莱斯特，他补充道，你自己看起来也不太健康。

我觉得也是。这些天，我乱放东西过于频繁，尤其是眼镜和车钥匙。我进了商店却忘了要买什么，走出剧院就想不起刚刚看过的剧情。倘若时间对我来说确实是一组书签，那么我觉得似乎有什么人拿起这本书摇晃了一番，里面那些泛黄的纸片、撕破的纸板火柴盒、压扁的咖啡搅拌棒纷纷掉落在地，书页的卷角也被抚平。

于是，我想把这些往事付诸笔端。我不是要更改情节，让自己处于更加有利的境地。不，不是。他绝不会允许我这么做。他的特别之处在于他比我认识的其他任何人都更痛恨谎言。我只想把事实原原本本地保留下来，从目前的储存设备（坦率地说，它已受潮并开始渗漏）中转移到纸页上。

阿舍克里夫医院坐落在小岛西北的中央开阔地，我补充一点，它给人一种祥和之感，看上去根本不像一家收押精神病刑事罪犯的医院，更让人无法想象从前曾经是军营。事实上，医院的外观让我们大多数人联想到寄宿学校。主楼群外，一座有着复式屋顶的维多利亚风格建筑是院长的居所，漂亮的都铎式深色微型城堡是我们总医师的寓所，过去曾住过南北战争时期北方联邦军东北海岸的指挥官。墙内便是员工宿舍——临床医师住在数座护墙板搭成的古雅屋舍里，杂工、警卫和护士则住在三幢低矮的煤渣砖宿舍楼里。主楼群中有多块草坪，还有修出造型的树篱、高大繁茂的橡树、苏格兰松、修剪整齐的枫树和苹果树。晚秋时节，果实会落到墙头，或坠入草丛。楼群中央是由炭黑色大石块和美丽的花岗岩砌成的医院大楼，两侧则矗立着一对殖民地风格的双子建筑。远处，除了悬崖峭壁、潮涨潮落的湿地，还有一道狭长的山谷。独立战争后的几年，那里曾有过一个集体农场，随后又被废弃。当初人们栽下的果树还在生长——桃树、梨树和野樱莓树——但已不再结果。夜间的山风时常咆哮着闯入谷中，发出猫叫一般的凄厉声音。

当然，还有那座堡垒。早在第一批医务人员抵达之前它就已建好，现在仍在那里，突兀地耸立在南边的崖壁上。更远处的灯塔则在南北战争前就已停用，在波士顿灯塔的光束下显得不合时宜。

从海上望去，岛并不起眼。你必须以泰迪·丹尼尔斯在一九五四年九月那个平静的早晨审视它的那种方式去想象它的模样。外港中央卧着一片灌木丛生的平地。你会认为，它几乎算不上是人们概念中的岛屿。它能有什么用呢？他当时也许这样想。能有什么用？

老鼠是岛上数量最可观的物种。它们在灌木丛中乱窜，夜间沿着海岸成队行进，爬上潮湿的岩石。有的老鼠和比目鱼一般大小。一九五四年的夏末有不可思议的四天，接下来几年，我一直在俯瞰北海岸那个山头的一条小径上观察它们。我惊奇地发现，有些老鼠会试图游到帕多克岛那边。帕多克岛不过是一杯沙砾中的一块石子，每天二十二小时浸没在海水中。潮水退至最低点时才会有一两个钟头露出水面。有时候，这些老鼠朝那里游去，数量不过十几只，但总是被汹涌的波涛推回来。

我用了"总是"一词，但事实并非如此。我曾见到一只老鼠成功了，仅此一次。一九五六年十月的那个"丰收月"①之夜，我见到它那披着黑色毛皮的身子蹿上了沙滩。

这也可能是我一厢情愿。我在岛上认识的埃米莉会对我说："莱斯特，你不可能看到的，离得太远了。"

---

① 最接近秋分的满月，通常在夏末出现。

她是对的。

然而，我知道自己看到了什么。一只肥大的老鼠蹿上了那片沙滩，沙地呈现出珍珠灰的色泽，被回涨的潮水一点点淹没。海水吞噬了帕多克岛，可能也吞噬了那只老鼠，因为我从没见它游回来过。

但是在那一刻，当我看着它匆匆逃上沙滩时（真的，我亲眼看到了，只不过距离远了点），我想起了泰迪。我想到泰迪和他可怜的亡妻多洛雷丝·沙纳尔，那对恐怖人物蕾切尔·索兰多和安德鲁·利蒂斯，以及他们加诸我们所有人头上的那场浩劫。我认为，如果泰迪当时和我坐在一起，也同样会看到那只老鼠。他会的。

我还将告诉你一些其他的事情。

泰迪？

他会鼓掌的。

第一天

蕾切尔

1

泰迪·丹尼尔斯的父亲曾是一名渔夫。一九三一年，他的渔船被银行没收，当时泰迪十一岁。在他的余生中，倘若别的渔船有活儿，他就去做雇工，没活儿时则在码头卸货。上午十点钟他回到家，大段大段的时间里，他都坐在扶手椅上，盯着双手，偶尔喃喃自语，眼睛变得大而幽深。

父亲曾带泰迪去看那些岛，那时泰迪还是个小男孩，年纪太小，在渔船上帮不上什么忙。他能做的不过是解开绳索，松开船锚。有好几回他划伤了手，指尖血迹斑斑，手掌沾着血污。

他们天未亮就出发了。太阳升起时，海天之间出现一抹冷冷的象牙白，那些岛屿便从渐渐退去的夜色中显现出来，蜷抱在一起，仿佛正在做什么见不得人的勾当。

泰迪看到，其中一座岛上，颜色柔和的小棚屋沿着海滩排开，另一座岛上，一幢石灰岩房屋破败不堪。父亲把鹿岛上的监狱指给他看，还有乔治岛上庄严的堡垒。在汤普森岛，高高的树林间满是鸟儿，它们的鸣叫就像冰雹和玻璃砸落时发出的尖锐的声音。

这些岛之外，那座被称为"禁闭岛"的小岛孤卧在那里，仿佛西班牙大帆船上扔出的一件物品。一九二八年的春天，小岛被废弃，植物肆意生长，绵延至制高点的堡垒也被藤条紧紧缠绕，爬满厚厚的苔藓。

"为什么要叫禁闭岛？"泰迪问。

父亲耸耸肩。"你就知道问为什么，总有那么多问题。"

"是啊，可是为什么呢？"

"有些地方一旦有了名字，就一直这么叫下去。可能是因为海盗吧。"

"海盗？"

泰迪喜欢听到这个词。他眼前浮现出他们的模样：彪形大汉，戴着眼罩，脚蹬长靴，手持雪亮的利剑。

父亲说："从前，那里就是他们的藏身之处。"他的手臂扫过地平线，"就是那些岛，他们躲在那儿，藏下金银财宝。"

泰迪想象那一箱箱金银财宝，钱币从箱子里溢出来。

后来他感到难受，反复而剧烈，呕吐物像一段段黑绳，从父亲的渔船一侧落入海中。

父亲很惊讶，因为之前泰迪从来没有吐过，而此时船已开出几小时，大海波澜不兴，在一片宁静中闪耀着光辉。父亲对他说："没关系，这是你第一次出海，没什么丢脸的。"

泰迪点点头，用父亲给他的一块布擦了擦嘴。

"有时候大海暗流涌动，你自己感觉不到，直到这种能量从你体内爆发出来。"

泰迪又点点头。他没法告诉父亲，让他反胃的并不是船的晃动。

是因为海水。海水在他们周围展开，将整个世界连成汪洋一片。泰迪深信，它可以吞没天空。那一刻之前，他从没意识到他们如此孤独。

他抬头看父亲，双眼潮湿发红。父亲说："会好起来的。"泰迪努力露出笑容。

一九三八年的夏天，父亲随一艘波士顿捕鲸船出海后便再也没有回来。第二年春天，几片船的残骸被冲上赫尔镇的南塔斯克特海滩。赫尔镇是泰迪长大的地方。一条龙骨，一块底部刻着船长名字的电热板，几个番茄土豆罐头，还有若干破了大洞、形状扭曲的捕虾笼。

人们在圣特丽莎教堂为这四名渔夫举行葬礼。教堂后面紧靠大海。就是这同一片海，曾夺去教区内众多居民的生命。泰迪与母亲站在一起，聆听致予船长、大副和一名渔夫的悼词。渔夫叫吉尔·雷斯塔克，是个经验丰富的老水手，自从带着粉碎的脚后跟和头脑中太多丑陋的景象从一战战场返乡后，就一直在赫尔镇的各家酒吧引发恐慌。然而，现在他死了，一名曾受他恐吓的酒保说，一切都已被原谅。

船主尼科斯·科斯塔承认，他几乎不认识泰迪的父亲，只是在开船前最后一刻雇了他，因为当时一名船员从卡车上跌落摔断了腿。不过，船长对他评价很高，说镇上人人都知道他很能干。这不就是对一个男人的最高褒扬吗？

站在教堂里，泰迪想起在父亲船上的那天，因为之后他们再也没有一起出过海。父亲总说还会去的，然而泰迪明白，父亲这么说仅仅是为了给儿子一点面子。父亲从未明说那天的事，但在回家途中，两人曾交换过眼神。那时他们正穿过那一串岛屿，禁闭岛已落在身后，汤普森岛还在前方，城市的天际线如此之近，清晰可见，让人觉得可以捏着一座建筑的尖顶把它提起来。

"这就是大海。"父亲说。他们背靠船尾，父亲的一只手在泰迪背上轻轻抚摸。"有人为它着迷，有人被它带走。"

父亲望着泰迪，让泰迪思考他长大之后会成为哪一种人。

一九五四年，他们从城里乘坐渡轮前往那里，途经一串被人遗忘的小岛——汤普森岛、景观岛、葡萄岛、巴布津岛、雷恩福德岛和长岛，它们凭借一团团沙子、粗硬的树木和白骨般的岩基，牢牢附在大海的表层。除了星期二和星期五要运送补给物品，平时渡轮班次不定。主船舱上所有设施都被撤走，只留下覆盖在地板上的金属板和窗下横着的两条钢板凳。凳子钉在地上，两端用螺钉固定在厚实的黑桩上。手铐和枷锁如意大利面一般从桩子上垂下。

不过，今天渡轮并不是遣送病人到精神病院的。船上只有泰迪、他的新搭档查克·奥尔和几个装着邮件的帆布袋，还有几箱药品。

旅程刚开始，泰迪就跪在马桶前大口呕吐，随着渡轮引擎咔嚓咔嚓的撞击声，他的鼻腔内充斥着汽油和夏末大海的油腻气味。吐出来的只有小股的液体，然而他的喉咙却不断收缩，胃不停地撞击食道底部，面前的空气也夹着如眼睛般眨动的尘埃快速旋转。

跟着呕吐物之后涌出的是一大股被堵住的气体，当它在嘴里爆发时，似乎把五脏六腑的一部分也带了出来。泰迪仰身坐在金属地板上，用手帕擦着脸，心想谁都不愿意以这样的方式开始一段合作。

他可以想象，查克回家告诉妻子——假如他有的话，泰迪甚至连这个都不知道——他与具有传奇色彩的泰迪·丹尼尔斯初次见面的情形。"亲爱的，他可喜欢我了，一见面就吐了。"

孩提时那次旅程之后，泰迪就不喜欢待在海上。他从未因此获得乐趣：四周没有陆地，目之所及望不到岸边，没有那些可以伸手触及而不至于消融其中的东西。他告诉自己这没关系，因为要跨过水域就必须这样，但事实并非如此。甚至在战争中，较之海岸敌方的猛攻，他更害怕岸边那最后几码路：双腿没在深处涉水而行，奇怪的生物在靴子上蜿蜒滑动。

然而，他还是宁愿到甲板上去，在新鲜空气中面对大海，而不是缩在这里享受病态的温暖，东摇西晃。

他确定这阵呕吐已经过去、胃不再翻腾、头也不再眩晕后，才把手和脸冲洗干净，在水槽上方的镜子里照了一下。玻璃镜面被海水中的盐分腐蚀了大半，泰迪刚好能够在镜子中央的一小块地方勉强看见自己：一名仍然相对年轻的男子，留着美国大兵式的平头，然而脸上已布满战争和之后岁月留下的痕迹。他对追捕和暴力的双重迷恋活生生地显现于那双曾被多洛雷丝形容为"狗一般哀愁"的眼睛里。

我还年轻，泰迪想，看上去不该这样愁苦。

他调整腰间的皮带，让手枪皮套落在臀部，接着从马桶顶部取回帽子戴在头上，调整了一下帽檐，让它略微右倾。然后他抽紧领带，这款花里胡哨的领带大约一年前就已过时，但他依旧系着，因为那是她送的。某年生日，他坐在客厅里，她用它轻轻蒙住他的双眼，双唇紧贴他的喉结，一只温暖的手抚着他的脸颊。她舌尖有橙子的味道。她悄然坐到他的腿上，解去他的领带。他闭上双眼，闻着她的味道，想象她的模样，将她的形象刻在脑海里。

泰迪仍可以做到闭上眼便看到她。但是，近来白色污点模糊了她的某些部分——一片耳垂、睫毛和头发的轮廓。虽然还不致完全模糊，但他担心时间正把她从他身边夺走，从他脑海里那些画面的边框上碾过，把它们碾得粉碎。

"我想你。"他说道，穿过厨房走到甲板上。

外面温暖而晴朗，但海水闪动着一丝丝铁锈般的暗色光芒，整体反射出泛白的灰色，这暗示着海水深处有什么东西正在变暗，正在聚集。

查克举起扁扁的酒瓶啜了一口，向泰迪歪了歪脖子，扬起一道眉毛。泰迪摇了摇头，查克于是把酒瓶塞回西装口袋，用外套衣襟盖住大腿，向大海望去。

"没事吧？"查克问，"你看上去脸色苍白。"

泰迪耸耸肩。"我没事。"

"确定？"

泰迪点点头。"刚刚适应船上的晃动。"

他们默不作声地站了片刻。大海在四周起伏，海水如丝绒般黑暗而柔滑。

"你知不知道，它过去是一个战俘营？"泰迪问。

查克说："你指这座岛？"

泰迪点头道："那是在南北战争时期。他们在岛上建了一座堡垒，作为兵营。"

"那堡垒现在用作什么？"

泰迪耸耸肩。"我也说不准。以前这里的各个岛上都有不少堡垒。战争期间，大多数都成了炮弹的练习靶子，现在所剩无几了。"

"可是这座精神病院……"

"据我所知，他们用了过去的旧营房。"

查克说："就像让病人进行基本训练，嗯？"

"我可不希望这事发生在我们身上。"泰迪转身背靠栏杆，"你有什么经历，查克？"

查克笑了。他比泰迪略壮一些，矮一些，大约五英尺十英寸高，满头浓密的黑色鬈发，皮肤呈橄榄色，纤细优雅的双手看上去与身体的其他部分不相协调，仿佛自己的手被送去店里修理，暂时向别人借来了这一双。他左脸颊上有个长柄镰刀状的小伤疤，他用食指在那里轻抠了一下。"我总是从这道疤讲起，"他说，"通常人们早晚都要问。"

"好啊。"

"这不是参战时弄伤的。"查克说，"我女朋友说，干脆就说它是打仗时弄的算了，省得麻烦，可……"他耸耸肩，"可是，它是玩打仗游戏弄的。我小时候和一个小孩在树林里用弹弓互相射击。他的石块没打中我，我应当没事，对吧？"他摇摇头，"那块石头打在树上，一块树皮弹到我脸上。因此就有了这么一道伤疤。"

"玩打仗游戏？"

"玩耍的时候，没错。"

"你是从俄勒冈调来的？"

"西雅图。上星期。"

泰迪等他往下说，但查克并没有进一步解释。泰迪问："你做联邦法警有多久了？"

"四年。"

"那你肯定清楚它的圈子有多小。"

"当然。你想知道我为什么会被调职？"查克点点头，好像做了什么决断，"要是我说我厌烦了老是下雨呢？"

泰迪在栏杆上方摊开掌心。"如果你这么说的话……"

"这圈子确实很小，就像你说的那样。大家互相都知根知底。所以到了后来，总会有——叫什么来着——闲言碎语。"

"就是那个词儿吧。"

"你逮住了布雷克，对吧？"

泰迪点了点头。

"你怎么知道他的下落？有五十个人追捕他，但都追错了方向，去了克利夫兰，只有你去了缅因。"

"他还是个孩子的时候，曾经和家人一起在那里避暑。还记得他怎么对待那些受害者吗？人们只有对马才会做出那种事来。我和他的一个姑姑聊过，她告诉我他唯一一次感到快乐，就是在离缅因州那座出租农舍不远的一个马场上。于是我就去了那里。"

"你打了他五枪。"查克的目光顺着船头向下落在翻滚的泡沫上。

"本来要再补上五枪，"泰迪说，"谁知道只用了五枪。"

查克点点头，朝栏杆外吐了口唾沫。"我女朋友是日本人。其实，她出生在这里，但你也明白……是在集中营长大的。现在形势仍然很紧张——在波特兰、西雅图、塔科马这些地方，没人喜欢我和她在一起。"

"所以他们把你调走了。"

查克点了下头，又啐了一口唾沫，盯着它落进翻涌的水沫中。"他们说它来势汹汹。"他说。

泰迪把胳膊从栏杆上抬起，站直身子。他的脸很潮湿，嘴唇沾了海水的咸味。令他有点惊讶的是，他并不记得浪花拍打过他的脸庞，但海水确实成功地追上了他。他拍拍外套口袋，找他的切斯特菲尔德牌香烟。"他们是谁？它又是什么？"

"他们，那些报纸，"查克答道，"它是指这场暴风雨。很厉害，报纸上说的。相当猛烈。"他朝苍穹挥动手臂，天空如船头激起的水沫一般苍白。但是沿着南部边缘，紫药水棉签似的一条细线墨渍一般扩张。

泰迪嗅了嗅空气的味道。"你还记得战争，是吧，查克？"

查克笑了。他微笑的方式让泰迪觉得他们已经开始习惯对方的节奏，开始知道怎样与对方相处。

"记得一丁点，"查克说，"我好像仍然记得瓦砾，非常多的瓦砾。人们总是看不上瓦砾，但我认为它们有自己的价值，有自己的独特美感。要我说这完全取决于观看视角。"

"你说话就像廉价小说里的台词。有人这么对你说过吗？"

"它来了。"查克又朝着大海微微一笑，身体靠向船头，伸展后背。

泰迪拍拍裤子口袋，在西装外套的暗袋里找什么东西。"你还记得军队部署任务经常依赖天气预报吗？"

查克用手掌摩挲下巴上的胡楂。"哦，是的，我记得。"

"你记得那些天气预报有几回是准的？"

查克皱起眉头，想让泰迪知道他正在对此进行适当的思考。然后，他咂咂嘴说："我敢说，大约有百分之三十的几率。"

"顶多？"

查克点点头。"顶多。"

"所以现在，回到我们目前所处的环境……"

"哦，回到目前的环境，"查克说，"可谓四平八稳哪。"

泰迪强忍着不笑出声来，现在他对此人非常有好感。四平八稳，老天！

"四平八稳。"泰迪同意，"你凭什么比那时候更相信现在的天气预报？"

"这个嘛，"查克说，这时地平线上一个下沉的三角形尖顶正窥视着海面，"我可不确定我对天气预报的信任可以用'更多'或'更少'来衡量。你想来支烟吗？"

泰迪对口袋的第二轮乱拍乱打进行到一半时停住，发现查克正盯着他，咧着嘴笑，笑容刻入伤疤下方的双颊。

"我上船的时候它们还在呢。"泰迪说。

查克扭头望向身后。"那些政府雇员，把你抢得一点都不剩。"查克从他那包幸运牌香烟里抖出一支，递给泰迪，用芝宝牌黄铜打火机替他点上。煤油发出的异味漫过充斥着盐味的空气，钻进泰迪的嗓子眼。查克啪地合上打火机，手腕一晃又快速打开，把自己那支也点上。

泰迪吐出一口烟，那座岛的顶端便消失在缕缕烟雾之中。

"在海外战场，"查克说道，"靠天气预报来决定你是否要带着降落伞包去跳伞区域或是前往滩头堡，那么，你冒的风险就大多了，不是吗？"

"对。"

"但是在国内，有点武断地去相信天气预报会有什么害处呢？这就是我想说的，头儿。"

现在，三角形尖顶以下的部分也逐渐呈现在他们的视野中，直到海面在小岛另一边平坦地展开。他们看到眼前景象色彩纷呈，仿佛是用画笔涂抹出来的——植被的一片柔绿，海岸线上的一段黄褐，北部边缘岩壁的单调赭石。渡轮颠簸着靠近时，他们在画面最顶部辨认出那些建筑不太尖锐的矩形边缘。

"太遗憾了。"查克说道。

"什么意思？"

"发展的代价。"查克一只脚踩着绳缆，背倚栏杆站在泰迪旁边。两人注视着这座正努力展露特征的小岛。"随着精神卫生领域的突飞猛进——大跨步的发展正在进行，你可别视而不见，到处都在发展——像这样的地方将会不复存在，二十年后将被人们称为蛮荒之地，维多利亚时代影响之下不幸的副产品。他们会说，它应当消失。他们会说，吞并。吞并才是这个时代的命令。欢迎你们进入这个组织，我们会抚慰你，重塑你。我们都是联邦法警。我们是个新团体，谁都不容许被排除在外，没有与世隔绝的孤岛。"

那些建筑再次消失在树林后面，但泰迪能分辨出一座圆锥形塔楼的模糊轮廓，还能依稀看到他觉得是堡垒的建筑突起的边角。

"可是为了确保将来，我们丢失了过去，不是吗？"查克将烟灰轻弹到水沫中，"这就是问题所在。当你扫地的时候，你扫走了什么，泰迪？灰尘、会招来蚂蚁的面包屑，但她随手一扔的耳饰下落如何呢？是不是也进了垃圾桶？"

泰迪问："她是谁？哪里来的她，查克？"

"什么时候都会有个她，不是吗？"

泰迪听见引擎的哀鸣声在他们身后变了音调，觉察到渡轮在脚下轻轻颠簸了一下。随着船渐渐朝小岛的西面驶去，他现在能够更加清楚地看见位于小岛南部悬崖顶上的堡垒。虽然炮已被撤走，但他仍可毫不费力地辨认出炮塔。陆地伸展到堡垒后方的山丘之间，他猜测围墙就在那后面，从他目前的角度望去，围墙隐在风景中，难以辨别。他估计阿舍克里夫医院就坐落在断崖绝壁后的某个地方，俯瞰着西海岸。

"你有女人吧，泰迪？你结婚了？"查克问。

"曾经有。"泰迪答道，回想起多洛雷丝的模样，在蜜月旅行时对他露出的那副神情。当时她转过头来，下巴几乎触到裸露的肩部，后背的肌肤轻轻扭动。"她死了。"

查克离开栏杆，脖子发红。"哦，上帝啊！"

"没关系。"泰迪说道。

"不，不是。"查克把手掌举到泰迪胸膛的高度，"这……我听说过。我不知怎么搞的，居然忘记了。好几年前的事情了，是不是？"

泰迪点点头。

"天哪，泰迪。我觉得自己像个白痴，真的。真是对不起。"

泰迪又看到了她的身影，背朝着他走过公寓的过道，穿着一件他的旧制服衬衫，哼着小曲跨进厨房。一阵熟悉的疲倦感侵入骨髓。他宁可做任何事情——甚至在海水中游泳——也不愿谈论多洛雷丝，不愿谈起她在这个世界上活了三十一年后突然死去的事实。就像上午他去上班时她还活着，下午便不在人世了。

但这就像查克的伤疤，他觉得，是在他们的交情更深一步之前不得不交代的事，否则那些"怎么会""在哪里""为什么"的问题就会一直横亘在他俩之间。

多洛雷丝去世已有两年，但到了夜晚就会在他的睡梦中复生。有时他清晨醒来，足足有几分钟都还以为她就在他们位于梧桐树大街的公寓里，在屋前的平台上喝咖啡，或是在厨房。这是大脑残酷的恶作剧，是的。但泰迪很久以前就接受了这种逻辑——从睡梦中醒来，归根结底，是一种类似刚刚出生的状态。你浮出水面，一片空白，然后眨眨眼，打打哈欠，重新召集你的过去，按时间顺序对记忆碎片进行洗牌，然后坚强起来面对现在。

比这更为残酷的是一系列看似毫无关系的物什能以某些方式勾起寄居在他大脑中有关妻子的回忆，就像点燃火柴那样。他从来无法预知那会是什么——一个放盐的调味罐、拥挤的街道上一个陌生女子的步态、一瓶可口可乐、玻璃杯上的唇膏印、一个抱枕。

所有这些触发记忆的物什中，最缺乏逻辑关系、最令人痛楚的莫过于——水，从水龙头里滴答落下，从天空中哗啦倾倒，在人行道上溅起泥浆，或者就像眼下，在他周围向四面八方铺展数英里。

他对查克说："我们的公寓楼起火了，当时我正在上班。死了四个，她是其中之一。她是被浓烟呛倒的，查克，并不是火。所以她死得并不痛苦。恐惧？可能有吧。但没有痛苦。那是最重要的。"

查克又从他的扁酒瓶里抿了一口，再次递给泰迪。

泰迪摇了摇头。"我戒了，火灾后就不喝了。要知道，她以前经常担心这个。她说我们这些士兵和警察都喝得太多。所以……"他能感觉到查克在他身旁陷入窘迫，就又说道："你必须学会承受那样的事情，查克。你别无选择。就像你在战争中看到的那该死的一切。记得吗？"

查克点点头。片刻时间，他眯起眼睛沉浸在回忆中，目光落在远处。

"这就是你所做的。"泰迪柔声说道。

"当然。"查克最后说，脸庞仍然泛着红色。

码头仿佛在光的幻术下突然出现。它从沙滩向外延伸，在远处看来像一长条口香糖，毫不起眼，颜色黯淡。

吐过之后，泰迪就一直感到脱水，刚刚过去的那几分钟让他觉得有些筋疲力尽。无论他怎样努力去承受她的离去，这份重量仍时不时将他压垮。他的头部左侧开始出现微弱的痛感，好像有一把旧汤匙凸出的一面压在那里。现在还很难判断这仅仅是身体脱水后的某种轻微症状，一次普通头痛的开始，还是更严重的病症的最初征兆——他从青少年时期起就患有周期性偏头痛。有好多次头痛十分剧烈，几乎让他一只眼睛暂时失明。光线变成了许多炙热的钉子，冰雹一般袭来。有一回——感谢上帝，那是仅有的一回——他有一天半的时间身体部分瘫痪。不过，这种偏头痛从来都不在他承担压力或工作的时候光顾，而仅仅在事后发作，一切尘埃落定，不再弹片横飞，追击宣告结束时。然后，只有在露天营地或军营里，或是从战场回来后，在汽车旅馆的房间内，抑或在乡村公路上驱车回家时，病症才逐渐加重。泰迪很早就已学会，对策就是保持忙碌，集中精力。只要你不停止奔跑，它们就无法追上你。

他对查克说："你听说过很多关于这个地方的事情吗？"

"一家精神病院，我知道的仅此而已。"

"收治精神病刑事罪犯的。"泰迪说。

"嗯，要不是这样，我们也不会到这儿来。"查克说道。

泰迪发现他又露出了那种嘲讽的笑容。"这可说不准，查克。在我看来你并不是百分之百精神稳定。"

"也许我们在这里的时候，我会留一笔钱订张床位，为将来做准备，确保他们会给我留个位置。"

"这主意不坏。"泰迪说话间，引擎熄火片刻，船头转向右方，他们也随着海浪摇晃，随后引擎再次发动，渡轮向码头靠拢，泰迪和查克很快又面向广阔的大海。"就我所知，"泰迪说，"他们擅长采用激进的疗法。"

"极端？"查克问道。

"不是极端，"泰迪说，"只是激进，两者有所区别。"

"近年来你可说不准。"

"有时候是很难预料。"泰迪同意。

"关于那个逃走的女人呢？"

泰迪说："我知道的很少。她昨晚溜走了。我的笔记本上有她的名字。我估计他们会将其他一切情况告诉我们。"

查克望向周遭的海水。"她要去哪儿呢？难道要游回家去？"

泰迪耸耸肩。"这里的病人，显而易见，都患有各种妄想症。"

"精神分裂症？"

"我猜是。无论如何，在这里你遇见的可不是平日里见到的先天智障者，也不是害怕人行道上的裂缝或者什么嗜睡的人。正如我从档案中了解到的那样，他们要严重多了，这里的每个人，你知道，都是真正的疯子。"

查克问道："可是，你认为有多少人是装出来的？我总想知道这个。你还记得战争中遇到的所有那些根据第八条款被除名的人吗？你认为有多少是真正的疯子？"

"在阿登地区，我曾和一个人一起服役——"

"你在那儿待过？"

泰迪点点头。"那个人，有一天醒来，说话就颠三倒四了。"

"是每个词语都颠倒，还是句子？"

"是句子，"泰迪说，"他会说'长官，血多太流了这里在今天'。差不多傍晚的时候，我们在一个散兵坑里发现他，那时他正用一块石头不断砸自己的脑袋。就那么砸，一遍又一遍。我们当时吵吵嚷嚷，过了一会儿才意识到，他已经把自己的眼珠挖出来了。"

"你是在逗我吧？"

泰迪摇了摇头。"几年后，我从一个人那里得知，他在圣迭戈的兽医诊所偶然遇到那个瞎了眼的家伙，那人说起话来仍然颠三倒四。他患有某种麻痹症，没有一个医生能诊断出病因。他整天坐在窗边的一把轮椅上，念叨着他的庄稼，说他必须去照料他的庄稼。但问题是，那人是在纽约的布鲁克林区长大的。"

　　"嗯，从布鲁克林来的人认为自己是个农夫，我猜他是根据第八条款被部队除名的。"

　　"他的症状确实像是。"

2

副院长麦克弗森在码头迎接他们。就头衔而言，他显得很年轻，金色头发略长于普通标准，一举一动中流露出瘦高个儿的优雅，让泰迪联想到得克萨斯人，或是在马背上长大的人。

他两边站着精神病院里的杂工，多数是黑人，也有几个表情麻木的白人，好像在婴儿时期没喂饱，自那时起就发育不良、闷闷不乐。

杂工们穿着白衫白裤，对泰迪和查克几乎瞧都不瞧一眼，甚至对任何东西都视而不见，只是沿着码头走到渡轮那里，等着卸货。

泰迪和查克应要求出示警徽。麦克弗森不紧不慢地审视一番，他看看证件，又对照他们的脸，眯起眼睛。

"我好像以前没见过联邦法警的警徽。"他说。

"那现在你一下子看到两个，"查克说道，"这日子可不寻常啊。"

麦克弗森慵懒地朝查克一笑，把警徽抛还给他。

海滩看上去最近几个夜晚一直受到海水的冲刷，到处散落着贝壳、浮木、软体动物的残骸，还有被生活在附近的食腐动物吃掉一半的死鱼。泰迪看到想必是从内港漂过来的垃圾——罐头，被海水浸透的纸团，一块被抛起后挂在树梢、在阳光下看不清号码的牌照。林子里大部分是松树和枫树，纤细而枯槁。透过林间的空隙，泰迪能看到一些建筑坐落在小岛的高地上。

喜欢日光浴的多洛雷丝也许会爱上这个地方，但泰迪却只能感受到海风的不断吹拂，这是一种来自大海的警告：能随时随地猛然扑来，把你吸入深渊。

杂工们把邮件和药箱搬到码头上，装入手推车。麦克弗森在一块写字板上签收货物，然后把写字板递还给渡轮上的一个警卫。警卫说道："那么，我们要开船了。"

麦克弗森在阳光下眨眨眼。

"这场暴风雨，"警卫说，"好像谁都不知道它厉害到什么程度。"

麦克弗森点点头。

"如果我们要回去，会联系警察局的。"

警卫点点头。"当心暴风雨。"他说道。

"会的，会的。"查克说，"我们会留心的。"

麦克弗森领着他们走上林间隐现的一条小径，走出树林来到一条人工铺设的道路上，它像个笑脸似的穿过小径。泰迪可以看到左右不远处各有一座房子。左边那座较为简朴，暗紫红色、带复式屋顶的维多利亚风格，有着黑色的边线和小小的窗户，看上去像是哨楼。右边的则是都铎式建筑，像一座耸立着的小小城堡。

他们继续前行，爬上一道陡峭而荒凉、遍布海洋植物的斜坡，四周的土地渐渐有了绿意，线条也柔和下来。然后他们到达山坡顶端的平缓地带，那里草坪向远处绵延数百码，最后止于一堵似乎逶迤穿过整座岛的橘黄色砖墙。砖墙高达十英尺，顶上竖着一道铁丝网。看到铁丝网，有什么东西触动了泰迪。他突然同情起所有墙那边的人，他们知道这些细细的铁丝意味着什么，意识到这世界多想把他们囚在墙内。就在墙外，泰迪看到几个穿着深蓝色制服的男子，他们垂着脑袋，凝视着地面。

查克发话道："精神病院的狱警。这看起来很诡异，希望你别介意我这样说，麦克弗森先生。"

"这里是需要最大限度严加守卫的机构，"麦克弗森说道，"我们按照两道特许令运作—— 一个是麻省理工附属医疗中心精神卫生部颁发的，另一个来自联邦监狱局。"

"这我明白，"查克说，"不过，我总怀疑——你们是不是没有太多可以在饭桌上谈论的话题？"

麦克弗森笑着微微摇了摇头。

泰迪看见一个身着和其他警卫相同制服的黑发男子，不同的是，他的制服有黄色肩章和立领，警徽是金色的。他是唯一昂首挺胸的人，一只手背在身后，阔步走在众人之间。这种步伐让泰迪联想到战争中遇到的上校们，对他们而言，发号施令是一种必须承担的责任，不仅源自军队，也源自上帝。男子把一本黑皮小书紧贴在胸前，朝他们行进的方向点点头，然后沿泰迪他们来时经过的斜坡走下去，黑色的头发僵硬地挺在微风中。

"那是院长，"麦克弗森开口道，"你们过些时候会见到他。"

泰迪点点头，疑惑为何不是现在就见到。院长消失在山坡的那一边。

一名杂工用钥匙打开高墙中央的那道门，大门敞开后，杂工们纷纷推车入内，两名警卫走到麦克弗森身前，分别站定在他的两侧。

麦克弗森挺直身板，一本正经地说："现在我给你们介绍一下这里的基本情况。"

"好啊。"

"你们会受到我们礼数周到的款待，得到力所能及的帮助。在逗留期间，无论时间长短，你们都必须遵守院规。清楚了吗？"

泰迪点点头，答道："完全清楚。"

麦克弗森的目光停留在他们头顶上方的某一点上。"我想，考利医生会向你们说明院规的具体内容，但我要强调一点：严禁在不受监控的情况下和本院病人有任何接触。明白吗？"

泰迪几乎要脱口而出：是，长官！就像在接受新兵训练。但他只是简短地回答："是的。"

"我身后右边的那栋房子是本院 A 区，属于男病区。B 区是女病区，在我身后左侧。C 区在悬崖那边，就在这片建筑群和职工区后面，没有书面许可及警卫和考利医生的亲自陪同，不得进入 C 区。"

泰迪和查克又是一阵点头。

麦克弗森伸出一只宽大的手掌，仿佛是在向太阳祈祷。"在此，我要求你们交出随身的枪械。"

查克看了看泰迪。泰迪摇摇头。

泰迪说："麦克弗森先生，我们是按正规程序受到任命的联邦法警。政府规定我们必须任何时候枪不离身。"

麦克弗森的声音如钢缆敲击在空气中一般："有关收治精神病刑事罪犯的监狱和精神病院的联邦法规第三百九十一条执行令规定，治安人员必须携带枪支，除非其直接上司或关押刑事罪犯或精神病患者的机构的安全责任人员命令任何人不得携带枪支。先生们，你们符合这一例外条件。我不会允许你们带着枪械走进这扇门。"

泰迪望着查克。查克头朝麦克弗森伸出的手掌一歪，耸耸肩膀。

泰迪说："我想要你们把缴械情况记录在案。"

麦克弗森说道："警卫，请做一下联邦法警丹尼尔斯和奥尔的缴械记录。"

"已记录，长官。"

"先生们……"麦克弗森说道。

麦克弗森右边的警卫解开一个小皮囊。

泰迪将大衣向后一扎，从皮套中取出警枪——一把左轮手枪。他手腕轻扭，啪的一声打开弹夹，然后把枪交到麦克弗森手里。麦克弗森把它递给警卫，警卫旋即放入皮囊，接着麦克弗森又伸出手来。

查克掏枪的速度有些慢，他在手枪皮套搭扣里摸索了一番，但麦克弗森没有表现出不耐烦，一直等到查克笨拙地把枪交到他手里。"你们的武器将存放于警卫室外面的物品保管室，"麦克弗森轻声说，话语如树叶般沙沙作响，"就在主楼群中间的医院大楼里。你们离开那天就可以取走。"麦克弗森又露出了他那轻松的牛仔似的笑容，"那么，涉及公务的事宜基本上就可以告一段落了。虽然我对你们并不了解，但我很高兴这件事终于结束了。我们去见考利医生怎么样？"

随后他转过身，带领一行人进了大门。大门在他们身后关闭。

墙内，草坪在主路的两侧铺开。主路以和围墙相同的砖块铺就。戴着脚镣的园丁照料着草坪、树木和花床，甚至还有一丛沿着医院墙根生长的蔷薇。园丁的两侧都有杂工，泰迪看到其他戴着脚镣的病人在以古怪的鸭步行走。大多数是男性，偶有一些女病人。

"第一批临床医师来这里的时候，"麦克弗森说，"这儿到处都是海洋植物和灌木。你们真该看看当时拍的照片。但是现在这里……"

医院左右两侧矗立着两座一模一样的殖民地风格的红砖建筑，门框窗棂都漆成亮白色，窗外有铁栅栏，窗玻璃因海水的涤荡和海盐的缘故而泛黄。医院大楼本身是炭黑色的，有六层，砖块被海水抚得平滑，顶部的天窗凝视着下方的楼层。

麦克弗森说："它在南北战争前不久建起来，原来曾被当作军营总部。很显然，他们原先按照某种设计，想把它建成训练场的模样。随后似乎战争迫在眉睫，于是他们把重心放在修建堡垒上，后来又把它改建成战俘营。"

泰迪注意到他在渡轮上见过的那座塔楼。塔尖刚好在小岛远端的树丛上方耸出。

"那是什么塔？"

"一座旧灯塔，"麦克弗森回答，"从十九世纪初就不再使用了。联邦军的部队在那里设了岗哨——我听说是这样，但现在它成了治理设施。"

"是给那些病人吗？"

他摇摇头。"污水治理。你肯定难以相信这片水域里都有些什么东西。从渡轮上看起来还挺迷人的，但这个州每条河流里的每件垃圾都顺流而下漂到内港，经过中港最终到达我们这里。"

"有趣极了。"查克边说边点上一支烟，旋即把烟从嘴边拿走，借此止住一个小小的哈欠。他在阳光下眨眨眼睛。

"在墙外头，那个方向——"麦克弗森指着 B 区后面说道，"是最初的指挥官寓所，你们也许在上山的路上看到过它。建造它的时候花了一大笔钱，山姆大叔看到账单就免了指挥官的职。你们应该去看看那个地方。"

"现在谁住那儿？"泰迪问道。

"考利医生，"麦克弗森说，"要不是因为考利医生，这里的一切都不会存在。还有院长。他们在这里创造了独一无二的东西。"

他们已经在主楼群后兜了一圈，见到了更多戴着脚镣的园丁和杂工。许多人在紧靠后墙的一片黑土地上锄地，其中一个园丁是个中年妇女，一头稀疏的小麦色头发，头顶几乎秃了。泰迪走过时，她紧盯着他看，然后举起一根手指放到唇边。泰迪注意到她喉部有一道深红色的疤痕，甘草一般粗细。她微笑着，手指仍停在唇边，接着朝他异常缓慢地摇摇头。

"考利在他那个领域里是个传奇人物，"麦克弗森说道，这会儿他们正绕过后面朝医院前面走去，"在约翰·霍普金斯和哈佛时都在班里名列前茅，年仅二十就发表了第一篇关于妄想症病理学的论文，多次为苏格兰场、军情五处和战略情报局会诊。"

"为什么？"泰迪问。

"你问为什么？"

泰迪点头，这好像是个合理的问题。

"这个……"麦克弗森似乎不知所措。

"战略情报局，"泰迪说，"就从他们说起吧。他们为什么要看精神医生？"

"因为战时的工作。"麦克弗森回答。

"嗯，"泰迪慢条斯理地说，"那，是哪种活儿？"

"机密工作，"麦克弗森说，"我想大概是。"

"机密到什么程度？"查克问，迷茫的眼睛望着泰迪，"如果我们想了解一下的话。"

麦克弗森在医院前面停步，一只脚落在第一级台阶上。他似乎

3

　　考利大夫瘦得可谓憔悴孱弱，虽然还不至于像泰迪在慕尼黑达豪集中营看到的那些人那样瘦到皮包骨头的地步，但他绝对需要好好吃上几餐。他黑色的小眼睛深嵌在眼窝中，从眼眶渗出的阴影向脸的其他地方扩散，双颊深陷，似乎要塌落的样子，脸颊周围的皮肤因陈年的粉刺疤痕而坑坑洼洼，嘴唇和鼻子像身体的其他部分一样干瘪，下巴尖削到形同于无的程度，剩下的那几根头发和他的眼睛以及眼睛下的阴影一般黑。

　　然而他的笑容却很有爆发力，欢快而灿烂，透着一种自信，这让他虹膜的颜色明亮了些。此刻他绕过桌子向他们致意，脸上绽出笑容，同时伸出手来。"丹尼尔斯警官，奥尔警官，"他说，"很高兴你们这么快就来了。"

　　他的手在泰迪手中很干燥，平稳有力，紧握的程度令人震惊。他紧握泰迪的手，直到泰迪从手掌至前臂都感受到这种压力。有那么一会儿，考利的双眼闪着光芒，似乎在说：你没料到吧？然后，他转向查克。

和查克握手时，他寒暄了一句"先生，幸会"，随后迅速收起笑容对麦克弗森说："副院长，你要做的就这些，多谢。"

麦克弗森道："好的，先生，深感荣幸，我先走一步。"说罢他便退出了房间。

考利的笑容又回来了，但这次却显得更腻，让泰迪联想到浮在汤上的那层薄膜。

"麦克弗森是个好人，他很热切。"

"哪方面？"泰迪问，在桌前坐下。

考利坐在柚木书桌后面，伸出手臂。"工作方面。这是法律秩序和临床治疗的高尚结合。就在半个世纪前，某些情况甚至不到半个世纪，当时人们顶多认为，我们现在处理的这些患者应当戴上枷锁，整天邋邋遢遢无人过问。他们到了固定时间就挨打，好像这样能把精神病赶走似的。人们把他们当成魔鬼，百般折磨，将他们绑在拷问架上，把螺丝钉钉进他们的脑袋，有时甚至淹死他们。"

"现在呢？"查克问。

"现在我们以符合道德标准的方式来治疗他们。我们试图治愈他们，让他们康复。即使没能成功，至少也给他们的生活提供一定程度的安宁。"

"那么，那些受害者呢？"泰迪问道。

考利抬起头，等他说下去。

"他们都是暴力罪犯，"泰迪说，"对吧？"

考利颔首道："事实上，相当暴力。"

"那么他们都伤过人，"泰迪说，"在很多病例中，都杀过人？"

"嗯，多数病例都是。"

"相对受害者而言，这些罪犯是否有安宁的感觉又有什么关系？"

考利说："因为我的工作是治疗他们，而不是受害者。对那些受害者我无能为力。任何人的工作都有一定范围，我也一样。我只能照顾到我的患者。"他微笑着说："参议员没向你们说明具体情况吗？"

泰迪和查克坐在那里面面相觑。

泰迪说："我们不知道什么参议员，大夫。我们是联邦法警局派来的。"

考利肘抵一张绿色的吸墨纸，下巴搁在交叉的双手上，从镜框上方注视着他们。

"那么，是我弄错了。你们知道些什么？"

"我们知道一个女囚犯失踪了。"泰迪把笔记本放在膝上，翻了几页，"她叫蕾切尔·索兰多。"

"请称她女患者。"考利露出死板的笑容。

"患者。"泰迪说，"抱歉。我们了解到，她在过去二十四小时内逃走了。"

考利的下巴和双手向上一扬，算是表示同意："昨天晚上。十点到十二点之间。"

"而且到现在还没找到。"查克说。

"没错，警官……"他伸手以示歉意。

"我姓奥尔。"查克说道。

考利双手上方的脸拉长了，泰迪注意到有水滴溅上他身后的窗子，不知是来自天空还是大海。

"你叫查尔斯？"考利问。

"是的。"查克回答。

"你看上去像是叫查尔斯的人，"考利说道，"但却不一定姓奥尔。"

"我想，这就很幸运了。"

"怎么会？"

"我们不能选择自己的名字。"查克说，"如果别人认为其中一个很合适，那就很不错了。"

"谁给你起的名字？"

"我父母。"

"你的姓呢？"

查克耸耸肩。"谁知道？这要追溯到二十代以前。"

"或者只有一代。"

查克坐在椅子上，身体前倾。"什么意思？"

"你是希腊人，"考利问道，"或者亚美尼亚人，是哪一个？"

"亚美尼亚人。"

"所以奥尔以前叫……"

"Anasmajian."

考利又眯眼凝视泰迪。"那你呢？"

"丹尼尔斯。"泰迪说，"第十代爱尔兰人。"他朝考利咧嘴微微一笑，"是的，大夫。我能对自己的名字追根溯源。"

"但你的教名呢？西奥多？"

"爱德华。"

考利往椅背上一靠，双手不再托着下巴。他用拆信刀轻敲桌沿，敲击声轻柔地持续着，如雪花落在屋顶。"我老婆，"他说，"叫玛格丽特。但除我之外没人这么称呼她。一些老朋友叫她玛戈，这还算说得过去。但其他人都叫她佩姬。我从来都搞不懂为什么。"

"怎么讲？"

"玛格丽特怎么会变成佩姬？但这是很普遍的。爱德华的昵称怎么会是泰迪？玛格丽特的拼写中没有字母 P，爱德华中也没有字母 T。"

泰迪耸耸肩。"你的名字呢？"

"约翰。"

"有没有人叫你杰克？"

他摇摇头。"多数人只叫我'大夫'。"

水滴轻轻击打着窗户，考利似乎还在回味他们的对话，目光明亮而幽远。这时查克问道："索兰多小姐是否具有危险性？"

"我们所有的患者都有暴力倾向，"考利说，"这就是他们在这里的原因。蕾切尔·索兰多在战争中成了寡妇。她把自己的三个孩子淹死在自家屋后的湖里。她将孩子依次带到湖边，把他们的脑袋按在水下直至溺死。然后她又把他带回屋内，安置在厨房的饭桌旁，在一名邻居来串门之前，还吃了一顿饭。"

"她把邻居也杀了？"查克问。

考利抬起头轻声一叹："没有。她邀请他坐下与他们共进早餐。他自然拒绝，并报了警。蕾切尔到现在还相信孩子们活着，在等她回家。这也许可以解释她为什么企图逃走。"

"为了回家？"泰迪说。

考利点头。

"她家在哪里？"查克问。

"伯克郡的一个小镇，距离这儿大概一百五十英里。"考利用下巴指指身后的窗户，"如果朝那个方向游，十一英里之内没有陆地。如果朝北面游，要一直游到纽芬兰才能上岸。"

泰迪说："你们已经搜过这座岛了？"

"是的。"

"非常彻底？"

考利抚弄着桌角的一个银质马半身像，过了几秒钟才回答："院长和他手下的人，以及一支杂工组成的分队花了整个晚上和大半个上午搜查了这座岛和医院的每一座楼。没有一点蛛丝马迹。更令人不安的是我们都不知道她是怎么从房间里逃出去的。房间从外面锁住，唯一一扇窗也装了铁栅栏。没有任何迹象表明门锁被人动过手脚。"他把目光从马身上移开，向泰迪和查克投去一瞥。"这就好像她直接穿墙而过从人间蒸发了。"

泰迪把"蒸发"记在笔记本上。"你肯定熄灯的时候她在房间里？"

"肯定。"

"为什么？"

考利把手从马半身像上抽回，按下对讲机的通话键。"马里诺护士？"

"在，大夫。"

"请叫甘顿先生进来。"

"马上就来，大夫。"

窗户附近摆着一张小桌子，上面有一壶水和四只玻璃杯。考利走过去倒了三杯水，在泰迪、查克面前各放一杯，端着自己那杯回到书桌后面。

泰迪问："你这里有没有阿司匹林？"

考利朝他微微一笑。"我想也许可以找出来几片。"他在书桌抽屉里摸索一番，拿出一个拜尔制药的瓶子。"两片还是三片？"

"三片好了。"泰迪感觉到眼睛里疼痛开始跳动。

考利从书桌那边递来药片，泰迪把它们往嘴里一抛，灌了口水。

"很容易头痛吗，警官？"

泰迪说："容易晕船，真不走运。"

考利点点头。"哦，脱水。"

泰迪也点点头。考利打开一个胡桃木烟盒，敞开着递给泰迪和查克。泰迪拿了一支，查克摇摇头，掏出自己那包烟。三人点燃香烟，考利打开身后的窗户。他回到座位上，从书桌那边递来一张相片—— 一个年轻女子，相当漂亮，可惜脸蛋却大打折扣：眼睛下方有黑眼圈，像她的黑发那般黑，眼睛睁得过大，仿佛有什么炙热的物体从脑袋里面直刺出来，无论她看到了什么，那东西都在相机镜头之外，在摄影师的目光之外，也许超乎任何已知世界——不宜被人看到。

她的神情让人有很不自在的熟悉之感，泰迪这时想起在集中营见过的一个小男孩，不愿吃他们给的食物。他在四月的阳光下倚墙而坐，保持着同样的神情直到眼皮合上，最后人们把他抬到火车站的尸体堆上。

查克发出一声低叹："我的天哪！"

考利抽了一口烟。"你这种反应是因为她显而易见的美貌，还是因为她表露出的疯狂？"

"两者都有。"查克说。

那样的眼睛，泰迪思忖着，就算因时间而冰封，它们也会咆哮，会让你想要爬进相片里说："别，别，别这样。不要紧，没事的。嘘——"会让你想要抱着她直到她停止颤抖，告诉她一切都会平安无事。

办公室的门开了，一个高个子黑人走进来，身着白色的杂工制服，头发中夹着簇簇银丝。

"甘顿先生，"考利道，"这就是我和你说起过的两位先生——奥尔警官和丹尼尔斯警官。"

泰迪和查克站起身来与甘顿握手，泰迪从这人身上察觉到一阵强烈的恐慌，好像和执法人员握手让他很不自在，生怕是带着逮捕令来抓他的。

"甘顿先生已经在这里工作了十七年。他是这里的杂工长。昨天就是甘顿先生护送蕾切尔回房的。甘顿先生？"

甘顿脚踝交叉，双手放在膝上，弓着背，眼睛盯着自己的鞋子。"九点的时候是小组会。然后——"

考利插了一句："他指的是由希恩医生和马里诺护士带领的小组治疗会。"

甘顿确认考利已讲完后才又说："嗯，没错。他们都参加了小组会，大概十点才结束。我送蕾切尔小姐上楼回她的房间。她进去了。我从外面锁上门。熄灯以后，我们每两小时检查一次。十二点我回来检查，朝里面一看，发现她的床上没人。我猜也许她在地板上。他们总这样，这些病人总睡在地板上。我就开了门——"

考利又插话道："用你的钥匙开的门，对吗，甘顿先生？"

甘顿朝考利点点头，目光回到自己的膝盖上。"我用我的钥匙开的门，没错，因为门是锁着的。我进了房间。到处都没有蕾切尔小姐的影子。我关上门，检查窗子和铁栅栏。它们也都严严实实的。"他耸了耸肩，"于是，我叫了院长。"他抬起头看看考利，考利如父亲一般对他轻轻点了点头。

"有什么问题吗，各位先生？"

查克摇摇头。

泰迪原本看着笔记本，这时抬起头来。"甘顿先生，你说你进了房间并且确认病人不在房内。你怎么这么肯定的？"

"什么，长官？"

泰迪说："房间里有橱柜吗？床下有她可以藏身的空间吗？"

"两样都有。"

"那你这两处都检查了？"

"没错，长官。"

"在门还敞开的情况下检查的？"

"什么，长官？"

"你说你进了房间，四下看过后没发现病人。然后，你就关上身后的门。"

"不，我……呃……"

泰迪等着甘顿说下去，又吸了一口考利给他的烟。这烟吸起来十分滑润，几乎是甜的，较他的切斯特菲尔德味道更浓，吐出的烟雾也不尽相同。

"一共就花了五秒钟，长官。"甘顿说，"橱柜上没有门。我看了那里，看了床下，然后关上门。没有她可以躲的地方。房间很小。"

"可是，如果她贴着墙呢？"泰迪说，"就在门的右边或左边？"

"不会。"甘顿摇头否定。从他低垂的双眼以及"是的，长官"和"不，长官"的回答中，泰迪第一次窥见了一丝愤怒，那是一种原始的怨恨。

"这不太可能。"考利对泰迪说，"我明白你的意思，警官。但是一旦你亲眼看见那个房间，就会明白，无论她躲在四面墙壁之内的任何地方，都很难不被甘顿先生发现。"

"一点没错。"甘顿说着，毫不掩饰地盯住泰迪。泰迪看得出，眼前这男子在工作原则问题上有着强烈的自尊心，自己一连串的质问无异于是对他的侮辱。

"谢谢你，甘顿先生。"考利说，"那就暂时到此为止吧。"

甘顿站起身，目光在泰迪身上逗留了几秒钟，然后说："谢谢，大夫。"随即走出房间。

屋内安静了片刻，等大家都抽完烟，在烟灰缸中掐灭，查克才说："我想现在该去看看那房间了，大夫。"

"当然可以。"考利说着从办公桌后走出来，提着一串钥匙，钥匙圈有轮毂盖那么大。"请跟我来。"

这是个狭小的房间，门朝里向右开，由于是整块钢板制成，且铰链润滑良好，因此一打开就重重地撞在右边墙上。左边是一道窄墙，再过去有一个小木柜，里面的塑料衣架上挂着几件罩衫和几条束带裤。

"刚才的说法没错。"泰迪承认。

考利点了点头。"站在门口看，她藏在屋子里任何地方都不可能不被发现。"

"不过，还有天花板。"查克说道。三个人都抬起头向上看，考利也露出微笑。

考利关上身后的门，泰迪的背脊立刻袭来一种禁闭感。他们把这里称为房间，但实际上就是一间牢房。悬在窄床后面的窗户装了铁条，右边靠墙摆着一个小小的梳妆台，地板和墙壁用的材料都是监狱特有的白色水泥。他们三人站在里面连转个身都可能互相撞到。

泰迪问道："还有其他人能进入这房间吗？"

"在夜里的那段时间？几乎没人会有理由待在病区里。"

"那是当然。"泰迪说道，"但是谁可以进来呢？"

"当然是那些杂工。"

"医生呢？"查克问道。

"呃，护士可以。"考利回答。

"医生没有这房间的钥匙吗？"泰迪问道。

"他们有。"考利的回答中透出一丝恼怒，"不过夜里十点左右，医生们都已经签名离开病区了。"

"而且上交了钥匙？"

"是的。"

"那该有一份记录吧？"泰迪问道。

"我不明白。"

查克说道："他们领取和上交钥匙时，是不是都要签名？大夫，我们就是想弄明白这一点。"

"当然是。"

"那么，我们可以查一下昨天晚上的签名记录吗？"泰迪说道。

"可以，当然可以。"

"记录本应该是在一楼我们之前看到过的那个铁笼里吧？"查克说，"有个警卫站在里面，他身后的墙上挂着钥匙。"

考利迅速点点头。

"还有员工的人事档案，"泰迪说道，"包括医务人员、杂工和警卫。我们需要查阅这些材料。"

考利用力盯着泰迪，好像他脸上突然冒出了黑蝇似的。"为什么？"

"有个女人从一个锁住的房间里消失了，是这样吧，大夫？她逃到了一个弹丸大小的岛上，可为什么就是没法找到她？我至少得考虑她可能有帮手。"

"再看看吧。"考利说道。

"再看看？"

"是的，警官，我必须得和院长以及其他一些工作人员谈谈，然后才可以对您这个请求做出决定，而且还是基于——"

"大夫，"泰迪说，"这不是什么请求。我们是政府派来的。就是在这个联邦机构，一个危险的囚犯——"

"是病人。"

"一名危险的病人，"泰迪说道，尽量让自己的声音平和，"已经逃走了。如果您拒绝协助两名联邦法警将这名病人逮捕归案，那么大夫，很不幸，您就是在……查克。"

查克说道："妨碍司法公正，大夫。"

考利看着查克，好像一直在等着泰迪发怒，但是查克并未留意。

"好吧，那么，"他的声音死气沉沉，"我能说的就是，我会尽我所能满足你们的要求。"

泰迪和查克交换了一个眼色，继续查看这个空房间。考利可能不习惯在表现出不悦后还被穷追不舍，所以他们索性给他点时间喘口气。

泰迪朝小衣柜里看了看，发现里面有三件罩衫、两双白鞋。"医院发给病人几双鞋？"

"两双。"

"她是赤脚离开房间的？"

"是的。"考利扶正白大褂下的领带，然后指着铺在床上的一大张纸说，"这是我们在梳妆台后面发现的，不知道这意味着什么，希望有人能给我们一个答案。"

泰迪拿起纸，翻过来发现另一面印着医院的视力表，字母呈金字塔形逐行缩小向下排列。接着他又把纸翻过来，举着让查克看：

4 的法则

我是 47

他们曾经是 80

＋你是 3

我们是 4

但是

谁是 67？

泰迪连举着这张纸都不愿意，它尖锐的边缘刺痛了他的手指。

查克说道："这我要是能看懂才怪。"

考利走到他们身边。"这和我们的临床结论差不多。"

"我们是三。"泰迪说。

查克两眼盯着那张纸。"啊？"

"我们可以是三，"泰迪说，"现在我们就有三个人，站在这间屋子里。"

查克摇了摇头。"她怎么能预料到呢？"

泰迪耸了耸肩。"我猜的。"

"是啊。"

考利说道："的确如此，不过蕾切尔玩起她的这些把戏很熟练。她的那些幻觉——尤其是她坚持认为三个孩子还活着——背后有一套非常复杂精细的架构支撑。为了自圆其说，她在讲述自己过往经历时还加了条主线，而且完完全全是虚构的。"

查克慢慢回过头，看着考利。"听懂您这番话我必须得去弄个学历才行，大夫。"

考利笑出声来。"回忆一下你小时候对父母撒过的谎，编得多么细致。你才不会只是简单地解释为什么会逃课或者忘记做家务，而是添油加醋地编出个奇妙荒诞的故事来。对不对？"

查克思忖片刻，点了点头。

泰迪说道："当然，罪犯们也做同样的事。"

"一点没错。思路就是混淆视听，让听者一头雾水，不知所云，直到他们累到听信任何谎话。现在再想想你们脑中反复出现的那些谎言。这都是蕾切尔干的好事。四年里，她从未承认过被关在精神病院里。在她看来，自己一直待在伯克郡的家中，而我们是邮递员、送奶工、邮局工人，刚好路过她家而已。不论现实如何，她靠纯粹的意志力让幻觉变得更加真实强烈。"

"但实际发生的一切怎么会对她毫无影响？"泰迪说道，"我的意思是，她毕竟是住在一家精神病院里。她难道不会在某些时刻意识到这点吗？"

"啊，"考利说道，"现在，我们就要谈到彻底的精神分裂症患者的妄想架构，那种真正骇人的魅力。如果你们认为，各位先生，你是唯一掌握事实的人，那么其他所有人就都在说谎。而如果每个人都在说谎……"

"那么他们所谓的事实，"查克说道，"一定都是谎言。"

考利用大拇指和食指比出手枪的样子瞄准他。"你开始明白了。"

泰迪说道："这和眼前的一串数字有关？"

"毋庸置疑。它们必须代表着什么。对蕾切尔来说，没有什么想法是多余的，或是次要的。她得让自己脑中的架构免于崩溃，而要做到这一点，她必须一刻不停地思考。这，"他敲了敲视力表，"是写在纸上的架构。我毫不怀疑它会告诉我们她去了哪里。"

转瞬之间，泰迪觉得它在对他说些什么，声音逐渐变得清晰。尤其是开头那两个数字，他很肯定，"47"和"80"。关于它们，他能感到有什么东西在刺激他的大脑皮层，这感觉就好像他在试图回忆起一首歌的旋律，而收音机却在放着曲调迥然不同的音乐。"47"是最容易的线索。它简直触手可及。它简直简单至极。它简直……

接着，所有可能的逻辑桥梁都垮掉了，泰迪脑中一片空白，他知道一切又逃走了——所有的线索、联系、桥梁，他再次把纸放回床上。

"精神病的世界。"查克说道。

"什么意思？"考利问。

"她去的地方，"查克回答，"本人愚见。"

"这个嘛，毫无疑问，"考利说道，"我想我们可以把这当成已知条件。"

4

他们站在房间外面。走廊被位于中央的楼梯分成左右两段。沿楼梯左侧的走廊走到中途，右手边就是蕾切尔的房间。

"这是这层楼唯一的出口？"泰迪问。

考利点头。

"没有通向屋顶的路吗？"查克问。

考利摇头否定。"到达屋顶的唯一通道是逃生梯，在大楼的南端。通道口有扇门，而且向来都上着锁。医院员工有钥匙，这个很自然，但病人没有。她要想上屋顶，必须先下楼，出了这栋建筑，用钥匙打开门，然后再爬上去。"

"不过你们检查过屋顶了吧？"

考利又点了点头。"还有病区里的所有房间，都查过了。我们一发现她不见了，就立刻清查。"

泰迪指向坐在楼梯前一张小牌桌边上的杂工。"那里二十四小时都有人在吗？"

"是的。"

"那么，昨晚一定有人在喽。"

"事实上，就是我们见过的杂工，甘顿先生。"

他们走到楼梯口，查克朝泰迪扬了扬眉毛，说道："这么说……"

"这么说……"泰迪应和。

"这么说来，"查克说，"索兰多小姐从上锁的房间里脱身，到了这里的楼梯，然后走下台阶。"他们也迈开步子走下台阶，查克竖起大拇指，朝正在二楼楼梯口等候他们的杂工指了指。"她又设法绕过这里的一个杂工，我们无从得知她是如何做到的，接着走完剩下的台阶，到了……"

他们走完最后一段楼梯，来到一扇正对他们敞开的大门前。门两侧墙边靠着几张沙发，厅中央摆着一张很大的折叠桌和几把折叠椅，光线从窗子照进来，大厅淹没在一片白光中。

"这里是主起居室，"考利说道，"晚上大多数病人都在这里。昨晚这儿还举行了一次小组治疗会。你们会看到，穿过门廊那边就是护士站。熄灯之后，杂工们都聚在这里。他们本应该擦地板、擦玻璃什么的，但多半我们会抓到他们在这里打扑克。"

"他们昨天晚上在做什么呢？"

"据值班的人说，当时牌正打得热火朝天。七个人，就坐在楼梯尽头的地方打扑克。"

查克两手叉腰，长出了一口气。"她又开始扮隐形人了，显然，她要么走左边，要么走右边。"

"朝右走会经过食堂，然后进入厨房。再继续走，会来到一扇用铁条封住的门前，每晚九点厨房工作人员一离开，就会设定警铃。往左走能到达护士站和员工休息室，那里没有通向楼外的门，唯一的出口就是起居室另一侧的那扇门，或者再沿楼梯后面的走廊往回走。这两处昨晚都有人看守。"考利瞥了一眼手表，"先生们，我有个会要开。如果你们有什么问题，可以咨询我们任何一位工作人员，或者找麦克弗森。他从案件之初就负责追查，应该会提供给你们想要的信息。工作人员每天早上六点准时在杂工宿舍地下室的大厅吃早饭。饭后，我们会在员工休息室集合，到时你们可以讯问任何一个在昨晚事发期间值班的人。"话音刚落，他便匆匆出了正门。他们看着他，直到他左转消失在视线中。

泰迪问："你觉得整件案子哪里不像有内部人员参与？"

"我倒是挺喜欢我的隐形理论。她把整个逃跑计划得天衣无缝。你懂我的意思吗？她可能正在某个角落监视我们呢，泰迪。"查克迅速扭头看了看，又转回来望着泰迪，"这值得我们好好想一想。"

下午，他们加入了搜查队，向内岛地区搜索，拂面的微风愈发温暖。岛上大半地方草木丛生，到处是野草和一片片高大茂密的牧草地，夹杂着古老橡树的卷须和其他浑身是刺的绿色藤蔓。大多数地方，即便用警卫带着的大砍刀也无法成功穿行。蕾切尔·索兰多不可能随身带着这样一把砍刀，而且即便带了，这座岛的秉性也似乎要让所有来访者都退回海滩上去。

这次搜查在泰迪看来杂乱无章，好像除了他和查克，其他人全都心不在焉。队员们低垂着眼睛，拖着沉闷的脚步，沿海岸线上方的环路逶迤而行。途中他们绕过一处由黑色巨石形成的石架，陡然进入视线的是一道悬崖，越过众人头顶，伸展到海面上方。在他们左侧，隔着一大片交织生长着青苔、荆棘和红色浆果的草丛，一块面积不大的林间空地从几座矮丘脚下向前伸展。山丘由低到高连绵起伏，最后与陡峭的悬崖相连。泰迪能看到山间宛如刀削的空隙，以及崖壁上的椭圆形缺口。

"这儿有山洞吗？"他问麦克弗森。

他点点头。"有几个。"

"全部搜查过了？"

麦克弗森叹了口气，双手围成杯状挡住风，点燃一支细雪茄。"她有两双鞋，警官。两双都在她的房间里。她怎么可能走过我们刚刚经过的路，穿过这些岩石的阻隔，再爬上那道峭壁？"

泰迪指向空地远处最矮的山丘。"她挑了条远路，从西边慢慢爬过来。"

麦克弗森在泰迪的手指旁边伸手一指。"看到那块空地的最低处了吧？你指尖对准的就是沼泽地。那几个矮丘脚下，遍地都是有毒的常青藤、槲树、漆树，大约一千多种不同的植物，而且都带着和我的那个一般大小的刺。"

"你的意思是大还是小？"这话是查克说的，他走在众人前面几步的地方，回过头来看。

麦克弗森笑了。"可能在两者之间吧。"

查克点了点头。

"我要说的就是，两位，她当时没有别的选择，只得紧紧贴着海岸线，而无论她选择向左还是向右，走到半路就没有海滩了。"他朝悬崖指去，"她会碰到这类玩意儿。"

一个小时后，在岛的另一侧，他们到了围栏处，围栏外是过去的堡垒和灯塔。泰迪能看到灯塔四周也有围栏将其圈在里面，门口有两名守卫，胸前挂着步枪。"这是污水处理厂吗？"泰迪问道。

麦克弗森点点头。

泰迪朝查克看去，查克扬起眉毛。

"这是污水处理厂？"泰迪重复一遍。

晚餐时，没人到他们这桌来。两人孤孤单单地坐着，身上被不经意溅到的雨点和那裏挟海水潮气的暖风弄得湿乎乎的。外面，随着微风变为强风，黑暗中的小岛开始隆隆作响。

"一个上锁的房间。"查克说道。

"光着脚。"泰迪说。

"穿过楼内的三处岗哨。"

"还有一屋子的杂工。"

"光着脚。"查克同意道。

泰迪搅了搅食物，是某种牧羊人吃的馅饼，肉里的筋多了些。"越过了一道布满通电铁丝网的墙。"

"或是穿过一道戒备森严的大门。"

"逃到外面去。"大风摇撼着整幢楼，摇撼着黑暗中的一切。

"光着脚。"

"没有人看见她。"

查克嚼着食物，喝了一小口咖啡。"如果有人死在这岛上——这种事总会发生，对吧？他们会如何处理呢？"

"埋掉。"

查克点点头。"今天你看到过墓地吗？"

泰迪摇头。"也许在某个被围栏围住的地方。"

"就像污水处理厂一样，没错。"查克推开餐盘，靠在椅背上，"接下来我们要跟谁谈话？"

"工作人员。"

"你认为他们能帮上忙吗？"

"你不这么认为？"

查克咧嘴笑了。他点燃一支烟，目光落在泰迪身上，然后轻轻笑出声来，烟雾随着笑声有节奏地往外吐出。

泰迪站在房间中央，把手放在一把金属椅子上。医务人员围着他站成一圈。查克则懒懒地靠着身旁的一根柱子，手插在口袋里。

"我猜，大家都明白我们在这里是为什么，"泰迪说，"昨天医院里有人逃走了。据目前了解，这个病人已消失得无影无踪。我们没有任何证据足以证明，这个病人逃出医院完全是靠自己而没有人帮忙。麦克弗森副院长，你说是吗？"

"是的。我觉得眼下做出这样的推测很合理。"

泰迪正欲接着发言，坐在护士边上的考利抢过话头说："两位先生能自我介绍一下吗？我们有些员工还不认识你们呢。"

泰迪站直了身子。"我是联邦法警爱德华·丹尼尔斯。这位是我的搭档，联邦法警查尔斯·奥尔。"

查克朝员工们轻轻一挥手，又把手插回口袋。

泰迪问道："副院长，你和你的手下在岛上四处都搜查过了吧？"

"当然搜过了。"

"都有什么发现？"

麦克弗森坐在椅子上伸了伸腰。"我们没发现女病人在逃的任何证据。没有扯破的布片，没有脚印，也没有压折的花草。昨晚海浪汹涌，海潮直逼岸头。游泳逃走绝不可能。"

"但她可能尝试过游泳。"此话出自护士克丽·马里诺之口。她身材苗条，一头红发。刚进屋时，她把盘在头顶并用发夹夹住的红发解开，将帽子平放在膝上，手指懒散地梳理着头发，透出一丝倦意。这让她成了屋子里每一个男人偷瞥的对象，手指梳理发丝的慵懒模样就像在说她此刻需要一张床。

麦克弗森说道："这话什么意思？"

马里诺的手指不再在发丝间穿梭，双手垂落到膝上。"我们怎么知道，她没有试图游泳逃跑，结果被淹死了？"

"那现在她的尸体差不多也该被冲到岸上了。"考利单手握拳掩住嘴打了个哈欠，"就外面那样的大浪？"

马里诺举起一只手，好像要说，哦，抱歉，小伙子们。然后她说道："我只是觉得该把这点提出来。"

"谢谢你。"考利说道，"警官先生，请你继续提问吧。今天可真是漫长的一天啊。"

泰迪瞥了查克一眼，查克斜睨着回望了他一眼。一个有着暴力史的失踪女病人还在这岛上逍遥，可这里的每个人似乎都只想早点上床睡觉。泰迪说道："甘顿先生已经告诉我们，他深夜十二点检查过索兰多小姐的房间，发现她失踪了。房间窗子和门上的锁都没有撬开的痕迹。昨晚十点到十二点间，甘顿先生，你是不是无时无刻不盯着三楼的走廊，没有走一点点神？"

几个人的脑袋扭向了甘顿。让泰迪十分困惑的是，有些人的脸上露出了幸灾乐祸的表情，就好像泰迪是一位小学三年级的教师，问了班上最出风头的学生一个问题。

甘顿垂眼看着自己的双脚回答："唯一一次我的眼睛没有盯着走廊，是在我走进她房间，发现她不见了的时候。"

"那得花上三十秒吧？"

"也就十五秒。"他的目光转向泰迪，"那个房间不大。"

"除此之外呢？"

"除此之外，十点钟的时候，每个人都被锁进了房间，她是最后一个进房间的，然后我就到楼梯平台上坐下，之后两个钟头没有见到一个人影。"

"你始终没离开过自己的岗位？"

"没有，长官。"

"没去拿杯咖啡，什么都没干？"

甘顿摇头否认。

"那么，各位，"查克说道，身子从柱子上挪开，走了过来，"我接下来要讲的可能比较离谱。我必须说，这么做只是为了讨论的需要，对甘顿先生毫无不敬之意。就让我们先假设，索兰多小姐莫名其妙地爬过了天花板，或从什么下面钻了过来。"

几名员工咯咯笑起来。

"然后她来到通向二楼的楼梯。她必须经过谁呢？"

一个乳白肤色、橘黄头发的杂工举起手来。

"你的名字是……"泰迪问道。

"格伦，格伦·米加。"

"好的，格伦。你昨晚一整夜都在站岗吗？"

"啊，是的。"

泰迪又说："格伦。"

"什么？"原本在拔手指上的倒刺的格伦停住手，抬起头来。

"请说实话。"

格伦朝考利那边看了一眼，再向泰迪望去。"没错，我是一晚上都在。"

"格伦，"泰迪说道，"别装糊涂了。"

格伦没有回避泰迪的注视，两眼慢慢睁大，然后说道："我去了趟卫生间。"

考利向前探了探身。"那谁替你站的岗？"

"我去撒了泡尿，"格伦说道，"只是小便，先生。抱歉。"

"花了多长时间？"泰迪问道。

格伦耸了耸肩。"一分钟，顶多。"

"一分钟，你确定？"

"我又不是骆驼。"

"确实。"

"我进去一会儿就出来了。"

"你违反了规定，"考利说道，"老天啊。"

"先生，我知道。我——"

"是在什么时候？"泰迪问道。

"十一点半，大约。"格伦对考利的恐惧正转化成对泰迪的憎恶。再多问几个问题，他就会变得充满敌意。

"谢谢，格伦。"泰迪说道，歪了歪脑袋，示意查克继续问。

"十一点半，"查克说道，"或者大约那个时候，是不是扑克牌还正打得起劲？"

几个人扭过头面面相觑，又转回来望着查克，然后一个黑人点了点头，接着其他杂工也都跟着点头。

"当时谁还在打牌？"

四个黑人和一个白人举起了手。

查克仔细打量为首的那个，就是第一个点头和举手的黑人，一个胖乎乎的家伙，剃了光头，光头在灯光下发亮。

"你的名字是……"

"特里，长官。特里·华盛顿。"

"特里，你们当时都坐在哪里？"

特里指着地板。"差不多就在这里，屋子正中间，对着那边的楼梯。一个人盯着前门，后门也有人看着。"

查克从他边上走过，伸长脖子观察前门、后门和楼梯。"好位置。"

特里压低声音："不光是要看着病人，长官。还有医生，几个讨厌我们的护士。我们本来不该玩牌的。必须要看得到有谁走过来，然后赶紧抓个拖把。"

查克笑道："你肯定非常神速。"

"你见过八月的闪电吗？"

"见过。"

"跟我抓拖把的速度比，那算慢了。"

这话把大家逗乐了，马里诺护士也忍俊不禁。泰迪注意到几个黑人正互相指指点点。他意识到在岛上的这段时间里，查克将扮演"好警察"的角色。他有和人交往的天分，好像在任何种族混杂的人群中都能悠然自得，不论他们是什么肤色，说的是什么语言。泰迪搞不懂西雅图分局怎么会他妈的让他走，有个日本女朋友又怎样！

相比之下，泰迪天生是个硬汉型的领袖。一旦人们接受了这点，就像战争中必须迅速接受那样，就可以和他相处融洽。不过在这之前，关系总会很紧张。

"好了，好了。"查克举起一只手示意大家不要笑了，而他自己却还笑个不停，"那么，特里，你们都在楼下打牌，什么时候意识到有些不对劲的？"

"当埃克——啊，我是指甘顿先生，他开始朝楼下嚷嚷'快叫院长来。这儿有人逃走了'的时候。"

"当时是几点？"

"零点零二分三十九秒。"

查克扬起眉毛。"你像钟那么准？"

"不是，长官。我受过训练，一出状况就会先看一眼钟。任何状况都可能是您所说的'事故'，我们都必须去填表，'事故报告表'。表上需要填写的第一项就是事故发生的时间。填过许多事故报告表之后，就会养成一发生情况就看时钟的习惯。"

他说话时，几个杂工频频点头，就像是在参加教堂布道会，嘴里发出几声"嗯哼"和"没错"。

查克给泰迪使了个眼色：瞧，这事你怎么看？

"那么就是零点零二分。"查克说。

"三十九秒。"

泰迪问甘顿："这零点后多出的两分钟，是因为你在到索兰多小姐房间之前还检查了其他房间，对吧？"

甘顿点点头。"沿走廊过去，她的房间是第五间。"

"院长是什么时间到达现场的？"泰迪问道。

特里回答："希克斯维尔——他是警卫——第一个从前门进来。我猜，之前他大概在看守大门。他到的时间是零点零六分二十二秒。院长在那之后四分钟到达，还带了六个人来。"

泰迪转向护士马里诺。"你听到了外面的骚乱，于是……"

"我把护士站的门上了锁。希克斯维尔穿过前门的时候，我差不多也到了娱乐厅。"她肩膀一耸，随即点了根香烟，其他几人见状也借机点燃了自己的烟。

"那么，不会有人在护士站从你身边绕过去吧？"

她用手腕托着下巴，两眼透过腾起的镰刀状烟雾盯住泰迪，"绕过我去哪儿？水疗室的门？人一旦进到里面，就会被锁在一个满是澡盆和几个小水池的水泥盒子里。"

"那地方检查过了？"

"查过了，警官。"麦克弗森说道，开始透出倦意。

"马里诺护士，"泰迪说道，"你参加昨晚的小组治疗了吗？"

"是的。"

"有没有出现什么异常情况？"

"请给'异常'下个定义。"

"什么？"

"警官先生，这里是一家精神病院，专门接收精神病刑事罪犯。'正常'可不是我们经常使用的字眼。"

泰迪朝她点点头，略显羞赧地笑了笑。"让我换个方法问。在昨晚的小组治疗中，有没有发生什么让人记忆深刻的事，相比，呃——"

"你是说和'正常'相比吗？"她说道。

这个反问让考利不禁微笑，人群中也发出几声零星的笑声。泰迪点点头。

马里诺思索片刻，烟头已经发白、变弯。她把它弹落到烟灰缸内，抬起头来。"没有，抱歉。"

"昨晚索兰多小姐发过言吗？"

"有过几次吧，我想是的。"

"说了些什么？"

马里诺朝考利望去。

考利说道："对这两位警官，我们暂且不必为病人的隐私保密。"

她点点头，但泰迪看得出她并不乐意接受这一点。

"我们在讨论如何控制愤怒情绪。最近医院出现了一些病人情绪失控的情况。"

"什么样的情况？"

"病人之间互相争吵、打架。也没什么特殊的，只是最近几个星期出现的小状况，很可能是气温太高的缘故。所以昨晚，我们讨论表现烦躁和不悦的恰当和不恰当方式有哪些。"

"索兰多小姐最近有没有出现过情绪问题？"

"蕾切尔？没有，蕾切尔只在雨天才会焦虑不安。昨晚小组会上，她只说了几句话：'我听到了雨声。我听到了雨声。雨还没来，但快了。这些吃的该怎么办呢？'"

"吃的？"

马里诺掐灭香烟，点点头。"蕾切尔很不喜欢这里的食物，她总是抱怨吃得不好。"

"她这么说有道理吗？"

马里诺的笑容刚露出一半便及时收住，双目低垂着说："可能有人会觉得她说得不无道理。对于任何理由和动机，我们不会做出好或者坏这类判断。"

泰迪点点头。"昨晚这里有位希恩大夫吗？是他主持的小组治疗。他在吗？"

没人吭声。几个人把烟头掐灭，扔到椅子间架子上的烟灰缸中。最后，考利说："希恩大夫早上搭船离开了，就是你们过来时乘的那艘船。"

"为什么离开？"

"他早就安排好要去度假，已经有一段时间了。"

"我们需要和他谈话。"

考利说道："我这儿有他关于小组会的总结材料，包括他所有的笔录。他昨晚十点离开医院大楼，回到自己的住处，今天早晨乘船离开。这次假期他十分期待，而且计划了很久，却一直拖到今天。我们没有理由再留住他。"

泰迪朝麦克弗森望去。"你批准他离开的？"

麦克弗森点点头。

"现在的状况是全岛封锁。"泰迪说道，"一个病人逃跑了。你怎么可以允许有人在封锁期间离开小岛？"

麦克弗森说道："我们在夜间确认了他的行踪。想来想去，都找不出阻止他离开的理由。"

"他是一名医生。"考利说道。

"我的老天！"泰迪低声叹道。这是他在刑事机构中遇到过的最严重的违规操作，可每个人脸上都挂着一副不以为然的表情。"他去了哪里？"

"你说什么？"

"度假，"泰迪说道，"去了哪里？"

考利眼望天花板，努力回忆着。"应该是……纽约。纽约市。那儿是他的老家。公园大道上。"

"我需要知道他的电话号码。"泰迪说。

"我不太明白为什么——"

"大夫，"泰迪说道，"我需要他的电话号码。"

"我会找给你的，警官。"考利依旧盯着天花板，"还需要什么吗？"

"这个是肯定的……"泰迪说道。

考利压低下巴看着对面的泰迪。

"我需要一部电话。"泰迪说道。

护士站的电话信号全无，除了拿起话筒时发出的电流嘶嘶声。病房区还有四部电话，都锁在玻璃橱窗里，打开锁拿起话筒发生的情况和前面如出一辙。

泰迪和考利医生走到位于医院主楼底层的接线总机处。他们一进门，脖子上挂着一副黑色耳机的接线员抬起头。"大夫，"他说道，"线路瘫痪了。就连无线电也没有信号。"

考利说："外面也没那么糟糕啊。"

接线员耸耸肩。"我继续试。倒不是和我们这里的天气有很大关系，主要是无线电那头的天气惹的祸。"

"继续试，"考利说道，"如果通讯恢复正常了，你通知我。这个人要打一个很重要的电话。"

接线员点点头，转过身把耳机重新戴到头上。

外面，空气像阻塞的呼吸一样凝滞。

"如果你不回去登记，他们会怎么样？"考利问道。

"你是说波士顿分局？"泰迪说道，"他们会在夜间报告中做标记。一般得过二十四小时后，他们才会紧张起来。"

考利点点头。"也许到那时，整件案子已告一段落。"

"告一段落？"泰迪说道，"这案子还没真正开始呢。"

考利耸耸肩，朝大门方向走去。"晚些我会在家喝两杯，没准抽上一两根雪茄。九点钟，要是你和你的搭档想来坐坐的话。"

"哦，"泰迪说道，"到时我们能谈谈吗？"

考利停住脚步，回头看着泰迪。围墙另一侧黑影笼罩下的大树开始摇晃并沙沙作响。

"我们一直都在谈，警官。"

查克和泰迪走在漆黑的路上，感觉到风暴在四周愈发膨胀，世界仿佛有了身孕般肿胀不堪。

"都是胡说八道。"泰迪说道。

"对。"

"彻头彻尾的谎话。"

"我是一名浸礼会教徒，我可以送你一句'阿门，兄弟'。"

"兄弟？"

"南方人是这么说的。我在密西西比待过一年。"

"真的？"

"阿门，兄弟。"

泰迪又向查克讨了一根烟并点燃了。

查克说道："你和分局联系过了？"

泰迪摇摇头。"考利说总机出了问题。"他抬起手，"就是这暴风雨，你瞧。"

查克吐净舌头上的烟丝。"暴风雨？在哪儿？"

泰迪说道："你能感觉到它要来了。"他望着暗青色的天空。"不过，在吹来这里的路上它破坏了他们的通讯中枢。"

"通讯中枢，"查克说道，"你还没离开部队？还是还在等你的D文件？"

"接线总机，"泰迪边说边用手里的香烟比画，"随便它叫什么。还有他们的无线电。"

"他们的无线电也废了？"查克瞪大了眼睛，"你是说无线电，头儿？"

泰迪点点头。"十分糟糕，一点没错。他们把我们困在一座岛上，寻找一个从上了锁的房间里逃掉的女人……"

"成功穿越了四处看守点。"

"和一个满是打扑克的杂役的房间。"

"登上了一堵十英尺高的砖墙。"

"墙顶还被通了电的铁丝网围住。"

"游了十一英里……"

"迎着发狂的潮水……"

"到了岸上。发狂，我喜欢这个说法。还有冰冷的海水。多少度来着？差不多有华氏五十五度？"

"六十度最多了。不过，晚上可能暖和些。"

"水温回到五十五度。"查克点点头，"泰迪，这整个案子，你懂吗？"

泰迪说道："还有失踪的希恩大夫。"

查克说道："你也觉得很怪，是吧？我不是十分有把握。感觉你给考利的颜色还不够，头儿。"

泰迪笑了起来，笑声划过夜晚的空气，消散在浪花飞溅的远处，好像从没有过这笑声，好像这小岛、大海和海盐夺走了你的思想和……

"……要是我们成了头版？"查克说着什么。

"什么？"

"要是我们上了报纸头版怎么办？"查克说道，"或者我们来这儿的原因只是帮他们干些脏活累活？"

"表述要清晰，华生大夫。"

又是一阵笑声。"好吧，头儿，继续保持你的幽默感。"

"我会的，我会。"

"我们暂且假设某个医生迷恋某个病人。"

"索兰多小姐。"

"你看过照片。"

"她很有吸引力。"

"吸引力？泰迪，她简直就是美国大兵柜子里挂的海报女郎。所以她控制了我们的伙计，希恩……你现在明白了？"

泰迪把香烟弹向风中，看着烟灰四散，烟头在微风中闪亮，接着又飞过他和查克身旁。"希恩神魂颠倒了，认定没有她就活不下去。"

"行动语是'生存'，在现实世界里做自由的一对。"

"所以他们逃跑，离开了小岛。"

"没准现在正在看法茨·多米诺的演出呢。"

泰迪在员工宿舍的另一头停住脚步，面向橘黄色墙壁。"但是为什么不找些帮手呢？"

"他们找过了。"查克说道，"根据协议，有人从这种地方逃跑，必须让我们介入。但如果他们想要掩盖自己员工涉案的真相，我们的出现就必须能证实他们编的故事属实——他们完全在按规矩办事。"

"那好，"泰迪说道，"可干吗要为希恩开脱？"

查克脚抵着墙，边点烟边放松膝盖。"我不知道。这点还没想清楚。"

"如果确实是希恩把她救出去的，显然他动用了一点关系。"

"必须如此。"

"还是不少关系呢。"

"几个狱卒，一两个看守。"

"渡轮上的人，可能还不止一个。"

"除非他们不是坐渡轮离开。没准他们自己有船。"

泰迪沉吟一番。"买船的钱从公园大道来，考利说的。"

"所以说是他自己的船。"

泰迪抬眼看到墙头上的细电网，四周露出的天空好像一个气泡紧紧挤压着玻璃。

"回答了一些问题，又带来一些问题。"泰迪停了片刻说道。

"怎么会呢？"

"那蕾切尔房间里那些密码又作何解释？"

"这个嘛，别忘了，她可是个疯子。"

"可为什么留给我们看？我是说，如果这单纯是为了打发我们回去结案，为什么不把事情简单化，比如说'狱卒睡着了'或者'窗子上的锁生了锈而我们没注意到'。"

"可能他们感到寂寞。他们所有人，需要外面世界的人陪。"

"没错。编个故事就是为了把我们引到这儿来，增加点谈资。这么说我相信。"

查克回身望着后面的阿舍克里夫医院。"玩笑暂且放在一边……"

泰迪也转过身来，两人一起面对着它。"是啊……"

"这个地方开始让人有点神经质了，泰迪。"

5

"人们把这里叫'巨室'，"考利一边说，一边带领他们穿过铺着木地板的门厅，来到两扇橡木门前，黄铜门把手足有菠萝那么大，"我没开玩笑。我老婆在阁楼里发现了一些没有寄出去的信件，是原主人斯皮维上校写的。信中他喋喋不休地谈到正在修建的这间巨室。"

考利向后猛拉其中一只菠萝把手，将房门打开。

查克低低吹了一声口哨。泰迪和多洛雷丝曾经在梧桐树大街上有一套公寓，空间之大令朋友们羡慕不已，屋子中间的走廊有橄榄球场那么长，可眼前的这个房间容得下两套那样的公寓。

地面是大理石的，到处铺着深色的东方地毯。壁炉高过大多数男人的头顶。单是那些窗帘——每扇窗子前悬挂着三码长的深紫色天鹅绒窗帘，房间里共有九扇窗——就得花掉泰迪一年以上的薪水，说不定要两年。一张台球桌占据屋内一隅，上方的墙上挂着几幅油画，一幅是身着南北战争时期北方联军蓝色军装的男子，一幅是穿着镶边白裙的女子，第三幅是这名男子和女子在一起，脚下还有一只狗，身后正是房间里的巨大壁炉。

"画中的是上校吗？"泰迪问。

考利顺着他的目光看过去，点了点头。"那些画完成后不久，他就被解职了。我们在地下室里找到了它们，连同一张台球桌、一些地毯和大部分摆在这里的椅子。你真该去看看地下室，警官先生，那儿大得能装下波罗球场。"

泰迪闻到了烟草的味道，是烟斗中的那种。他和查克同时转身，发现屋里还有个人。他背朝他们，坐在一把正对着壁炉的高背安乐椅上，跷着二郎腿，膝盖上搁着一本打开的书。

考利带他们朝壁炉走去，示意大家在一圈面向炉膛的椅子上就座，自己则走到酒柜旁。"想喝点什么，先生们？"

查克说道："黑麦威士忌，要是有的话。"

"我想我能找到一些。丹尼尔斯长官呢？"

"苏打水加点冰。"

陌生人抬起头看着他。"您不喜欢来点酒精？"

泰迪低头打量此人：小小的红脑袋樱桃似的顶在壮实的身躯上，浑身透着精致感。泰迪认为这肯定是因为他每天早上花太多时间在浴室里往身上涂抹爽身粉和精油。

"请问阁下是……"泰迪问道。

"我的同事，"考利说道，"杰里迈亚·奈林大夫。"

那人眨眨眼表示认同，但没有主动伸出手，泰迪和查克也不动声色。

"我很好奇。"奈林说道，这时泰迪和查克在斜摆在他左侧的两把椅子上坐下。

"那好极了。"泰迪说。

"您为什么不喝酒？干阁下这行的人，喝上几杯不是很正常吗？"

泰迪接过考利递来的饮料，站起身走到壁炉右侧的书架前。"再正常不过了，"他说，"那阁下呢？"

"您说什么？"

"干阁下这一行的，"泰迪说，"我总是听人说，其中的酒鬼多之又多。"

"根据我的观察，并不是这样。"

"那么，你看得还不够仔细吧，嗯？"

"我不太明白您的意思。"

"你的杯子里是什么？难不成是凉茶？"

泰迪的目光从书转向奈林，看见奈林朝杯子瞥了一眼，柔软的嘴角突然露出一抹微笑。"棒极了，**警官先生**。您的抗辩技巧真是出色啊，我猜您对审讯肯定很在行。"

泰迪摇摇头，他发现考利的存书中医学类的为数并不多，至少在这间屋子里是这样。大多数都是小说，有几本薄薄的册子泰迪估计是诗集，还有好几层架子上是历史和传记类图书。

"不对吗？"奈林说。

"我是联邦法警。我们负责抓人，仅此而已。大多数时候，谈话由别人负责。"

"我把它叫作'审讯'，您却称之为'谈话'。没错，警官先生，您的确有出色的抗辩技巧。"他用装着苏格兰威士忌的玻璃杯底部敲击了几下桌面，仿佛在鼓掌，"暴力之徒总是令我着迷。"

"什么之徒？"泰迪踱步来到奈林的椅子前，俯视着这矮小的男子，摇响杯中的冰块。

奈林脑袋向后一仰，喝了一口苏格兰威士忌。"暴力。"

"做出这种推断真可以见鬼去了，大夫。"此话出自查克，一脸愤怒表露无遗，泰迪从没见过他如此愤怒。

"我又没有推断什么，没有啊。"

泰迪又晃了晃杯子，一饮而尽，看到奈林左眼附近正在抽搐。"我同意我搭档的说法。"他说罢坐在椅子上。

"不——"奈林拖长音节说，"我刚才讲你们是暴力之徒，并不等同于指控你们很暴力。"

泰迪朝他露出灿烂的笑容。"那就请多指教了。"

他们身后的考利在留声机上放了张唱片，唱针沙沙地划着，随着零星的噼啪声和嘶嘶声，泰迪想起刚才那些电话机。这时舒缓的弦乐和钢琴曲取代了嘶嘶声，是古典音乐，他再熟悉不过了，具有普鲁士精神的古典音乐。泰迪回忆起国外咖啡馆里的音乐，还有他在达豪集中营一个副指挥官办公室里听到的唱片集，那人伴着旋律，朝嘴里开了枪。泰迪和四个美国士兵进入办公室时他还没死，喉咙里发出含糊不清的声音，枪掉在地上够不着，他没法再补上一枪。轻柔的音乐蜘蛛般爬满整个屋子，又过了二十分钟他才断气。他们搜索房间时，有人问他是不是感到痛。泰迪从那家伙的膝部拿起一张加框照片，里面是他的妻子和两个小孩。泰迪拿走照片时，那人瞪大眼睛，伸手想夺回来。泰迪向后站，看看照片，又看看他，来来回回反复看，直到他咽气。自始至终，音乐都在叮咚流淌。

"是勃拉姆斯吗？"查克问。

"马勒。"考利在奈林边上就座。

"你说请多指教。"奈林说。

泰迪手肘撑着膝盖，双手一摊。

"打从校园时代起，"奈林说，"我敢打赌，你们两个都不会看到打架就躲得远远的。这并不是说你们喜欢打架，而是你们根本不会考虑躲避，对不对？"

泰迪朝查克望去，查克朝他略带窘迫地微微一笑。

查克说："在我被抚养长大的过程中，没有逃跑这档子事。"

"啊，是的——抚养长大。是谁把你带大的？"

"熊。"泰迪说。

考利眼睛发亮，朝泰迪轻轻点头。

然而奈林似乎并不理会这个幽默，他抚了抚裤子的膝盖部位。"你信上帝吗？"

泰迪大笑起来。奈林身体前倾。

"噢，你是认真的吗？"泰迪问。

奈林等候回答。

"你见过集中营吗，大夫？"

奈林摇摇头。

"没见过？"泰迪也向前弓起身子，"你英语说得很好，几乎无懈可击。不过，辅音还是发得重了些。"

"警官先生，合法移民有罪吗？"

泰迪微笑着摇了摇头。

"那就回到上帝这个话题吧。"

"大夫，哪天你去看过集中营，再回来同我谈你对上帝的感受。"

奈林缓缓闭上眼睛，然后睁开，算是同意，接着目光落在查克身上。"那你呢？"

"我没亲眼见过集中营。"

"你信上帝吗？"

查克耸耸肩。"好长时间以来，我都不太会通过任何方式想到他。"

"自从你父亲去世后，对吗？"

这时查克也身体前倾，愈发清澈的双眼盯住那个胖墩。

"你父亲去世了，是吧？丹尼尔斯警官，你父亲也一样吧？我敢打赌，两位在十五岁生日之前，都失去了生命中占主导地位的男性人物。"

"方块五？"泰迪说。

"什么意思？"奈林的身子弓得更低了。

"这是你接下来要变的戏法吗？"泰迪说，"你会告诉我，我手上握着什么牌。或者，不，等等——你会把一名护士一分为二，从考利大夫的头上抓出一只兔子？"

"我说的这些不是什么戏法。"

"那这个呢？"泰迪说，真想把那颗樱桃脑袋从那壮实的双肩上拧下来，"你教一个女人如何穿过墙壁，从一栋满是杂工和狱卒的大楼上方飘过，然后漂洋过海。"

查克说："这个戏法不错。"

奈林又缓缓眨了下眼，让泰迪联想到被喂饱的猫。"我再说一次，你的抗辩能力还真——"

"啊，又来了。"

"厉害。但我们眼下的问题是——"

"眼下的问题，"泰迪说，"就是这个医院昨天夜间发生了九次恶劣的安全违规。有个女人不见了，但却没人去找——"

"我们在找。"

"找得很仔细吗？"

奈林向后一靠，偷瞥考利，让泰迪疑惑究竟谁是这儿的负责人。

考利对上泰迪的目光，下颌略微有些发红。"奈林大夫的职务之一，就是我们监事会的主联络员。我今天晚上请他来这里，是为了让他以这个身份回应你们先前提出的请求。"

"哪些请求？"

奈林用手护住火柴，再次点燃烟斗。"我们不会泄露医务人员的人事档案。"

"希恩。"泰迪说。

"任何人都不行。"

"你实际上就是在他妈的坏我们的事。"

"我不太懂你的意思。"

"出门多走走，你就明白了。"

"警官先生，两位可继续调查，我们将尽力协助，不过——"

"不必了。"

"什么意思？"考利这时也身子前倾，四人都弓着背，伸长脖子。

"不必了，"泰迪重复道，"这次调查结束了，我们坐明早第一班渡轮回市区。等我们把报告上交之后，我想会移交给联邦调查局。但我俩不会再插手。"

奈林的烟斗一直悬在手中。考利喝了一大口酒。马勒的音乐仍在流淌。屋内某处时钟滴答作响。屋外，雨势已很猛烈。

考利把空杯子放在椅子旁的小桌上。

"随你的便，警官。"

他们离开考利的住所时，外面正下着瓢泼大雨。雨水敲打着石板瓦屋顶和砖砌天井，也敲打着等候他们的黑色汽车。泰迪可以看见一片片倾斜的银色雨幕切断黑暗。从考利家的门廊走到汽车只有几步路，但他们还是被淋成落汤鸡。这时麦克弗森从车前绕过，跳到驾驶座上，甩甩头抖落雨水，溅湿了仪表盘，接着发动了那辆帕卡德汽车。

"今晚天气真不错。"他提高嗓门，声音盖过雨刮器的哗哗声和鼓点般的雨声。

泰迪透过后窗回头望去，看见考利和奈林站在门廊上目送他们，身影已渐渐模糊。

"人和兽都不适合出行。"麦克弗森说这话时，一根被刮断的细树枝正滑过他们的挡风玻璃。

查克问道："麦克弗森，你在这儿工作多久了？"

"四年。"

"以前有过出逃事件吗？"

"才没有呢。"

"那违规呢？比如说，有人失踪一两个小时。"

麦克弗森摇摇头。"这也没有。除非你，呃，他妈的疯了。否则你能躲去哪里呢？"

"那希恩大夫呢？"泰迪问，"你认识他吗？"

"当然。"

"他在这儿待多久了？"

"应该比我早一年来。"

"那是五年吧？"

"差不多。"

"他和索兰多小姐打交道多吗？"

"据我所知并不多。考利大夫才是她精神治疗的主治医师。"

"医院总医师去当某个病人的主治大夫，这种事情时有发生吗？"

麦克弗森说："这个……"

他们等着他回答，雨刮器继续发出哗哗声，幽幽的树影朝他们压来。

"要看情况。"麦克弗森说，这时帕卡德正穿过大门，他朝警卫挥挥手，"当然了，考利大夫担任 C 区很多病人的主治医师。还有，没错，其他病区一些病人的主治医师也是他。"

"除了索兰多小姐，还有谁？"

麦克弗森把车停在男宿舍门外。"我不下去帮你们开车门了，两位不介意吧？你们好好睡。我敢肯定，明天早上考利大夫会回答你们的一切问题。"

"麦克弗森……"泰迪打开他那边的车门时说。

麦克弗森回头望着他。

"你这方面不太在行。"泰迪说。

"哪方面？"

泰迪朝他冷冷一笑，下车步入雨中。

他们和特里·华盛顿以及另一个叫毕比·卢斯的杂工同住一间房。房间很大，有两组双层床，还有一小块休憩空间。他们进门时，特里和毕比正在打牌。在上铺，已有人替他们备好一叠白毛巾。泰迪和查克用毛巾擦干头发，然后各自拉了把椅子加入牌局。

特里和毕比打牌以一分钱为赌注，如果有人硬币用完了，也可以接受香烟作为替代。在七张牌一局中，泰迪唬住他们三人，以一把梅花同花顺赢走了五块钱和十八根香烟。他把烟放入口袋，然后就打得很保守。

结果表明，查克才是真正的高手。他保持一贯的愉快表情，令人难以猜透，面前的硬币和香烟堆成了山，最后还加上几张纸币。他朝小山底部瞟了一眼，似乎很惊讶面前怎么会有这么大一堆。

特里问道："警官，你是不是有透视眼啊？"

"我想是运气好吧。"

"放屁，去他妈的运气！他是施了什么巫术。"

查克说："或许某些王八蛋不应该拽耳垂。"

"啊？"

"华盛顿先生，每次差一张牌就凑成一副俘虏①的时候，你都会拽耳垂。"他又指向毕比，"还有你这王八蛋……"

其余三人都放声大笑。

"他……他——不，让我想想，他……他每次打算唬人时，眼睛就像松鼠那样滴溜溜地转，开始看每个人的筹码。不过，要是拿到一手好牌呢？他就镇定自若，自顾自出牌。"

特里开始肆意狂笑，拍着桌子问："那丹尼尔斯警官呢？他是怎么露出马脚的？"

查克咧嘴一笑："要我出卖搭档？不，不，不。"

"噢……"毕比指着桌子对面的他们俩。

"我做不到。"

"我明白，我明白，"特里说，"白人总是干这种事。"

查克脸色一沉，两眼瞪着特里，房间里的空气似乎被抽空了。

特里的喉结上下滑动，举起一只手试图道歉。这时查克说："一点没错，不然还能是什么原因？"然后他脸上的笑容如盛开的

---

① 三张同一点数的牌，加一对其他点数的牌。

花朵般绽放。

"王……八蛋！"特里抬手扇在查克的手指上。

"王八蛋！"毕比说。

"王八蛋。"查克说，然后他们三人像小姑娘似的发出咯咯的笑声。

泰迪想过要尝试作为一名白人去讲街头脏话，但他认定自己无法做到。可是查克呢？不知为何他能够做到。

"究竟是什么让我露出马脚？"躺在黑暗中时，泰迪问查克。房间那边，特里和毕比鼾声雷动，似乎要一决高下。外面的雨这半个小时下得小了，仿佛正在喘息，等候援军到来。

"玩牌的时候？"睡在下铺的查克说，"别提这事了吧。"

"不，我想知道。"

"你到现在还以为自己挺厉害，对不对？承认吧。"

"我不认为自己很差。"

"你是不差啊。"

"你让我输得很惨。"

"我只不过赢了几块钱。"

"你爸是个赌徒，对不对？"

"我爸是个浑蛋。"

"哦，对不起。"

"没事。那你的呢？"

"我老爸？"

"不，你叔叔——还用问，当然是说你爸。"

泰迪试图在黑暗中勾勒他的模样，却只能看见他那双手，上头布满疤痕。

"他是个陌生人。"泰迪说,"对每个人来说都是,甚至对我母亲。见鬼,我怀疑他连自己是谁都不知道。他就是他的船,他失去那条船后,便开始随波逐流。"

查克什么都没说,过了一会儿,泰迪估计他睡着了。他突然可以看见父亲了,整个人都可以看见,在没活儿可干的日子里坐在那把椅子上,被墙壁、天花板、房间吞噬。

"嘿,头儿。"

"你还醒着?"

"我们真的就此罢手了?"

"是啊,你觉得惊讶?"

"我不是在怪你,只是,我不知道……"

"怎么了?"

"我从没有半途而废过。"

泰迪静静地躺了片刻,最后说道:"我们连一句真话都没听到。我们没法突破,也没有什么可以退守,根本没法让这些人说实话。"

"我知道,我知道。"查克说,"我同意你的逻辑。"

"可是……"

"可是,我从来都不会半途而废。"

"蕾切尔·索兰多绝不会是在无人相助的情况下赤脚溜出了上了锁的房间。她得到了很多人的帮助,整个医院都在帮她。根据我的经验,如果你有些话不得不说,而整个团体的人都不愿意听,那你不可能取得突破。在我们只有两个人的情况下绝不可能。最好的设想是:我的威胁奏效,考利现在正端坐在他的宿舍里,重新考虑他的整个态度。或许明天早上……"

"那你是在唬人喽？"

"这话我可没说。"

"老大，我刚跟你打过牌啊。"

他们默默地躺着，泰迪聆听了一会儿海涛。

"你会噘起嘴唇。"查克说，声音开始因为犯困而变得含糊。

"什么？"

"你拿到好牌的时候，只有一秒钟的工夫，但你总会噘起来。"

"哦。"

"晚安，头儿。"

"晚安。"

6

多洛雷丝穿过门厅朝他走来。

她目含怒意，伴着不知从房间何处，可能是厨房传来的平·克劳斯贝的《天堂东边》小调走过来，手中攥着一瓶空了的JTS Brown 威士忌，喊道："天哪，泰迪。我的老天啊！"是他的威士忌空瓶。泰迪接着意识到自己的一个藏酒处被她发现了。

"你醒过酒吗？该死的你还能不能醒过酒来？回答我！"

可泰迪做不到。他说不出话来。他甚至不知道身在何处。他能看见她，看见她一路穿过门厅走向他，可就是看不到自己的身体，甚至无法感觉到。多洛雷丝身后门厅的另一端有面镜子，那里面根本没有他的影像。

多洛雷丝左转进了起居室，背部有些烧焦了似的，还冒着烟。她手中的瓶子不见了，头发里冒出缕缕烟雾。

她在一扇窗前驻足。"哦，看啊。它们真漂亮，在漂着呢。"

泰迪也来到窗边，站在她身旁。她不再是被烧焦的模样，而是浑身湿透。当他把手放在她肩头时，他能看见自己，自己垂落在她锁骨处的手指。接着她转过头，在他的手指上轻快地一吻。

"你干了什么？"他问道，可并不确定为何这样问。

"你看它们在那儿。"

"宝贝，你怎么全身都湿透了？"他急切地问，但她没有回答，不过他也不感到奇怪。

窗外的景色不是他期望的。那不是他们梧桐树大街公寓外的风景，而是一间他们只住过一晚的小木屋窗外的景色。外面有一个不大的池塘，上面漂浮着几根小木桩。泰迪注意到木桩表面十分光滑，在水中令人难以察觉地滚动着。月光下池水波光粼粼，一些地方转为白色。

"这个亭子真不错啊，"她说道，"是那么白，能闻到新刷上的油漆味道。"

"确实。"

"那么……"多洛雷丝说道。

"打仗时杀了不少人吧。"

"你为什么喝酒？"

"也许吧。"

"她在这儿。"

"蕾切尔？"

多洛雷丝点点头。"她从未离开过。你差点就看到了。差一点点。"

"四的法则。"

"是密码。"

"当然，但那是什么密码？"

"她在这儿。你不能离开。"

他从后面抱住她，把头埋入她的颈窝。"我不打算离开。我爱你。我是这么爱你。"

她的腹部裂开一道口子，涌出的液体从他指间流过。

"我已经是盒子里的一堆骨头了，泰迪。"

"不，我不相信。"

"我是。你必须醒过来。"

"可你就在我面前啊。"

"我不在。你必须面对现实。她在这里。你在这里。他也在这里。你可以数一数床位。他的确在这儿。"

"你说谁在这儿？"

"利蒂斯。"

听到这个名字，仿佛有什么东西刺穿他的皮肤，爬上他的骨头。"不可能。"

"是真的。"她扭过头来仰视着他，"你早就知道。"

"我不知道。"

"不，你知道。你没法离开这里。"

"你总是一副很紧张的样子。"他开始按摩她的肩膀，她发出一声略带惊讶的低吟，这让他感到一丝兴奋。

"我不会再紧张了，"她说，"我到家了。"

"这里不是家。"他说。

"这里当然是家。我的家。他在这儿，她也在这儿。"

"利蒂斯。"

"利蒂斯。"她接着说道，"我得走了。"

"不。"他哭了出来，"别走，留下来。"

"噢，我的老天。"她又倒向他怀中，"让我走，让我走吧。"

"求求你别走。"他的泪水滑过她的身体，和她腹部涌出的鲜血交汇在一起，"让我再抱你一会儿。就一会儿。求你了。"

她发出一串咕噜咕噜的声音，一半是叹息，一半是哀号，痛苦中透着绝望的美丽，然后吻了吻他的手背。

"好吧。抱紧我。用力抱。"

他把妻子揽入怀中，就这样一直抱着。

凌晨五点钟，雨滴敲打着整个世界。泰迪从上铺爬下来，掏出大衣口袋里的笔记本。他在之前打过扑克的桌子前坐下，把笔记本翻到记下蕾切尔·索兰多"四的法则"的那一页。

特里和毕比继续伴着雨声打着震天响的呼噜。查克则十分安静，一动不动趴在床上，一只手攥成拳头靠在耳旁，好像它在窃窃私语。

泰迪低头看着那页纸。一旦掌握诀窍，读懂它不费吹灰之力。这其实是小孩子才会用的把戏。可是，这毕竟是密码，泰迪直到六点钟才破译完毕。

他抬起头，发现查克正用拳头支着下巴从下铺看着他。

"我们要离开吗，头儿？"

泰迪摇了摇头。

"没人能在这种鬼天气离开。"特里边说边从床铺上爬下来。他拉起窗帘，露出一片珍珠白的风雨凄迷的景色。"根本不可能。"

突然间，梦境难以持续，随着窗帘拉起，她的气味蒸发不见，毕比一声干咳，特里大声打了个长长的哈欠。

泰迪怀疑——这已经不是第一次了，绝对不是——他怀疑时至今日自己可能已无力承受对她的那份思念。假如时光能倒转几年，回到发生火灾的那个上午，他愿用自己的身躯去代替她，他会这么做的。这一点毋庸置疑，多年以来他一直希望如此。随着时光流逝，对她的思念有增无减，对她的渴求成了他心头一道不会结疤的伤口，血流不止。

我刚才抱着她，他想告诉查克、特里和毕比。当平·克劳斯贝的低声吟唱从厨房的收音机里传出时，我抱着她。我能闻到她的味道，梧桐树大街公寓的味道，还有那年夏天一起去的湖泊，她的唇吻在了我的手指上。

我曾经抱住她。可这个世界不能满足我，只能让我回忆起失去的、永远无法得到的和短暂拥有的一切。

我们本来要厮守到老，多洛雷丝。生孩子。在老树下携手散步。我想看着那一道道皱纹刻上你的皮肤，清楚地记得每一道何时出现。同生共死。

我刚才抱着她，他想说。如果我能确定只要一死就能再次抱住她，那么我会迫不及待地举起手枪对准自己的脑袋。

查克凝视他，等待着。

泰迪说道："我破解了蕾切尔的密码。"

"哦，"查克说道，"就这些吗？"

第二天

利蒂斯

7

考利在 B 区的门厅与他们会面。他衣服湿透，满脸是水，看上去像是在公共汽车站的长椅上过了一夜。

查克说道："大夫，秘诀在于，卧床后就该入睡。"

考利用手帕擦了擦脸。"哦，这就是秘诀吗，警官？我知道我忘了什么。睡眠，正如你所说，没错。"他们沿着年久泛黄的楼梯拾级而上，向守在第一个楼梯平台处的杂工点头致意。

"奈林大夫今天早上还好吗？"泰迪问。

考利的眉毛充满倦意地扬起又落下。"对此我得道歉。杰里迈亚是个天才，但他应该表现得礼貌些。他想写一部关于历史上'男性战士'文化的著作。他无时无刻不把自己的这种念头带入谈话中，总想把人与他预先构想的模型对号入座。真是抱歉啊。"

"你们经常这样吗？"

"什么意思，长官？"

"围坐着喝酒，还有，呃，对人严加调查。"

"这大概是职业病吧。换一个灯泡需要几位心理医生？"

"不知道。几位？"

"八位。"

"为什么？"

"噢，别再分析过头了。"

泰迪和查克对望一眼，相视而笑。

"精神医生的幽默，"泰迪说道，"谁又猜得到呢？"

"你们俩知道精神病学近年来的发展状况吗？"

"一无所知。"泰迪回答。

"可谓斗争激烈啊。"考利边说边用那块潮湿的手帕掩面打了个哈欠，"观念战，哲学战，甚至还有心理战。"

"可你们都是大夫，"查克说道，"大夫就应当和和气气地玩耍，分享玩具。"

考利面露微笑，眼下他们正从守在二楼平台上的杂工身边走过。楼下传来一个病人的尖声叫喊，回声沿着楼梯夺路而逃，传到他们这里。那是充满哀怨的号叫，泰迪能从中听出绝望，听出它的任何渴求都将肯定无法得到满足。

"旧学派的人，"考利说，"相信休克疗法、局部脑白质切除术和针对最温顺的患者的水疗。我们称之为精神外科学。新学派则迷恋精神药理学。这是将来的趋势，他们说。也许是吧，我不知道。"他略一停，一只手搁在楼梯扶手上，驻足于二楼和三楼之间。泰迪能感觉到他精疲力竭，仿佛一只苟延残喘的活物。

"精神药理学在实际中如何运用呢？"查克问。

考利答道："已经有一种药物——它的名称是碳酸锂——刚被证明能够有效地使精神病患者放松，有些人会说，是能够制伏他们。镣铐会成为历史。链条、手铐，甚至连铁栏杆都将不复存在，至少乐观主义者这样认为。旧学派的人当然会争辩，说没有什么能取代精神外科。但我认为新学派的力量更强大，而且他们背后有金钱支持。"

"这钱从哪儿来？"

"当然是制药公司。赶紧买股票吧，两位，这样你们在退休时就能拥有自己的小岛了。新学派啊，旧学派。天哪，我有时还真能胡吹。"

"你属于哪一派？"泰迪柔声问道。

"信不信由你，警官，我相信谈话疗法，基本的人际交流技巧。我有这么个激进的想法，如果你对病人很尊重，倾听他想告诉你的事，也许你就能和他沟通。"

又一声号叫。来自同一个女人，泰迪相当肯定。声音传到楼梯上，回荡在他们之间，似乎引起了考利的注意。

"但这些病人呢？"泰迪问。

考利微笑。"嗯，没错，这些病人中有许多需要接受药物治疗，一些人还须戴上镣铐。这一点无可争议。但这是个误区。一旦你把毒药投入井中，又如何把它从水中取出？"

"没办法。"泰迪说。

他点点头。"没错，本应该是万不得已的手段，却渐渐成了标准的措施。我知道我把我的隐喻弄混了。睡眠不足，"他对查克说，"你是对的，我下次试试看按你的说法去做。"

"据说效果非常神奇。"查克说。他们登上最后一段楼梯。

在蕾切尔的房间里，考利重重地坐到床沿上，查克则倚门而立，问道："嘿！换一个灯泡需要几个超现实主义者？"

考利朝他望去。"我认输。几个？"

"笨蛋。"查克说道，发出爽朗的笑声。

"你总有一天会长大的，警官，"考利说，"不是吗？"

"我很怀疑。"

泰迪把那张纸举到胸前，用手指轻弹一下，引起他们的注意。"再看一眼吧。"

4 的法则

我是 47

他们曾经是 80

＋你是 3

我们是 4

但是

谁是 67 ？

一分钟后，考利发话："我太累了，警官。现在在我看来这就是一堆莫名其妙的东西。抱歉。"

泰迪望向查克，查克摇摇头。

泰迪说："就是这个加号给了我暗示，让我多看了一眼。你们看'他们曾经是 80'这一行字下面的那条线。我们应当把上面两行相加。结果是多少？"

"一百二十七。"

"一、二、七，"泰迪说，"没错，然后再加上三。但每个数是分开的，她要我们把这些整数分开。所以，一、二、七、三，加起来是几？"

"十三。"考利在床上稍微坐正了些。

泰迪点点头。"十三和蕾切尔·索兰多有什么特殊联系吗？她在十三号出生，在十三号结婚，还是在十三号杀了自己的孩子？"

"这我得查一下，"考利说，"不过对精神分裂症患者而言，十三通常是一个意义重大的数字。"

"为什么？"

他耸耸肩。"和对大多数人来说一样，十三预示着厄运。大多数精神分裂症患者都活在恐惧的状态下，这是这种病症的一个普遍现象，大多数患者都非常迷信，所以十三的意义非同寻常。"

"那样就说得通了。"泰迪说，"我们来看下一个数字，四。一加三等于四，但一和三放在一起呢？"

"十三。"查克不再背倚墙壁，抬头看着那张纸。

"最后一个数字，"查克说，"六十七。六和七加起来是十三。"

泰迪点点头。"这不是'四的法则'。这是十三的法则。蕾切尔·索兰多的名字里有十三个字母。"

泰迪看着考利和查克在心中默数这些字母。考利说道："继续说。"

"一旦我们接受这个设想，就会发现蕾切尔留下了一大堆线索。这份密码遵循数字对应字母这样一个最基本的法则，一就是 A，二就是 B。明白我的意思吗？"

考利点点头，查克几秒钟后也点了点头。

"她名字的首字母是 R，字母 R 对应的数字是十八。A 是一，C 是三，H 是八，E 是五，L 是十二。十八、一、三、八、五，还有十二。把它们都加起来，结果等于几？"

"天哪！"考利轻声喊道。

"四十七。"查克回答，睁大眼睛盯着泰迪胸前那张纸。

"那代表了'我'，"考利说，"她的名字。现在我明白了。但'他们'是谁呢？"

"她的姓氏，"泰迪答道，"是他们的。"

"谁的？"

"她丈夫的家族以及他们的祖辈，不是她的家族，不是她原来的姓，也有可能代表了她的孩子。无论哪种情况，原因都不重要，反正这是她的姓，索兰多。把字母拆开，把它们对应的数字相加，嗯，准没错，结果就等于八十。"

考利的身子从床边挪开。他和查克两人都站在泰迪面前，看向覆盖在他胸前的那份密码。片刻后，查克抬起头来望着泰迪。"你是谁——难道是爱因斯坦？"

"你以前破译过密码吗，警官？"考利问，目光仍停留在纸上，"在打仗的时候？"

"没有。"

"那你怎么能……"查克问。

泰迪的双臂举得发酸，于是把纸放到床上。"不知道。我做过很多填字游戏，我喜欢解谜。"他耸耸肩膀。

考利说："但你在国外的时候曾在陆军情报局工作，对不对？"

泰迪摇头。"只是常规部队。倒是你，大夫，你过去在战略情报局。"

考利答道："不，我只做过一些顾问工作。"

"什么类型的顾问？"

考利又露出他那蜻蜓点水式的笑容，几乎在出现的瞬间便消失无踪。"绝对不能提的那种。"

"但这份密码，"泰迪说，"它相当简单。"

"简单？"查克说，"就算你刚刚解释过，我到现在还想得头疼呢。"

"但对你来说呢，大夫？"

考利耸耸肩。"我能说什么呢，警官？我可没做过密码破译员。"他垂下头，摩挲着下巴，又把注意力转向密码。

查克望着泰迪，眼中充满问号。

考利说："这样我们弄明白了——唔，警官，是你弄明白的——四十七和八十的含义。我们也搞清楚了所有的线索都是对数字十三的排列组合。那么三呢？"

"同样，"泰迪说，"要么是指我们，如果这样的话，那她就是未卜先知了。"

"不太可能。"

"要么就是指她的孩子。"

"我更相信这个。"

"把蕾切尔加上三……"

"然后就得出下一行，"考利说，"我们是四。"

"那么谁是六十七？"

考利看着他。"你不会是明知故问吧？"

泰迪摇摇头。

考利的手指沿着纸张右侧向下划去。"这些数字中没有加起来等于六十七的吧？"

"没有。"

考利把一只手放在头顶，挺直身子。"你没有什么推测吗？"

泰迪说："我破译不了的就是这一处。无论它指的是什么，反正都是我不熟悉的，因此我想它可能指的是这个岛上的事物。你呢，大夫？"

"我，怎么讲？"

"有什么推测吗？"

"没有，我原本在第一行就卡住了。"

"是啊，你说过，太累了什么的。"

"非常累，警官。"说这话时他的目光紧紧盯住泰迪的脸，随后又投向窗户，看着雨水奔流而下，厚厚的雨帘将远处的景色阻隔在外。"昨晚你说你打算离开。"

"坐第一班渡轮走。"泰迪撒了个谎。

"今天已经没有船了。我很确定。"

"那就明天，或者后天。"泰迪说，"你仍然认为她在这里，在这个小岛上？"

"不，"考利答道，"我不这么想。"

"那她在哪里？"

他叹了口气。"我不知道，警官。这不是我擅长的。"

泰迪从床上拿起那张纸。"这是一个模板，指引我们破解以后出现的密码。我敢赌上我一个月的薪水。"

"如果真是这样的话？"

"那么她并不是企图逃跑，大夫。她把我们带到这里。我想一定还有更多的隐情。"

"不在这个房间里。"考利说。

"是的。但也许在这幢楼里，或者在岛上其他地方。"

考利深吸了一口房里的空气，一只手撑在窗台上，半死不活地站在那里，泰迪不禁想知道究竟是什么让他彻夜未眠。

"她把你们带到这里？"考利问，"有什么目的？"

"你来告诉我啊。"

考利闭上双眼，沉默良久，泰迪甚至在想他是否已经睡着。

他再次睁开眼，看着他们两人。"我今天一整天都排满了，员工会议，同监事开的预算会议，以及预防暴风雨袭击的紧急维护会议。如果你们知道一定会很高兴，我已经为你们俩安排好了，可以同索兰多小姐失踪那晚和她一起参加小组治疗的所有病人进行面谈。谈话预定在十五分钟后开始。两位先生，我很感激你们到这里来。真的。无论你们怎么看，我已经是尽量满足你们了。"

"那你给我希恩大夫的人事档案。"

"那个不行，绝对不能。"他向后一仰头靠在墙上，"警官，我让接线总机的操作员不停地拨打他的电话，但目前为止还联络不上任何人。我们现在只知道整个东部沿海地区都被水淹了。耐心，先生们，我唯一的要求就是耐心。我们会找到蕾切尔，或者会查明她究竟发生了什么事。"他看看表，"我迟到了，你们还有什么事吗？要不就晚点再说。"

泰迪和查克站在医院外面的雨棚下面。目之所及，一片片如火车车厢那么大的雨帘倾泻而下。

"你认为他知道六十七代表了什么？"查克问。

"是的。"

"你认为他在你之前就破解了密码？"

"我想他在战略情报局工作过。他在那个部门肯定学到了一两手。"

查克擦擦脸，朝路面弹了弹手指。"他们这里有多少病人？"

"数量很少。"泰迪回答。

"嗯。"

"大概二十个女人、三十个男人？"

"不多。"

"嗯。"

"怎么也不会到六十七个人吧。"

泰迪扭过头看着他。"但是……"查克说。

"是的，"泰迪说，"但是。"

他们向远处的树林望去，目光落在更远处的堡垒顶部。它在暴风骤雨之中变得模糊难辨，像一张挂在烟雾缭绕的房间里的炭笔素描。泰迪想起梦中多洛雷丝说过的话：数一数床位。

"你估计他们这儿有多少人？"

"我不知道，"查克说，"我们得问一下那位乐于助人的医生。"

"噢，是的，他只会嚷嚷着说'乐意帮忙'，不是吗？"

"嘿，头儿。"

"嗯？"

"你这辈子有没有见过国家用地像这样浪费？"

"此话怎讲？"

"两个病区里只有五十个病人？你认为这些楼房里可以容纳多少人？再多几百号人？"

"至少。"

"还有医患人数的比例。大概要超过二比一。你见过这样的情况吗？"

"我得说没见过。"

他们望着大雨冲刷下嘶嘶作响的大地。

"这他妈的是什么鬼地方啊？"查克说。

讯问在餐厅里进行，泰迪和查克在后面的一张桌子旁入座。两个杂工坐在招呼一声就能听到的地方，特里·华盛顿负责把病人带过来，问完话后再把他们带走。

第一个病人是个满脸胡楂、萎靡不振的家伙，不断地抽搐，不停地眨眼。他弯腰驼背地坐着，活像一只鲎，还挠着手臂，不肯看着他们的眼睛。

泰迪垂目看着考利提供的档案第一页——只是考利凭记忆写下的几句简短的描述，并非真正的患者档案。这个病人排在第一个，叫肯·盖奇，他被送到这里是因为他在街角杂货店的过道里袭击了一名陌生人，用豌豆罐头猛砸受害者的头部，并且自始至终都压低嗓门重复说着"不要再看我的信了"。

"那么，肯，"查克问，"你好吗？"

"我着凉了。我的脚着凉了。"

"那真是太糟糕了。"

"走起路来很疼，真的。"肯挠着手臂上一处结痂的创口边缘，好像在为它小心翼翼地划出一条护城河。

"前天晚上你是不是参加了小组治疗？"

"我的脚着凉了，走路很疼。"

"你要袜子吗？"泰迪试探地问。他注意到那两名杂工朝他们看过来，正在窃笑。

"对。我要一些袜子。我要一些袜子，我要一些袜子。"他低声说，低垂的脑袋微微晃动。

"好吧，我们马上去给你拿。但我们必须知道你是不是——"

"实在太冷了。我的脚？真冷啊，走路很疼。"

泰迪望了望查克。杂工的咯咯笑声传到桌子这边，查克朝他们微微一笑。"肯，"查克说，"肯，你能看着我吗？"

肯依旧垂着头，继续晃动。他的指甲抓破了那个痂，一小股血渗入手臂的汗毛。

"肯？"

"我没法走路，这样不能走路，这样不能。好冷，好冷，好冷啊！"

"肯，快，看着我。"

肯双手握拳落在桌子上。

两名杂工站起身，这时肯说道："本来不会疼的，不会的。可他们想要这样。他们把寒气注入空气，注入我的膝盖骨。"

杂工们走到桌前，目光越过肯落到查克身上。那个白人问："你们问完了吧，还是想听更多关于他的脚的事情？"

"我的脚很冷。"

黑人杂工扬起一道眉。"没事的，肯。我们会带你去水疗室，让你暖和起来。"

白人说："我在这里有五年了，他的话题从没换过。"

"从来都没有？"泰迪问。

"走起路来好疼。"

"从来没有。"那个杂工回答。

"走路很疼，因为他们把寒气注入我的脚里……"

接下来的一个叫彼得·布林，二十六岁，一头金发，身材矮胖。他习惯把指关节扳得咔咔作响，还喜欢啃指甲。

"你是因为什么才到这儿的，彼得？"

彼得用那双似乎永远潮湿的眼睛望着桌子对面的泰迪和查克。"我总是非常害怕。"

"害怕什么？"

"东西。"

"好吧。"

彼得把左脚架在右膝上，两手紧握脚踝，身体前倾。"听上去很愚蠢，但我害怕手表。滴答滴答的声音会钻进你的脑袋里。还有老鼠也让我害怕。"

"我也怕。"查克说。

"是吗？"彼得喜形于色。

"见鬼，是真的。那些吱吱叫的杂种。只要看一眼，我就吓得直哆嗦。"

"那你晚上可别到围墙那边去，"彼得说，"到处都是老鼠。"

"谢谢你告诉我。"

"铅笔，"彼得说，"铅笔芯，知道吧？落在纸上的沙沙声。我也怕你。"

"我？"

"不，"彼得说，用下巴示意泰迪，"他。"

"为什么？"泰迪问。

他耸耸肩。"你人高马大，小平头看上去让人觉得讨厌。你能控制好自己。你的指关节上都是伤疤。我父亲也像这样。他没有伤疤。他的手很光滑。但他看上去也很坏。我的兄弟们也一样。他们以前常常对我拳打脚踢。"

"我不会揍你的。"泰迪说。

"但是你能。你不明白吗？你有那种力量。我没有。这让我容易受伤。这种脆弱的状态让我害怕。"

"当你害怕的时候会怎么样?"

彼得抓住脚踝前后摇晃,刘海垂下盖住额头。"她人很好。我并不想怎样。但她叫人害怕,她的大胸,屁股在白裙子下扭动的样子,每天来我们家,这些都叫我害怕。她看我的眼神就好像……你知道大家对小孩露出的那种微笑吗?她就是那样对着我笑。但她跟我一样大。哦,好吧,可能要大几岁,但她只不过二十多岁。她有那么多性知识。这在她眼里表露无遗。她喜欢赤身裸体,她会口交。然后她问我是否能给她倒杯水。她跟我单独待在厨房里,装作若无其事的样子。"

泰迪把档案侧过来,让查克也能看到考利的记录:

> 患者用一个破碎的杯子攻击照顾他父亲的护士。受害人重伤,留下永久性疤痕。患者否认应对此行为负责。

"仅仅是因为她吓到我了,"彼得说,"她要我把家伙掏出来,让她嘲笑。让她来告诉我如何永远不能跟女人一起,永远不会有自己的孩子,永远不能成为男子汉。因为,要不是这样的话,我的意思是说你知道,你们能从我脸上看出来——我连一只苍蝇都不会伤害。我不是这样的人。但是当我害怕的时候呢?噢,我的大脑!"

"它怎么样?"查克的声音抚慰人心。

"你想过吗?"

"你的大脑?"

"大脑,"他说,"我的,你的,任何人的。它在本质上是个引擎。一个非常精巧、结构复杂的马达。里面各种零件都有，所有那些齿轮啊，螺钉啊，铰链啊。我们甚至连其中半数是用来做什么的都不知道。但是假如有一个齿轮滑脱了，就那么一个……你有没有想过这个？"

"最近没想过。"

"你应该想想的。就像是一部汽车。一样的道理。一个齿轮滑脱了，一个螺钉裂开了，整个系统就失去控制。你能忍受这一切吗？"他敲敲太阳穴说，"它就被困在这里，而你就是不能触及它，你没法真正控制它。但它却能控制你，不是吗？如果有一天它决定不再正常运转了，"他身体向前倾，他们能看见他颈部的肌腱绷得很紧，"那就有你受的，是不是？"

"有趣的观点。"查克说。

彼得向后靠在椅背上，突然变得有气无力。"那就是最叫我害怕的。"

泰迪的偏头痛让他有点明白一个人对自己的头脑如何缺乏控制。因此他大体上能认同彼得的观点，但眼下他最想做的是掐住这个混账的脖子把他抓起来，摔在餐厅后面的一个烤箱上，拷问他那个遭他伤害的可怜护士的事情。

你是不是连她的名字都不记得，彼得？你以为她惧怕什么？呃？你！她怕的就是你！她只想勤勤恳恳地工作，挣钱度日。也许她有孩子，有丈夫。也许他们正在努力攒钱，想让其中一个孩子将来能念完大学，过上更好的日子。一个小小的梦想而已。

但是，不行。某个财主家的浑蛋崽子认定，她不能拥有那个梦想。对不起，但是不行。你不能过普通人的生活，小姐。再也不能了。

泰迪望着桌子对面的彼得·布林，真想狠狠地朝他脸上抡上几拳，让医生永远也无法找全他鼻子里的碎骨头。狠狠地揍他，让鼻骨碎裂的声响在他大脑里永不散去。

然而，泰迪只是合上档案问道："前天晚上你和蕾切尔·索兰多一起做小组治疗。对吗？"

"是的，我确定，先生。"

"你看到她上楼进房间？"

"没有。男的先离开。当时她还跟布里奇特·卡恩斯、莱奥诺拉·格兰特，还有那个护士坐在那里。"

"那个护士？"

彼得点点头。"那个红发女郎。我有时很喜欢她。她看上去很清纯。但有些时候，你明白？"

"不，"泰迪说，尽量保持之前查克那样平静的口吻，"我不明白。"

"那么，你见过她了，对吗？"

"当然，能再告诉我一遍她叫什么吗？"

"她不需要名字，"彼得说道，"像她那样的女人？不用名字。脏姑娘。这就是她的名字。"

"可是彼得，"查克说，"我以为你说过你喜欢她。"

"我什么时候说过？"

"一分钟前吧。"

"呃，呃。她是垃圾。黏糊糊、软耷耷的。"

"我来问你一些其他的问题。"

"脏，脏，脏。"

"彼得？"

彼得抬头看着泰迪。

"我能问你件事吗？"

"哦，当然。"

"那晚小组治疗过程中，有没有发生什么不寻常的事情？蕾切尔·索兰多说了反常的话，或者做了反常的事？"

"她一个字都没说。她是只老鼠。她只是坐在那里。她杀死了自己的孩子，你知道。有三个小孩。你相信吗？什么人干得出这种事情？他妈的这世上那些病态的人，先生们，请别介意我这样说。"

"人总是会出问题，"查克说，"有些人的问题更严重些。病态，就像你说的。他们需要帮助。"

"他们需要毒气。"彼得说。

"什么？"

"毒气，"彼得对泰迪说，"毒死那些白痴。毒死那些凶手。杀了她自己的孩子？毒死这个婊子。"

他们默不作声地坐着，彼得容光焕发，好像是他为他们照亮了整个世界。过了一会儿，他拍拍桌子站起来。

"很高兴见到你们，先生们。我要回去了。"

泰迪用一支铅笔漫不经心地在档案封面上涂鸦。彼得停住脚步，转身看着他。

"彼得……"泰迪说。

"怎么了？"

"我……"

"你能不能别那样？"

泰迪在硬纸板上乱涂他名字的首字母，用长而缓慢的笔画写着。"我想知道是不是——"

"拜托你能不能，拜托……"

泰迪抬起头，铅笔仍然在档案封面上画着。"什么？"

"能不能别那样？"

"怎样？"泰迪看着他，又低头看档案，举起铅笔，扬起一道眉毛。

"是的，拜托，别那样。"

泰迪把笔扔在封面上。"好些了吗？"

"谢谢。"

"你知不知道有个病人，彼得，名字叫安德鲁·利蒂斯？"

"不知道。"

"不知道？这里没人叫这个名字？"

彼得耸耸肩膀。"A 区里没有。他也许在 B 区。我们不跟他们一起混。那些人是他妈的疯子。"

"好吧，谢谢你，彼得。"泰迪说，然后拾起那支铅笔继续乱涂乱画。

彼得·布林之后，他们与莱奥诺拉·格兰特进行面谈。莱奥诺拉深信自己是玛丽·毕克馥，查克是道格拉斯·费尔班克斯，泰迪则是查理·卓别林。她以为餐厅是日落大道上的一间办公室，他们在这里讨论联美电影公司①股票的公开发行。她不断轻抚查克的手背，并询问由谁来做会议记录。

最后，两名杂工不得不将莱奥诺拉的手从查克手上拉开时，她用法语大声叫嚷："再会，亲爱的，再会了！"

---

① 1919 年由著名演员查理·卓别林、玛丽·毕克馥和道格拉斯·费尔班克斯等人出资创办的电影公司。

走出餐厅的半途中，她挣脱了那两名杂工，掉头冲回来，又抓住查克的手，说道："别忘了给猫喂食。"

查克看着她的双眼说："我记住了。"

之后，他们见了阿瑟·图米，他坚持要他们叫他乔。那天晚上的小组治疗，乔一直都在睡觉。原来乔是嗜睡症患者，在他们面前也睡着两回。

泰迪摸着后脑勺的一块地方。他感到那儿头皮发痒，他对布林之外的所有病人心生怜悯，同时又不禁好奇怎么会有人能够忍受在此地工作。

特里领着一个身材矮小的女人慢慢走进来，她有金色的头发和瓜子脸，眼中闪动着清澈的光芒。不是精神失常者的清澈，而是一名充满智慧的女性在不那么智慧的世界里显示出的那种清澈。她微笑着坐下来，分别朝他们俩羞涩地轻轻摆了摆手。

泰迪看了看考利的记录——布里奇特·卡恩斯。

"我永远都不会从这儿出去。"他们沉默不语地坐了几分钟后，她开口说道。烟只抽到一半就掐灭了，声音柔和、自信，而在十一二年前，她用斧头砍死了丈夫。

"我不确定我是否应该出去。"她说。

"为什么？"查克问，"我的意思是说，请原谅我这样讲，卡恩斯小姐——"

"太太。"

"卡恩斯太太，不好意思，但在我看来，呃，你好像很正常。"

她靠在椅子上，像他们在此地见过的任何人那样懒散，随后轻轻笑了一声。"我想是吧。我刚到这里的时候并不正常。我的天哪，幸好他们没拍下照片。我被诊断出患有躁郁症，我也没有理由怀疑这一诊断。我确实经历过黑暗的日子。我想每个人都会有吧。区别在于大多数人都不会用斧头砍死自己的丈夫。他们对我说，我和我父亲之间有着很深的、尚未解决的冲突，我也同意这一点。我不相信我出去以后还会杀人，但这也说不准。"她用烟头朝他们指了指，"我认为，如果一个男人打你，还跟他见过的半数女人上床，而没有人帮你，那么你用斧头砍死他并不是最最令人难以理解的事。"

她迎上泰迪的目光，瞳孔里的某种东西——或许是女学生那种羞涩的轻率——让他笑出声来。

"怎么啦？"她问道，随他一起笑起来。

"也许你不该出去。"他说。

"你这样说，因为你是男人。"

"你说得太对了。"

"好吧，那么我不怪你。"

在见过彼得·布林之后能够大声地笑是一种解脱。泰迪怀疑自己实际上跟她有点调情的意味，跟一个精神病患者，一个用斧头杀人的凶手。事情就是会变成这样，多洛雷丝。但他并没有觉得太糟糕，仿佛经历了两年漫长而黑暗的哀悼后，也许他有资格来些无伤大雅的打情骂俏。

"如果出去，我能做什么呢？"布里奇特说，"我已经不知道外面的世界是什么样了。听说有炸弹。炸弹能把整个城市炸成废墟。还有电视机，是这样称呼，对吧？谣传说每个病区都会有一台电视机，我们能从这个盒子里看节目。我不知道自己会不会喜欢。从盒子里面传来的声音，盒子里面看到的脸，我每天听够了各种声音，看够了各种脸。我不需要更多的噪音。"

"你能跟我们讲讲蕾切尔·索兰多的事情吗？"查克问道。

她顿住了,事实上应该说是突然语塞。泰迪注意到她的眼睛稍稍上翻,仿佛正在脑海中搜索正确的文件,于是泰迪在记事本上草草写下"撒谎",写完立刻弯起手腕挡在上面。

她的措辞变得更加谨慎,给人死记硬背的感觉。"蕾切尔人很好。她不跟别人来往。她经常说起下雨,但大多数时间她都不说话。她相信自己的孩子都活着。她以为她还住在伯克郡,而我们是她的邻居、邮递员、送货员以及送牛奶的。很难看懂她。"

她垂着头说话,说完后不敢直视泰迪的眼睛。她的目光在泰迪脸上匆匆扫过,随后她看着桌面,又点上一根香烟。

泰迪想了想她刚才的话,意识到她对蕾切尔幻想症的描述和昨天考利对他们说的几乎一模一样。

"她在这里待了多久?"

"嗯?"

"蕾切尔。她跟你在 B 区待了多久?"

"三年吧?我想差不多。我没有时间概念了,在这个地方很容易这样。"

"那她之前在哪里?"泰迪问。

"我听说是在 C 区。我想,她是被转过来的。"

"但你不能确定?"

"不能。我……同样,没什么概念了。"

"确实。你上次见到她时,有没有发生不寻常的事?"

"没有。"

"是在小组治疗的时候吧?"

"什么?"

"你上次见到她,"泰迪问,"是前天晚上小组治疗的时候。"

"对，是的。"她连连点头，在烟灰缸边缘掸下一些烟灰，"在小组里。"

"然后你们所有人一起上楼回房间。"

"和甘顿先生一起，没错。"

"那天晚上希恩大夫情况如何？"

她抬起头，泰迪从她眼中看到困惑，或许还有几分恐惧。"我不懂你什么意思。"

"那天晚上希恩大夫在场吗？"

她看了看查克，又望了望泰迪，牙齿紧紧咬住上唇。"是的，他在场。"

"他怎么样呢？"

"希恩大夫吗？"

泰迪点点头。

"他很好。他人很好，很帅。"

"很帅？"

"是啊。他……长相还不赖，我妈以前常这么说。"

"他有没有挑逗过你？"

"没有。"

"有没有侵犯过你？"

"没有，没有。希恩大夫是个好大夫。你说那天晚上？"她思忖片刻，"那晚没发生什么不寻常的事。我们讨论了，呃，控制愤怒的方法吧？当时蕾切尔抱怨说下雨。希恩医生在小组快解散前离开，然后甘顿先生带我们上楼各自回房，然后我们上床睡觉，就这样。"

泰迪在"撒谎"二字下方写下"有人教过"，然后合上封皮。"就这样？"

"是的。第二天早上蕾切尔就不见了。"

"第二天早上？"

"没错。我一睡醒就听说她逃走了。"

"但那天晚上呢？大约在半夜十二点左右——你听到了，对吗？"

"听到什么？"她掐灭烟蒂，挥散飘荡在空气中的余烟。

"骚乱啊。就是有人发现她失踪的时候。"

"没有。我——"

"人们大喊大叫，警卫从四面八方跑进来，还有警报也响起来。"

"我以为是在做梦。"

"做梦？"

她迅速点点头。"是啊，以为是场噩梦。"她望着查克，"能给我倒杯水吗？"

"没问题。"查克站起身四下张望，看到餐厅后面的钢制饮料机旁堆着玻璃杯。

一名杂工从椅子上起身。"警官？"

"我就去倒点水。没事。"

查克走到机器前，挑了个玻璃杯，用了几秒钟时间判断哪个喷嘴出牛奶，哪个出白开水。他抬起一个像金属的厚实把手，就在那一刻，布里奇特·卡恩斯抓起泰迪的笔记本和笔，用眼神示意他别动，翻到一页空白页，在上面匆匆写下什么，然后合上封面，把笔记本和笔推还给他。

泰迪疑惑不解地望着她，但她垂下目光，漫不经心地轻抚着烟盒。

查克端着水回来坐下。他们看着布里奇特喝下半杯水，然后她说："谢谢。你们还有其他问题吗？我有点累了。"

"你有没有见过一个名叫安德鲁·利蒂斯的病人？"泰迪问。

她脸上毫无表情，什么表情都没有，好像这张脸已变成雪花石膏像。她的双手平放在桌面上，仿佛一拿开，桌子就会飘到天花板上。

泰迪不明白为何会这样，但他敢发誓她的眼泪就快掉下来了。

"没有，"她说，"从来没听说过他。"

"你认为有人教过她怎么说话吗？"查克问。

"你不认为吗？"

"好吧，听上去有点像是被迫的。"

他们正走在阿舍克里夫医院通往 B 区的过道上，由于屋顶的遮盖，只有零星几滴雨落在身上。

"只是有点？好几个地方她的用词都和考利一模一样。我们问她小组治疗的话题时，她停顿了，然后回答'控制愤怒的方法吧'，好像连她自己都不确定。就好像她在参加测验，昨天晚上临时抱了佛脚。"

"那么这意味着什么？"

"我知道就怪了，"泰迪说，"我只有各种问题，每半小时就产生一个，感觉还会有三十个。"

"同意。"查克说，"嘿，我有个问题问你——谁是安德鲁·利蒂斯？"

"被你注意到了，嗯？"泰迪点燃一根打扑克时赢来的香烟。

"你问了和我们谈过话的每一个病人。"

"我没问肯和莱奥诺拉·格兰特。"

"泰迪，他们连自己生活在哪个星球上都不知道。"

"确实是这样。"

"头儿，我可是你的搭档。"

泰迪背靠着石墙，查克和他一样。他转过头，看着查克。"我们才刚认识。"他说。

"噢，你不信任我。"

"我信任你，查克，是真的。可在这件事上我违反规定了。是我主动要求接手这个案子的，早在它通过电报发到波士顿分局的时候。"

"所以……"

"所以我的动机并不是完全公正无私。"

查克点点头，点燃一根烟，思索了一阵。"我的女朋友，朱莉——她叫朱莉·竹富——和我一样是地地道道的美国人，连一句日本话都不会讲。真是见鬼，她父母往上数两代，早在那时就来到美国了。可是他们把她关到集中营里，然后……"他摇摇头，把烟蒂扔到雨中，拉出他的衬衫，露出右臀上方的皮肤，"你看看，泰迪。看我另外一道疤。"

这是道长长的疤痕，像凝胶一样颜色很深，有拇指那么宽。

"这也不是打仗时留下的，是在当联邦法警的时候留下的。当时我在塔科马冲进一扇门，我们要抓的那人用刀子捅了我。你敢相信吗？一把该死的刀！我在医院里待了三个星期，好让他们把我的肠子缝回去。这是为了联邦法警局，泰迪。为了我的国家。后来他们却把我从老家撵出去，仅仅是因为我爱上了一个有着东方肤色和眼睛的美国女人？"他把衬衫塞回到裤子里，"去他妈的！"

"根据我对你的了解，"泰迪过了一会儿说，"我敢肯定你是真心爱那个女人。"

"就算为她去死，"查克说，"我也没有什么遗憾。"

泰迪点点头。他知道的世界上最纯洁的感情莫过于此。"别就此放弃，小子。"

"我决不会放弃，泰迪。不会的。但你得告诉我，我们为什么来这里？安德鲁·利蒂斯到底是什么人？"

泰迪把烟蒂扔在石头过道上，用脚后跟踩灭。

多洛雷丝，他心里想，我得告诉他。我一个人完成不了。

在我犯下这么多过错之后——总是酗酒，总是让你独守空房，让你失望，让你心碎——如果我能够弥补其中任何一件……也许现在正是时候，这是最后的机会。我要做一件正确的事，亲爱的。我要弥补。别人也许不会理解，但是你会。"安德鲁·利蒂斯……"他对查克说，话语却堵在干涩的喉咙中。他做了个吞咽的动作，嘴里有了些唾沫，再次开口。

"安德鲁·利蒂斯，"他说，"是我和我老婆以前住的那幢公寓里的维修工。"

"嗯。"

"也是个纵火犯。"

听到这句话，查克注视着泰迪的表情。"然后……"

"安德鲁·利蒂斯，"泰迪说，"点燃了火柴，引起了那场火灾——"

"该死的，真见鬼！"

"害死了我老婆。"

8

泰迪走到过道边缘，头探到顶棚外面，让雨水打湿脸和头发。他可以在下落的雨滴中看见她，她消失在雨点撞击地面的那一刻。

那天早上，她本来不想让他去上班。在她生命的最后一年，她莫名其妙地变得易受惊吓，动不动就失眠。这导致她全身颤抖，头脑糊涂。那天闹钟响过之后，她挠他痒痒，然后提议关上百叶窗，把白天的光亮挡在外面，整天都不要下床。她拥抱他的时候抱得太紧、太久，以至于他都能感觉到她手臂的骨头压着他的脖子。

他淋浴时，她来到他身边，但他太过匆忙，已经迟到了，而且还有那些日子里经常有的那种宿醉的症状。他的头湿透了，如同钉子钉进去一般疼。她的身体贴在他身上，感觉好像砂纸，花洒里喷出的水则猛烈得像 BB 弹。

"留下来吧，"她说，"就一天嘛。一天不去又有什么关系呢？"

他温柔地把她抱开，伸手去拿肥皂，试图露出笑容。"亲爱的，不行啊。"

"为什么不行？"她把手探入他两腿间，"这里，把肥皂给我，我帮你洗。"她的手掌在他那里滑动，牙齿轻轻咬着他的胸膛。

他试着不推开她，尽可能轻柔地抓住她的双肩，将她举起，放到距离他一两步远的地方。"别，"他说，"我真得走了。"

她笑了几声，又试图贴到他身上，但可以看到她的眼神越来越绝望。要快乐，要不再孤单一人，要回到过去的美好时光——回到他工作过于忙碌、饮酒过度之前的那些日子，回到某日早上醒来发现这世界太明亮、太喧嚣、太冰冷之前的那些日子。

"好吧，好吧。"她向后靠。现在他可以看见她的脸，水在他肩头溅开，模糊了她的身体。"我要跟你讲定条件。不要一整天了，宝贝，不要一整天。就一个小时，就迟到一小时吧。"

"我已经——"

"一小时。"她说，又抚弄着他，现在手上沾满了肥皂，"就一小时，然后你就可以走了。我想要你在我身体里的感觉。"她踮起脚去亲他。

他快速啄了一下她的双唇，说："亲爱的，不行。"然后他把脸转向花洒。

"他们会不会把你召去支援前线？"她问。

"嗯？"

"去打仗。"

"去打这么一丁点大的国家？亲爱的，还没等我系好鞋带，战争就结束了。"

"我不知道，"她说，"我甚至不知道为什么我们的人会去那里。我的意思是——"

"因为朝鲜的军队并不是凭空变出那些军备来的，亲爱的。他

111

们是从斯大林那里弄来的。我们必须证明我们吸取了慕尼黑的教训，当时本应该阻止希特勒，所以我们现在要阻止他们。在朝鲜。"

"你会去。"

"如果他们召我去，那我就必须去。但他们不会的，亲爱的。"

"你怎么知道？"

他在头发上涂抹洗发水。

"你有没有想过，他们为什么这么恨我们？"她说，"他们为什么不能放过我们？这个世界就要被炸毁了，可我连为什么都不知道。"

"不会被炸毁。"

"会。你看看报纸——"

"那就别看报纸了。"

泰迪冲掉头发上的洗发水，她把脸贴在他背上，双手游走在他的腹部。"我还记得那天在椰林俱乐部第一次见到你。你穿着制服。"

泰迪讨厌她这样。记忆小径。她无法适应现在，无法适应他们目前的状况，并接受所有缺点。因此她沿着蜿蜒的小径回到过去，为了让自己觉得温暖。

"那时你多帅啊。琳达·考克斯说：'是我先看见他的。'但你知道我说什么吗？"

"我迟到了，亲爱的。"

"我怎么会那样说？不是的。我说：'或许是你先看到他，琳达，但我将会是看他看到最后的人。'她认为你近看样子很凶，但是我说：'亲爱的，你有没有看到他的眼睛？那里没有一丝凶狠的感觉。'"

泰迪关上花洒，转过身来，发现妻子身上也沾了些肥皂，一堆堆泡沫溅在她的肌肤上。"要我再把花洒打开吗？"

她摇摇头。

他在腰间围上一条浴巾，到水槽边刮胡子。她背靠墙看着他，身上的肥皂泡渐渐干成一块块白色的痕迹。

"你为什么不擦干净，"泰迪问，"然后穿上睡袍？"

"现在消失了。"她回答。

"没有消失。看上去就像白色的蚂蟥爬满全身。"

"我不是说肥皂泡。"她说。

"那你是说什么？"

"椰林俱乐部。你在那里的时候，它被烧成了灰烬。"

"是啊，亲爱的，我听说了。"

"在那里，"她轻声哼着，试着让心情欢快起来，"在那里……"

她永远有着最动人的嗓音。他从战场归来的那一晚，他们奢侈地在"帕克之家"开了一个房间。做爱后，他第一次听到她唱歌。当时他正躺在床上，她在浴室里，《布法罗女孩》的歌声随着蒸汽从门下钻出来。

"嘿。"她说。

"嗯？"他在镜子里瞥见她左半侧的身体。大部分肥皂泡都干了，这令他产生了一种不悦的感觉。它意味着哪里不对劲，但他说不上来具体是什么。

"你是不是有其他人了？"

"什么？"

"有吗？"

"你胡说八道些什么呀？我要上班，多洛雷丝。"

"我摸你的小弟弟，就是在——"

"别说那个词。真他妈要命！"

"淋浴的时候，你却连硬都没硬起来。"

"多洛雷丝。"他从镜子前转过身来，"你刚刚还在说炸弹，世界末日什么的。"

她耸耸肩，好像那与当下的谈话毫不搭边。她一脚向后抵在墙上，用一根手指擦掉大腿内侧的水。"你不再干我了。"

"多洛雷丝，我是认真的——你别在家里这样说话。"

"那我只能假设你干她。"

"我不干任何人，你能不能别再说这个字了？"

"哪个字？"她用一只手遮在黑色的阴毛前，"干？"

"对。"他抬起一只手，另一只则继续去刮胡子。

"这么说，那是一个不好的字眼？"

"你知道它不好。"他沿着喉部把剃须刀向上推，听着泡沫里刀片刮过胡子的哧哧声。

"那么，哪个字是好的呢？"

"嗯？"他把剃须刀浸一下水，甩了甩。

"有关我身体的哪一个字眼，不会让你握起拳头？"

"我没有握拳头。"

"你握了。"

他刮完喉部，用毛巾擦了擦剃须刀，接着把刀片扁平的那端贴在左侧的鬓角下。"不，亲爱的，我没有。"他在镜子里瞧见她的左眼。

"我该说什么好呢？"她一手插进头发里，一手抓着下体的毛，"我的意思是，你可以舔它，你可以亲它，你可以干它，你可以看着婴儿从那里面出来，但你却不能提那个字？"

"多洛雷丝——"

刮胡刀深深划进泰迪的皮肤，他怀疑已经触到了颌骨。他瞪大眼睛，整个左半边脸露出惊愕的表情，脑门上青筋毕露。几滴剃须膏落入伤口，鲜血涌出来，滴进水槽里的白色泡沫和水中。

她拿了一块毛巾凑上来，但他把她推开，龇牙咧嘴，感觉到疼痛似乎钻进眼睛里，灼烧他的大脑。血滴入水槽，这时他真想哭。不是因为疼痛，也不是因为宿醉，而是因为他不明白，自己的妻子，这个和他在椰林俱乐部跳第一支舞的女子，究竟怎么了。他不知道她会变成什么样，这个世界会变成什么样：那些隐匿的、肮脏的战争造成的伤害，充满愤怒的仇恨，华盛顿、好莱坞的间谍，学校宿舍里的防毒面具，地下室里的水泥防空洞，它们会让这世界变成什么样？这一切，出于某种原因，都是联系在一起的——他妻子、这个世界、他的酗酒，还有他投身的战争，他之所以投身其中是因为坚信战争将终止这一切……

血还在流入水槽，多洛雷丝不断说着："对不起，对不起，对不起。"他接过她第二次递上的毛巾，但却无法触摸她，无法看着她。他能听出她在哭，知道她眼中噙着泪，脸上挂着泪，他痛恨这个世界和世间的一切都变得如此混乱，猥琐不堪。

报纸上有报道称，他对妻子说的最后一句话是：他爱她。

这是谎言。

他真正说的最后一句话？

"我的天哪，多洛雷丝，你得振作起来。你有你的责任。你偶尔也得想想这些，行不行？还有你的脑袋能不能他妈的正常点？"

这些才是他妻子最后从他那里听到的话。他关上门，走下楼梯，在最后一级台阶上停住脚步。他想过要掉头回去，想过要走上楼回到公寓把事情处理好。或者，即使没有处理好，至少态度温和一些。

温和一些。假如当时那样就好了。

那个喉部有道甘草条般的疤痕的女人沿着过道摇摇摆摆朝他们走来。她的脚踝和手腕上都戴着镣铐，左右两边各有一名杂工押送。她看上去很快乐，发出鸭子般的嘎嘎声，还试图拍打胳膊肘。

"她做了什么？"查克问。

"这个嘛，"杂工说，"这位是老玛吉。我们叫她玛吉·月亮派。她刚去过水疗室，不过对她你可不得不提防点。"

玛吉在他们面前停下来，两名杂工心不在焉地让她继续走，但她两肘向后，脚后跟站定在石头路面上。其中一名杂工转转眼珠，叹了口气。

"现在她要你们改变信仰了，听吧。"

玛吉凝视着他们的脸庞，脑袋歪向右边，好像乌龟从壳里探出头来嗅着方向。

"我是路，"她说，"我是光。我不会为你们烤什么派，我不会。明白吗？"

"明白。"查克说。

"当然了，"泰迪说，"没有派。"

"你们来到这儿，你们会留在这儿。"玛吉嗅嗅空气，"这是你们的将来，也是你们的过去，这就好像月亮绕着太阳转，循环往复。"

"没错，夫人。"

她身体倾斜，凑近了闻他们，先是泰迪，然后是查克。"他们藏着秘密，那是这个地狱赖以生存的养料。"

"呃，还有派。"查克说。

她朝他微笑，有一刻，仿佛某个头脑清醒的人进入了她体内，在她的瞳孔后方闪过。"笑吧，"她对查克说，"这对灵魂有益。笑吧。"

"好。"查克说，"我会的，夫人。"

她勾起手指碰了下他的鼻子。"我想记住那个样子的你——你笑的模样。"然后她转过身开始走路，两个杂工跟着她一起沿着过道从一扇边门进入医院。

查克说："有趣的女人。"

"是你带回家去见老妈的那种。"

"然后她会杀了你妈妈，把她埋在屋子外头的厕所里，但是……"查克燃起一根烟，"利蒂斯。"

"害死了我老婆。"

"这个你说过。怎么害的？"

"他是个纵火狂。"

"这个你也说过。"

"他过去还当过我们大楼的维修工。他和大楼的老板闹了一通，被炒了鱿鱼。当时，我们只知道有人纵火，肯定是有那么一个人。利蒂斯被列入怀疑名单，但他们着实花了点时间才找到他，等他们找到他的时候，他已经编出了一个为自己开脱的理由。哎，我那时真不敢断定就是他干的。"

"是什么让你改变了看法？"

"一年前。我翻开报纸，一眼就看到了他。他把自己上班的地方的一间校舍烧成了废墟。和上回完全相同——他们开除了他，然后他跑回去，在地下室放火，往锅炉里灌油引起爆炸。手法如出一辙。校舍里没有学生，但校长在那儿加班。她死了。利蒂斯上了法庭，他声称自己幻听，然后他们把他送去沙特克。在那里发生了一些事——但我不知道是什么——六个月前他被转到这里。"

"但没人见过他。"

"A 区和 B 区没人见过他。"

"这说明他在 C 区。"

"对。"

"或者死了。"

"有这可能。又多了一个理由去墓地找找。"

"我们暂且假设他还没死。"

"好吧……"

"如果你找到他，泰迪，你打算做什么？"

"不知道。"

"别跟我来这一套，头儿。"

两个护士向他们走来，鞋跟踢踏作响，身体挨着墙面，生怕被雨淋到。"你们俩全湿了。"其中一人说道。

"全都湿了吗？"查克问。

离墙更近的女孩笑了起来，她身材小巧，留着黑色短发。两人从他们面前走过，黑发护士转过头看着他们。"你们这些法警总这么爱跟人调情吗？"

"视情况而定。"查克回答。

"什么情况？"

"看人的质量。"

两名护士一时呆住，接着领悟了他的意思，黑发护士把脸埋到同伴的肩上。她们放声大笑着走到医院门口。

老天哪，泰迪真忌妒查克，忌妒他有能力相信自己说的话，相信愚蠢的打情骂俏，相信那些轻浮的美国大兵脱口而出却毫无意义的俏皮话，但泰迪最忌妒的是他那种随意挥洒的魅力。

魅力对泰迪来讲从来都不能招之即来，战争过后越发困难。多洛雷丝死后，他根本就无魅力可言。

魅力是一件奢侈品，属于那些仍然相信事物基本原则的人。他们相信纯洁的行为，坚守不可侵犯他人的准则。

"知道吗？"他对查克说，"我跟我老婆在一起的最后那个早上，她提起了椰林俱乐部的火灾。"

"哦？"

"那是我们相识的地方，椰林。她是因为有钱的室友才去的，我去是因为他们给军人打折。就在我坐船离开的前几天，我跟她跳了一晚上的舞，甚至跳了狐步。"

查克背倚着墙伸出脖子，望着泰迪的脸。"你跳狐步？我试着想象一下，不过……"

"嘿，"泰迪说，"如果你看到我老婆那天晚上的模样，只要她开口要求，你就会像兔八哥似的在舞池里蹦来蹦去。"

"这么说你是在椰林俱乐部认识她的？"

泰迪点点头。"后来它被烧成废墟，那时我在——意大利？没错，当时我在意大利。她认为这件事……我不知道，我猜她认为有什么意义吧。她很怕火。"

"但她却死于火灾。"查克轻声说。

"太不可思议了，是吧？"泰迪尽量不去想最后那天早上她的模样：弯起一条腿搭在浴室墙上，赤裸着身子，身上溅着惨白的泡沫。

"泰迪？"

泰迪朝查克看去。

他摊开双手。"在这件事上我支持你，无论如何都支持你。你要找到利蒂斯然后杀了他？我觉得成。"

"成。"泰迪露出微笑，"我上回听到这个字眼还是在——"

"可是头儿，我需要知道接下来可能会发生什么，我是认真的。我们必须把这事遮掩过去，否则我们可能会落得个被送去凯弗维尔听证会的下场。近些日子人人都盯着我们，知道吗？盯着我们每一个人，虎视眈眈。这世界变得越来越小了。"查克把额前一丛茂密的头发撩到后面。"我认为你了解这个地方，我认为你知道一些事却没有告诉我，我认为你到这里来是为了复仇。"

泰迪一只手拍拍胸口。

"我是说真的，头儿。"

泰迪说："我们已经湿了。"

"那么……"

"我想说，你介不介意再湿一点？"

他们从大门出去，走到海边。雨水裹住了一切。房屋一般高的海浪拍打着岩石，它们蹿得很高，水花四溅，接着让位给新的一波海浪。

"我不想杀他。"泰迪在海水的咆哮声中高喊。

"你不想？"

"不想。"

"我不太相信。"

泰迪耸耸肩。

"要是换作我,"查克说,"我要他死两次。"

"我对杀人感到厌倦了,"泰迪说,"大概是在打仗的时候吧,我记不清了。这怎么可能呢,查克?但确实是这样。"

"可终究是你老婆啊,泰迪。"

他们发现一片尖耸的黑色岩石群,矗立在海滩向树林延伸的地方,于是两人朝内陆方向爬去。

"你看,"泰迪说,此时他们到达一块小小的高地,四周环绕着高大的树木,将部分雨水挡住,"我还是把工作放在第一位,我们要查出蕾切尔·索兰多发生了什么事。要是在这过程中正巧遇上利蒂斯,那就太好了。我会告诉他,我知道他杀了我老婆;告诉他,他被放出来的那天,我会在海岸那头等他;告诉他,只要我还有一口气,他就休想呼吸自由的空气。"

"就这样?"查克问。

"就这样。"

查克用衣袖擦擦眼睛,撩开额头上的头发。"我不相信你。我就是不信。"

泰迪朝这一圈树木的南边望过去,看到阿舍克里夫医院的顶部,那一扇扇对一切保持戒备的屋顶窗。

"难道你以为考利不知道你来这儿的真正动机?"

"我来这里的真正目的是蕾切尔·索兰多。"

"他妈的,泰迪,如果那个杀你老婆的家伙被关在这里,那——"

"他不是因为这个被定罪的。没有什么会让人把他和我联系在一起。没有。"

查克坐在一块突起的岩石上，低头躲雨。"那好，去找坟地吧。既然我们已经到了这里，为什么不去试试看能否找到坟地？假如能看到一块刻着'利蒂斯'名字的墓碑，我们就知道这一仗打完了一半。"

泰迪望着这圈阴暗而幽深的树，说："好吧。"

查克站起身。"顺便问一下，她对你说了什么？"

"谁？"

"那个病人。"查克打了个响指，"布里奇特。她让我去倒水。我知道，她对你说了些话。"

"她没说啊。"

"没说？你骗人。我知道她——"

"她用笔写下来的。"泰迪说着拍拍风衣的口袋，找他的笔记本，最后在内侧口袋找到，匆匆翻开。

查克开始吹口哨，脚踏松软的泥土，踢着正步。

泰迪翻到那一页，说："阿道夫①，够了，别踢了。"

查克凑上前。"你找到了？"

泰迪点点头，把笔记本侧过来，让查克看清楚，上面只写了两个字，它们被用力写在纸上，墨水在雨中已开始洇开：

快跑

---

① 指阿道夫·希特勒。

9

暗灰色的乌云迅速移过来，天色旋即变暗。这时，他们在距离海边大约半英里的地方发现一堆堆石块。他们翻过潮湿的悬崖，那里的滨海植物在雨水的冲刷下变得柔软湿滑，一路上的攀爬跌倒让两人身上沾满泥浆。

一片光秃秃的原野赫然出现在他们下方，平整得就像云层的底部，上面只有一两丛零星的灌木、暴风雨刮落的厚叶片和许多小石块。起初泰迪以为这些石块是随叶子一起被风刮来的，可从悬崖另一头向下走到半途时他停住脚步，又重新打量了一番。

这些石块散布在整片原野上，紧密地堆成很多小堆，间隔大约六英尺。泰迪把手放在查克的肩膀上，指给他看。

"你数数一共有几堆？"

"什么？"

泰迪说："那些石头。你看到了吗？"

"看到了。"

"它们被分成一堆堆的。你数数有几堆？"

查克看了他一眼，暗想该不会是暴雨浇昏了这家伙的脑袋。"那些不过是石头罢了。"

"我没开玩笑。"

查克又用之前的眼神看了泰迪一会儿，才把注意力转向原野。过了一分钟，他说道："我数下来是十堆。"

"我也是。"

查克踩着泥浆打了个趔趄，一只向后甩的胳膊被泰迪抓到，好不容易稳住步子。

"我们要不要下去？"查克问道，朝泰迪做了个有点气恼的鬼脸。

他们小心地走到下面。泰迪靠近石堆，发现它们形成了上下两排。一些要比其他的小很多，甚至只有三四块石头，其他的则有十多块，可能二十块也不止。

泰迪在两排石堆之间踱着步，然后停下，对查克说："我们数错了。"

"怎么会？"

"你来看这两堆中间。"泰迪等他走近，两人一起朝下看，"这里有一块石头，自成一堆。"

"这种刮大风的天气？不可能，应该是从其他石堆上掉下来的。"

"这块石头和两边石堆的距离是相等的，和左边一堆距离半英尺，和右边一堆也是半英尺。再看接下来的一排，也有两块这样的石头，单块石头自成一堆。"

"所以……"

"所以说，一共是十三堆石头，查克。"

"你觉得是她留下来的？你真的这样想？"

"我觉得肯定是什么人留下的。"

"又是一串密码。"

泰迪在石堆边蹲下,把军用风雨衣拉过头顶,并用两片衣襟挡在身前,以免雨水淋到笔记本。他像只螃蟹一样侧移着,在每一堆石头前停下来,数清石头的数目,再记到笔记本上。大功告成后,本子上记着十三个数字:18 – 1 – 4 – 9 – 5 – 4 – 23 – 1 – 12 – 4 – 19 – 14 – 5。

"没准这是个组合密码,"查克说道,"用在世界上个头最大的挂锁上。"

泰迪合上笔记本,放进口袋里。"这个猜想不错。"

"多谢,多谢,"查克说道,"我每晚会在卡茨基尔山表演两回。你会来看我,对不对?"

泰迪把大衣从头顶扯下来,站起身,雨水再次捶打在他身上,狂风的呼啸声也再度响起。他们向北走,右边是峭壁悬崖,左边的阿舍克里夫医院在狂风暴雨的裹挟下化成黑乎乎的一团。接下来的半小时,暴风雨愈加猛烈,两人将肩膀紧靠在一起才能听到对方说话,身体如醉酒般歪向一边。

"考利问过你是不是在陆军情报局干过。你是不是撒了谎?"

"是,又不是,"泰迪说,"我是从常规部队退下来的。"

"可你是怎么进去的?"

"初训结束,我被送到了无线电学校。"

"然后呢?"

"在军事学院上了个速成班,然后就到了情报局。"

"那你怎么会跑到常规部队里去?"

"我搞砸了!"泰迪必须迎着风大声吼,"有一回破译失败,把敌军的方位坐标弄错了！"

"后果有多严重？"

泰迪还能听到从无线电另一端传来的声音：尖叫声……静电干扰……哭喊声……静电干扰……机关枪扫射声和随之而来的更多的尖叫声及静电干扰。接着是一个男孩的说话声，伴着所有杂音为背景，他说："你看见我身体的其他部分了吗？"

"大概半个营的人，"泰迪在风中大喊，"被做成肉糜糕装了盘。"接下来的一分钟，他耳边只有狂风的阵阵呼号。

查克大吼："抱歉问起你，那真是太糟糕了！"

他们攀上一处小山头，山顶的风差点把他们吹下去，幸好泰迪抓紧了查克的胳膊。两人低头向前跋涉，保持那姿势走了好一会儿，头和身体深深弯着，一开始甚至都没发现那些墓碑。他们艰难地行进，雨水模糊了眼睛，接着泰迪绊到一块墓碑。它向后翻倒，被大风生生掀出墓穴，躺在地上仰面看着他们。

> 雅各布·普勒夫
> 掌帆手
> 1832—1858

他们左边的一棵树被吹倒，断裂的声音像是斧头劈开了铁皮屋顶，查克大喊："我的天哪！"接着，树上的一些枝干被风卷起，子弹般从他们眼前掠过。

他们用胳膊护住脸，进入墓地。周围的泥水、树叶和树枝都像被电击活了似的四处乱飞，两人摔了好几跤，差点被弄瞎。泰迪看到前方有一大块煤灰色的东西，于是指给查克看，可他的呼喊声完全被风吞没了。一块不明物嗖地从泰迪头旁边飞过，近得他能感到它擦过自己的头发。他们干脆跑起来，任大风抽打双腿，泥块撞击膝盖。

一座陵墓。大门是钢的，但是合页已经坏掉，地基上生出茂盛的野草。泰迪向后拉开门，大风随即扑向他，把他和门一并摔到左边墙上。他倒在地上。大门从下端碎裂的合页处脱落，在一声金属撕裂的巨响后重重地砸在侧墙上。泰迪倒在污泥里，站起身时，大风又撞上双肩，吹得他单膝跪地。他瞧见前方黑洞洞的门口正对着自己，于是在泥泞中向前猛扑，爬了进去。

"这种场景你见过吗？"查克问，此时他们站在门口，望着整个岛陷入狂乱的旋涡中。风中充斥着泥土、树叶、树枝和石块，还有一刻不停的雨水，把大地切成碎片，发出野猪群号般的尖叫。

"从来没有。"泰迪说道，两人向里走。

查克在大衣内袋里找到一盒火柴，仍旧是干燥的，他一次点燃三根，用身体挡住大风。借着火光，他们看到墓室中间有一块水泥平板，但既没有棺材也没有尸体，也许埋葬后的这些年被搬走或被盗墓者偷走了。石板另一侧的墙边有一条石凳，火光熄灭时，他们走到石凳前坐下，听到大风仍然在门口呼啸，不断把门砸到墙上。

"还是挺壮观的，是吧？"查克说道，"大自然发疯了，再看那天空的颜色……你看到刚才那块墓碑后空翻的样子了吧？"

"我在后面帮了它一把，不过，确实挺厉害。"

"哇噢。"查克拧着裤腿，片刻工夫，脚下就已是一摊摊水。他甩动胸前湿透的衬衫说道："也许我们不该离开基地那么远。看来得在这里等暴风雨停了。"

泰迪点点头。"我对飓风了解不多，可我有种感觉，现在它还只是在热身。"

"那风会转向？我看墓地那边的风要刮到这里来了。"

"我宁愿待在这里也不打算出去。"

"当然喽，难道在刮飓风的时候去找高地？该有多他妈的聪明啊。"

"这可不太聪明。"

"太快了。前一秒还只是下雨，下一秒我们就成了《绿野仙踪》里飞往仙境的多萝西了。"

"故事里刮的是龙卷风。"

"什么？"

"那故事发生在堪萨斯州。"

"哦。"

凄厉的风声愈加尖锐，泰迪能听到背后厚厚的石墙像被拳头砸中似的发出砰砰的闷响，他甚至能感到背上传来微微的震颤感。

"只是在热身罢了。"他重复了一遍。

"你觉得那些疯子现在都在干什么？"

"对着狂风尖叫吧。"他说道。

他们默默坐了一会儿，各自抽了根烟。泰迪想起乘坐父亲的船出航那天。那是他第一次意识到大自然如此漠视他的存在，力量远远在他之上，他把风想象成长着鹰脸尖喙的东西，朝着陵墓向下俯冲，发出乌鸦似的呱呱声。它充满了愤怒，将海浪变成高塔，将房屋嚼成火柴棍，一下子就能把泰迪抓到空中，甩到中国去。

"一九四二年的时候，我在北非待过，"查克说道，"经历过几场沙尘暴，但和眼前的这个还是不能比。不过这种事一过就忘了，说不定当时和这次一样糟糕。"

"这种暴风雨我还吃得消，"泰迪说道，"我的意思是说，虽然我不至于走到外面去感受风吹雨淋，悠然自得地散步，可这比起寒冷要好多了。在阿登地区，我的老天哪，你刚呼出的气就结成了冰。直到今天，我还记忆犹新，冷得让我觉得自己的手指像着了火似的。你说这种感觉怎么样？"

"在北非，我们是酷热难耐。有人被活活晒死。只要在太阳底下站一分钟，马上就躺在甲板上了，很多人因此得了冠心病。我击中一个家伙，他的皮肤被晒得非常单薄，他还转身看着子弹从自己身体另一边穿过。"查克的手指敲打着石凳，"就这样看着子弹飞过，"他轻轻地说，"我对天发誓。"

"他是你杀的唯一一个人？"

"近距离的。你呢？"

"我正好相反。杀过不少人，看过他们大多数的尸体。"泰迪头向后靠在墙上，眼睛盯着天花板，"如果我有一个儿子，我不知道我会不会让他去打仗，就算是像我们那样别无选择必须得打的仗。我不确定那件事是否可以向任何人问起。"

"哪件事？"

"杀人。"

查克抬起一边膝盖顶住胸膛。"你知道吗？我父母、我女朋友，还有一些没通过体检的朋友，他们都问起过我。"

"是啊。"

"那是什么感觉？他们就想知道这个。你会想说：'我不知道那是什么感觉。因为不是发生在我身上，我只不过从上面看着罢了。'"他伸出双手，"我不能解释得更好了。我说得听上去还有点道理吧？"

泰迪说道："在达豪集中营，纳粹党卫军向我们投降。整整五百人。当时有战地记者在场，可他们亲眼看到了火车站成堆成堆的尸体，他们闻到的气味跟我们闻到的一样。他们看着我们，希望我们干我们该干的事。我们当然也很想做。于是我们把那些德国佬统统送回了老家。先让他们缴械，身体靠在墙上，再处决，机关枪一扫就干掉三百人。沿墙一路走下去，看到还有人呼吸就在脑袋上补一颗子弹。如果说我们在那里曾经犯过任何战争罪行，那肯定算一次。对吗？但是，查克，我们只能做这些。该死的记者们都在拍巴掌。集中营的犯人们高兴得掉下眼泪。所以我们把几个风暴突击队士兵交到他们手里，他们把那几个人撕成了碎片。到那天晚上，我们已经把五百人从地球表面抹去了，杀得一干二净，没有自卫，也不是打一场战争。纯粹的屠杀。即便如此，这里并没有对与错的争论，他们应该得到更重的惩罚。所以，没关系——可一个人该怎样面对这一切？你该如何告诉自己的妻子、孩子，你干过这样的事？如何告诉他们你处决了手无寸铁的人？如何告诉他们你杀死的人间有小男孩？他们虽然端着枪穿着军装，但仍旧是普普通通的男孩。答案就是——你要对他们守口如瓶。他们永远无法理解，即使你所做的有正当理由也大错特错，并且一辈子也别想洗清。"

过了一会儿，查克开口说道："至少还有正当的理由。你见过那些从朝鲜回来的可怜虫吗？他们还是搞不清楚为什么会去那里。我们阻止了阿道夫，挽救了成千上万的生命，对吗？我们至少做了点事，泰迪。"

"是啊，我们做了，"泰迪承认，"有时候这样就够了。"

"一定是这样。对不对？"

一棵树从门前掠过，树冠朝下扎在水中，根须犄角似的指向空中。

"你看到没有？"

"看到了。等它醒过来的时候，已经在大海中央了，然后它会说：'慢着，有点不对劲。'"

"'我应该在那儿才对。'"

"'我花了好几年的时间才把那山丘弄成我想要的样子。'"

他们在黑暗中发出轻轻的笑声，望着整座岛在风雨中摇晃，如同狂热的梦魇。

"头儿，你对这里究竟了解多少？"

泰迪耸耸肩膀。"我了解一些，还不太够，不过足以让我吓一大跳。"

"哦，好极了。你害怕了。如果换一个普通人，他会有什么感觉？"

泰迪笑道："被吓死了？"

"好。你就当我已经被吓得半死了吧。"

"外界只知道这里是个实验机构。我告诉过你——采用激进的疗法。它的资金部分来自州政府，部分来自联邦监狱管理局，但其中大部分来自一九五一年由非美活动调查委员会成立的基金会。"

"哦，"查克说道，"好极了。在波士顿港的一座小岛上战斗。他们究竟怎么干？"

"对人脑进行实验，我是这么猜的。可能是把知道的东西写下来，然后交给中央情报局里那些从前和考利在战略情报局一起工作的伙计，我不知道。你听说过苯环利定吗？"

查克摇摇头。

"LSD 和麦司卡林呢？"

"不知道，没听说过。"

"这些都是致幻剂，"泰迪说道，"能让你产生幻觉的药剂。"

"哦。"

"即便是很少的剂量，用在完全理智的人身上——你或者我——都会让人出现幻觉。"

"从我们门前头朝下飞过的那棵树算吗？"

"啊，关键就在这儿。如果我们两个人都看见了，就不能算是幻觉。每个人都会看到不同的幻象。比如说你现在低下头，有没有看到自己的胳膊变成了眼镜蛇，正抬起头张开血盆大口要咬掉你的脑袋？"

"如果真像你所说，那今天可别提多倒霉了。"

"或者雨滴变成了火焰，灌木丛变成猛扑过来的老虎？"

"那今天就更晦气了。我压根儿就不该起床。等等，打住，你是说这些药可能让一个人认为那些玩意儿都是真实发生的吗？"

"不光是'可能'，是一定会。如果用量正好，你就会产生幻觉。"

"你说的这些药可真厉害。"

"是的，没错。要是这种药吃下很多会怎样呢？那效果就和严重精神分裂没什么区别了。那家伙的名字叫什么来着？肯，就是他。他的腿哆嗦着，他相信那些话。莱奥诺拉·格兰特，她看见的不是你，她看见的人是道格拉斯·费尔班克斯。"

"别忘了——还有查理·卓别林呢，我的朋友。"

"我本来打算模仿一番，可惜我不知道他讲话的语气。"

"不错啊，头儿。你可以来卡茨基尔山帮我开场了。"

"曾经有过这样的案例。精神分裂者把自己的脸抓花，因为他们认为自己的手变了模样，成了野兽什么的。他们看到不存在的事物，听到其他人听不到的声音，从完全没有问题的屋顶跳下去，因为他们以为大楼着火了，诸如此类。致幻剂能导致类似的幻觉。"

查克指着泰迪。"你一下子比平时要博学很多啊。"

泰迪说道："我还能告诉你什么，我只是做了点功课。查克，你觉得如果对极度精神分裂的人使用致幻剂，结果会如何？"

"没人会那么做。"

"他们就在做，并且完全合法。只有人类会患上精神分裂，其他动物像老鼠、兔子和奶牛是不会的。所以，要想找到治疗方法，你该拿什么做实验？"

"人。"

"答对了，奖你一根雪茄。"

"雪茄也只不过是雪茄，是不是？"

泰迪说："随你怎么想。"

查克站起身，把手放在石板上，望着外面的狂风暴雨。"这么说，他们给病人服药，使他们的精神分裂症更加严重？"

"其中一组是做这类实验。"

"另外一组呢？"

"他们会让没有精神分裂症的人服用致幻剂，然后观察他们大脑的反应。"

"简直浑蛋！"

"这是有案可查的，伙计。你应该抽空参加一场精神治疗专家的研讨会。我参加过。"

"可你说这是合法的。"

"是合法，没错，"泰迪说道，"同样，优生学的研究也合法。"

"但这如果合法，我们就无能为力了。"

泰迪靠在石板上。"确实是这样，我来这里不是要逮捕任何人。

我只是被派来收集信息的，仅此而已。"

"慢着——被派来？我的老天啊，泰迪，我们来这里的背后到底还有多少内幕？"

泰迪叹气，抬头看着他。"很多。"

"回到一开始。"查克举起一只手，"从头讲起，你是怎么搅进这趟浑水的？"

"整件事情起因于利蒂斯。一年前，"泰迪说道，"我去了趟俄克拉何马州的沙特克医院，假装要审问他。我胡乱编了个故事，说他的一个同伴已经被联邦政府通缉了，希望从利蒂斯身上得到一些那家伙下落的讯息。可关键是，利蒂斯当时不在，他已经被转到阿舍克里夫医院来了。我打电话过来问，他们说没有这个人的记录。"

"然后呢？"

"然后这让我十分好奇。我打电话给城里的几家精神病院，他们都知道阿舍克里夫，可没人愿意谈起它。接着我和关押精神病刑事罪犯的伦顿医院的院长谈了一次，我以前见过他好几回，我对他说：'博比，有什么大不了的？那不过是一家医院兼监狱罢了，跟你这儿一样。'他听后连连摇头，说：'泰迪，那里和我这儿完全两样。那里涉及机密，暗箱操作。别到那儿去。'"

"但你还是来了，"查克说道，"我也被安排跟你一起来。"

"那不在计划中，"泰迪说道，"负责的探员告诉我必须带上一个搭档，我就带了一个。"

"这么说，你一直在等机会，寻找借口来这儿，是吧？"

"差不多吧，"泰迪说道，"可回头想想，我还真不敢打包票说会有这么个机会。我是说，就算真有病人逃脱，我不知道我那时会不会正好去外地出差，他们会不会派其他人去处理。或者，嗨，有太多可能了。一句话，我运气不错。"

"运气？去他妈的！"

"你说什么？"

"这不是运气，头儿。运气不是这么来的，这个世界也不是这么转的。你真以为你是恰巧被派来接这个差事？"

"是啊。听上去有点疯狂，可是——"

"你第一次打电话到阿舍克里夫问起利蒂斯的时候，有没有讲明身份？"

"当然。"

"那么就是说——"

"查克，已经过了整整一年了。"

"所以说，你认为他们不会密切关注吗？尤其是有关一个他们声称没有任何记录的病人？"

"再说一遍——是十二个月前的事情了。"

"泰迪，我的上帝。"查克压低了声音，手掌按在石板上，深吸了一口气，"我们来假设他们在这儿干着见不得人的勾当。如果说他们在你踏足这座小岛之前就已经盯上你了，如果是他们把你引到这里来的呢？"

"哦，胡说！"

"胡说？那蕾切尔·索兰多人呢？哪里有一丁点证据能证明她曾经存在过？我们拿到手的一个女人的照片和档案是任何人都能伪造的。"

"但是，查克——就算他们凭空捏造出她这个人，就算他们设计了整件事，他们仍然没有办法预料到我会被派到这儿来。"

"你曾经调查过这里，泰迪。你到处打听过这个地方。他们围着一个腐烂物处理厂建了电栅栏，他们在堡垒里面建了一个病区，他们在一个能容纳三百个人的病区只收治了不到一百号病人。这个地方太他妈的恐怖了，泰迪。没有其他任何医院愿意谈起它，难道你还不能从中悟出点什么？这里的总医师和战略情报局有密切联系，资金来自非美活动调查委员会下属的一个贿赂基金。这里的一切都在明明白白地显示'政府活动'。你觉得过去的这一年只有你在调查他们，对他们也在关注你这种可能性感到吃惊吗？"

"我要说多少遍你才会明白，查克，他们怎么会知道我会被派来调查蕾切尔·索兰多的案子？"

"你他妈的是不是变傻了？"

泰迪直起身，低头看着他。

查克举起一只手。"抱歉，抱歉，我太紧张了，别发火！"

"好。"

"我要说的是，头儿，他们知道你会找任何机会到岛上来。杀你老婆的凶手在这里。他们要做的就是谎称某人逃跑了，接下来你就算撑竿跳也要跳到岛上来。"

那扇门挣脱了最后一片合页，他们望着它重重地砸在石头上，接着飞向空中，箭一般射过墓园上空，消失不见。

两人目不转睛地盯着门廊，然后查克问："我们两个人都看到了，对吧？"

"他们把人当成小白鼠，"泰迪说道，"难道这不让你感到不安吗？"

"我都吓坏了，泰迪。但你怎么知道这些？你说你是被派来收集消息的。谁派你来的？"

"我们第一次和考利见面时，你听到他问起参议员吧？"

"是。"

"赫利参议员，民主党人，来自新罕布什尔州。他是一个分委会的会长，管理精神卫生事务方面的公共基金。他清楚流到这儿的都是些什么钱，感觉极不舒服。有一回，我碰到一个叫乔治·诺伊斯的家伙。诺伊斯在这儿待过，在C区。离开这座岛两个星期后，他拿着刀子走进麻省阿特尔伯勒市的一家酒吧，见人就捅，都是些陌生人。入狱后，他讲起C区里龙的故事。他的律师想辩称当事人精神失常，如果这个世界上存在精神失常，那肯定是他没错了，他就是个疯子。但诺伊斯解雇了他的律师，走到法官面前低头认罪，差不多在求法官把他送到监狱去，随便哪个监狱，只要不是医院就好。之后他在监狱蹲了一年，逐渐恢复了理智。最后，他开始讲发生在阿舍克里夫的事情。他说的听上去很像疯话，可参议员觉得也许并非像其他人认为的那么疯狂。"

查克坐在石板上挺直腰板，点了根烟吸了一小口，琢磨着泰迪的话。

"但是参议员怎么知道要去找你，然后你们两人是怎么找到诺伊斯的？"

刹那间，泰迪觉得好像看到外面风雨大作的天空中有弧光扫过。

"事实正好相反，是诺伊斯先找到我，我又找到了参议员。一天早晨，伦顿医院的院长博比·法里斯打电话给我，问我是否还对阿舍克里夫感兴趣。我回答说当然，他告诉我在戴德姆镇的监狱里有一个罪犯知道很多阿舍克里夫的事情。因此我去了几次戴德姆，和诺伊斯谈了谈。诺伊斯说他读大学时，有一年在考试的时候有点紧张。他对着老师大嚷大叫，一拳打破宿舍的一扇窗。最后他和精神科的某个家伙聊了起来，接下来你也知道，他答应参加一个实验，赚点小钱。一年之后，他辍学离校，成了一个彻头彻尾的精神病，在街头巷尾胡言乱语，看到幻影，一切症状他都有。"

"这么说这孩子最早的时候还是正常的……"

泰迪又看到亮光划过雨夜，他走到门口，注视着外面。闪电？这还说得通，他猜，可之前怎么就没看见过闪电？

"再正常不过了。可能有点——他们这儿的人怎么说的来着？——'情绪控制问题'，但总体来看，一点都不疯。一年之后，他脑子就出了问题。一天他在公园广场看到一个家伙，认定他是推荐自己去精神科的那个教授。长话短说——诺伊斯认错人了，但他没轻饶这家伙。因为这个他被送到了阿舍克里夫医院，A 区，但在那里没待多久。当时他性情十分暴戾，就被送到了 C 区。他们喂了他一肚子致幻剂，然后走得远远的，静观他以为龙要来吃他的疯样。我猜这可能比他们希望的还要过头吧，因为到最后，为了让他冷静下来，这些人不得不给他动了手术。"

"手术？"查克问。

泰迪点点头。"经由眼眶的前额叶脑白质切除术。手术做起来很好玩，查克。他们把你电休克，然后用一根冰锥刺进你的眼睛，我不是在开玩笑。不用麻醉剂，他们这里插插，那里捅捅，从大脑里取出一些神经组织，然后就大功告成。简单极了。"

查克说道："《纽伦堡法案》禁止——"

"纯粹为了科学的利益做人体实验，没错。我原以为我们碰到一个违反《纽伦堡法案》的案子。参议员也这么认为。可事实并非我们想的那样。如果是直接对付病人身上的疾病，这些实验就可以进行。所以只要一个医生说：'嗨，我们只是在帮那个可怜的家伙，看看这些药物是否能导致精神分裂，那些药物是否能治疗精神分裂……'这样他们就完全不触犯任何法律。"

"慢着，等一下，"查克说道，"你说这个叫诺伊斯的做过一个经由……呃……"

"经由眼眶的前额叶脑白质切除术，没错。"

"可是不管这个手术有多原始，如果它的意义在于让人冷静下来，他又怎么可能在公园广场攻击别人呢？"

"显而易见，这方法不管用。"

"这种情况很常见吗？"

泰迪再度看到那些弧光，这回他相当确定听到了狂风怒啸中透出来的引擎突突声。

"警官！"声音在风中十分微弱，但他们两人都听见了。

查克把腿甩到石板边上，跳了下来，跟泰迪一起站在门口。他们看见墓地远处的车前灯，也听到了扩音器传来的喊声，还有尖锐刺耳的噪音。

"警官！如果你们在这里，请给我信号。我是副院长麦克弗森。警官！"

泰迪说："你说厉不厉害？他们找到我们了。"

"头儿，这是座小岛，他们总会找到我们。"

泰迪和查克目光交汇，然后泰迪点点头。从认识到现在，他还是第一次看到查克眼中流露出恐惧，他咬紧牙关，试图抵消恐惧。

"没事的，伙计。"

"警官！你们在这里吗？"

查克说："我不知道。"

"我很清楚。"泰迪说，尽管实际上并非如此，"跟紧我。我们现在要走出这个鬼地方，查克。别一不留神出了岔子。"

两人走出门外，步入墓地。狂风犹如一排站在锋线上的橄榄球队员冲撞着他们的身躯，但他们稳住脚步，手臂扣在一起，抓住对方的肩膀，朝着灯光蹒跚前行。

10

"你们他妈的是不是疯了？"

麦克弗森迎风大喊，他们乘坐的吉普车沿墓地西边开出一条小路冲出来。

麦克弗森坐在副驾驶座上，两眼通红地回头瞪着他们，身上得克萨斯乡下小伙儿的魅力已被暴风雨冲刷得一干二净。没人给他们介绍司机，他年纪不大，瘦瘦的脸，尖尖的下巴，泰迪只能从他的雨衣帽檐下看出这些。但他吉普车开得相当专业，在杂草密布、满地废墟的路况下如履平地。

"刚刚热带风暴已经升级为飓风，风速每小时一百英里。等到午夜，预计会达到每小时一百五十英里。你们还打算趁这个时候散散步？"

"你怎么知道升级了？"泰迪问道。

"业余无线电，警官。几个小时之内这玩意儿就要废了。"

"没错。"泰迪说道。

"要不是为了找你们，我们这会儿原本可以把医院里的房子弄得牢固些。"他一巴掌砸在椅背上，然后转过身去，不再理睬他们。

吉普车开到一处隆起的地面时跳了起来，有一小段时间泰迪只看得到天空，感觉轮子下面空无一物，然后轮胎撞到地面，车子载着他们转过一道急弯，地上留下几道深深的车辙。泰迪能看到左边的大海，海水翻滚撞击着，向上吐出酷似蘑菇云的白色浪花。

吉普车驶过几个小土丘，冲入一排树丛。泰迪和查克在后座东碰西撞地颠簸着。一会儿工夫树丛被抛在后头，前方可以看到考利的宅邸背面。车子又穿过四分之一英亩满是木屑和松针的园子，然后开上大路。司机挂上高挡，车子呼啸着驶向大门。

泰迪和查克在员工宿舍的地下室冲了个澡，从杂工的备用制服中拿了两套换上，他们的衣服则被送去医院洗衣房。查克在卫生间把头发向后梳，看着自己身上的白衫白裤说道："您要不要看看我们这儿的酒单？今晚的特别菜是惠灵顿牛排。味道很不错哦。"

特里·华盛顿把头探进卫生间打量着他们的新衣裳，憋不住想笑的样子，说道："我来带你们去见考利大夫。"

"我们惹上了多大的麻烦？"

"嗯，依我看，有那么点吧。"

泰迪和查克把特里留在门口，走进医院顶层的一间会议室。

"先生们，"他们走进房间时考利说，"见到你们可真好。"他看上去情绪不错，显得宽宏大量，眼眸熠熠发光。

屋子里坐满了医生，有些穿着白大褂，有些西装革履，围坐在一张长长的柚木桌旁，椅子前摆放着绿色灯罩的台灯，暗色烟灰缸

142

里净是未熄的烟头和雪茄，唯一的一支烟斗是奈林的，他坐在桌子的上首。

"医生们，这两位就是我们讲起过的联邦法警——丹尼尔斯和奥尔。"

"你们的衣服呢？"有人问。

"这个问题问得好。"考利说道。

可把他得意坏了，泰迪心想。

"我们在外面碰上了暴风雨。"泰迪解释道。

"在这种天气里？"那个医生指着高窗。这些窗子都用胶带横七竖八地缠了好几圈，听上去似乎在轻声喘息，向屋内吐着气。雨水敲着玻璃窗发出噼里啪啦的声响，在狂风的压迫下整幢大楼都在嘎嘎吱吱地摇晃。

"恐怕是这样。"查克回答。

"请找个位子就座，"奈林说道，"我们马上就要结束了。"

他们在桌子尾端找到两个座位坐下。

"约翰，"奈林对考利说，"在这点上，我们要达成一致。"

"你知道我的立场。"

"我相信大家都尊重你的意见，但如果抗精神疾病的药剂能缓解血清素的失衡，我看我们没有太多选择。我们必须继续研究。第一个实验病人，她叫……呃，多丽丝·沃尔什，她符合所有的标准。我觉得没什么问题。"

"我只是担心代价。"

"肯定远远低于动手术，你很清楚。"

"我是说对基底神经节和大脑皮层造成危害的风险。在欧洲的早期研究表明，这样的实验有引起神经紊乱的可能，症状和脑炎、中风对神经系统的破坏类似。"

奈林举起手一挥，对考利的反对不予理睬。"所有支持布洛提贡医生请求的，请举手。"

泰迪看到桌前所有人都举起手，除了考利和另一个人。

"看来我们已经达成了共识，"奈林说道，"这样的话，我们就向监事会请示，为布洛提贡医生的研究提供资金。"

一个年轻的医生，应该就是布洛提贡，向桌子四周的人点头致谢。他有一张瘦长的脸，两颊光滑，典型的美国人长相。泰迪觉得他像是那种需要特别关注的角色，轻而易举就实现了父母的最大梦想。

"好了，就这样吧。"奈林边说边合上身前的文件夹，目光转向桌子尾端的泰迪和查克，"警官们，你们好吗？"

考利从座位上站起身，在餐柜旁倒了杯咖啡。"有谣传说，你们是在一座陵墓里被找到的。"

桌子周围传来几声窃笑，几个医生掩住嘴。

"你知道有什么更好的地方可以躲避飓风吗？"查克说道。

考利说道："这里，最好待在地下室。"

"我们听说风速能达到每小时一百五十英里。"

考利点点头，背对着房间。"今天早晨，罗德岛的新港市有百分之三十的民宅都被毁了。"

查克说道："希望范德比尔特庄园没事。"

考利坐了下来。"普罗温斯敦和特鲁罗今天下午遭受了飓风的袭击。没人知道情况有多糟糕，因为道路不通，无线电也中断了。看起来飓风直奔我们而来。"

"这是三十年来东海岸最糟糕的一场暴风雨。"一名医生说。

"把空气变成了纯粹的静电。"考利说道，"这就是为什么接线总机昨晚上废掉了，也就是为什么无线电最多只能凑合着用用。如果飓风直扑这里，我不知道到时候这里还有什么能剩下来。"

"这就是为什么，"奈林说，"我一再坚持对所有蓝区的病人采用人工约束装置。"

"蓝区？"泰迪问。

"C区，"考利说道，"那些被认为对他们自己、这个机构和普通大众构成威胁的病人。"他转身看着奈林，"我们不能那么做。如果那个地方进水了，他们会被淹死。你再清楚不过。"

"要淹死人的话，那里得进不少水才行。"

"我们四周环海，马上要面对时速一百五十英里的飓风。'进不少水'显然是很可能发生的事。我们把警卫人数加倍，时刻注意蓝区里每一个病人的行动，没有例外。但我们不能把他们锁到床上。他们已经被关在囚室里面了，我的上帝！这简直是赶尽杀绝。"

"这是场赌博，约翰。"一名坐在长桌中部的褐发男子低声说。泰迪和查克刚进门时，这些人不知在讨论什么，而他和考利是投反对票的两个人。他反复按着一支圆珠笔，目光停滞在桌面上，但泰迪能从他的语气中听出他和考利是朋友。"这就是场赌博，如果停电了该怎么办？"

"我们有备用发电机。"

"如果那也废了呢？这些牢房就都打开了。"

"这是座岛，"考利说道，"他们能去哪里呢？不太可能搭上一艘渡轮，跑去波士顿闹个底朝天吧？如果采用人工约束装置，而那地方淹了水，他们全都得死。那可是二十四条人命啊！恕我直言，如果主病区里出了点事情，其他四十二个人也有什么三长两短呢？我是说，这太糟糕了！你们能接受吗？反正我不能。"

考利的目光在桌子四周游移不定，泰迪突然动了他几乎从未动过的恻隐之心。他不知道考利为什么让他们参加会议，但看得出此人在这里没什么朋友。

"大夫，"泰迪说，"我并不是有意打断你。"

"没关系，警官。是我们带你来的。"

泰迪差点脱口而出：没开玩笑吧你？"我们今天早上谈到蕾切尔·索兰多的密码——"

"各位都明白这位警官在说什么吗？"

"四的法则。"布洛提贡说，脸上挂着微笑——泰迪真想用钳子把它拔下来，"我喜欢极了。"

泰迪说："我们今天早上谈的时候，你说你对最后那个线索一点头绪也没有。"

"'谁是六十七？'"奈林问，"是这个吗？"

泰迪点点头，然后靠在椅背上等待着。他发现所有人都转过头看着他，一头雾水。

"你们真的还没看出来？"泰迪说道。

"看出来什么，警官？"说话的是考利的朋友。泰迪瞥了一眼他的白大褂，得知他叫米勒。

"你们这里有六十七个病人。"

他们回头盯着他看，就像生日派对上的小孩等着小丑再变出一束鲜花。

"A区和B区，加起来是四十二个病人。C区里有二十四个。总共六十六。"

泰迪看到几张脸上露出恍然大悟的表情，但大多数人还是茫然不知所以。

"六十七个病人，"泰迪说道，"那暗示着'谁是六十七'的答案，就是这里有第六十七个病人。"

鸦雀无声。几个医生隔着桌子面面相觑。

"我不太明白。"奈林第一个打破沉默。

"你不明白什么？蕾切尔·索兰多在暗示这里有第六十七个病人。"

"可是这里没有。"考利说着，伸出手放在身前的桌上，"你的想法很好，警官，如果是真的，密码自然就破解了。但二加二无论如何也不等于五，即便你想让它们相等也不行。如果这个岛上只有六十六个病人，那么第六十七个病人的问题就没有实际意义。你明白我的意思吗？"

"不明白。"泰迪说，尽量保持平和的声音，"这一点我不太懂。"

考利开口前，似乎在仔细斟酌挑选最简单的讲法。"如果，比方说，这场飓风没有出现，那今天早上我们会再接收两个新病人。病人总数将到六十八。如果一个病人，恕我乌鸦嘴，昨晚在睡梦中死去，那病人的数目就是六十五。病人总数会随着一天天、一周周的推移而改变，这取决于很多因素。"

"但是，"泰迪说道，"到索兰多小姐写下密码那晚为止……"

"一共是六十六个病人，包括她在内。这点我可以保证，警官。但还是比六十七少了一个，不是吗？你这是在往方洞里钉圆钉子。"

"可她的意思就是这个。"

"我明白，没错。可她的意思是错误的，这里没有第六十七个病人。"

"你能否让我和我的搭档查一下这儿的病人档案？"

此言一出，招来桌子周围一圈人的皱眉和反感。

"绝对不行。"奈林说，"我们不能这样做，警官。很抱歉。"

泰迪垂下头，看着身上傻里傻气的白衬衫和跟它搭配的裤子。他看上去像个端冷饮的服务生。他可能太颐指气使了，也许该给屋子里的人递上冰激凌球，看看这样能不能博得他们的欢心。

"我们既不能查你们的员工档案，又不能查你们的病人档案。那叫我们怎么去找失踪的病人，先生们？"

奈林靠回椅背上，仰起头。考利的手臂僵在半空，香烟还没递到嘴边。几个医生窃窃私语。

泰迪看了看查克。查克低声道："别看我，我也糊涂了。"

考利说道："院长没跟你讲过吗？"

"我们从来没和院长讲过话。是麦克弗森接我们回来的。"

"哦，"考利说，"我的上帝啊！"

"怎么了？"

考利望望四周的医生，一副惊讶的样子。

"怎么了？"泰迪又问道。

考利吐出一口气，回头看着他们俩。"我们找到她了。"

"什么？"

考利点点头，吸了一口烟。"蕾切尔·索兰多。我们今天下午找到她了。她就在这里，先生们。出了那扇门，穿过门厅就是。"

泰迪和查克一起回头看向那扇门。

"你们可以休息了，警官。你们的任务已经完成了。"

11

考利和奈林带领他们穿过一条铺着黑白地砖的走廊，走出对开门，进入医院主病区。经过左侧的一处护士站，一行人右转进入一个大房间，屋内能看到长条状的荧光灯和悬在天花板吊钩上的 U 形窗帘架。她就在那儿，端坐在床上，身上套着刚好露出膝盖的浅绿色长罩衫，刚刚洗过的黑发向后梳去。

"蕾切尔，"考利说道，"我们带了几个朋友一起过来，希望你别介意。"

她把大腿下方的罩衫边缘抚平，用一种孩童般期待的神情望向泰迪和查克，周身没有一丝出逃的痕迹。

她有着砂石色的肌肤，面庞、手臂和腿部都一尘不染。她赤着脚，脚上没有被枝条、荆棘或者岩石划过的痕迹。

"你们找我有什么事吗？"她问泰迪。

"索兰多小姐，我们来是为了——"

"卖东西吗？"

"你说什么？"

"我希望，你们最好不是来这里卖东西的。我不想对您失礼，但在这方面，拿主意的是我丈夫。"

"不，女士。我们不是来这儿卖任何东西的。"

"不是就好。那么我能为您做点什么？"

"你能告诉我你昨天晚上在哪里吗？"

"我就在这里，在家里。"她的目光望向考利，"这些人是谁？"

考利答道："他们是警探，蕾切尔。"

"吉姆出事了吗？"

"没有，"考利说道，"没，没有。吉姆没事。"

"应该不是我的孩子们。"她四下望了望，"他们就在院子里。他们该不会闯了什么祸吧？"

泰迪说道："没有，索兰多小姐。你的孩子没惹麻烦。你的丈夫也很好。"泰迪看到考利正在对他点头，表示赞同。"我们只不过，呃，我们听说这里昨天有个破坏分子，有人看到他在大街上散发反动传单。"

"哦，我的天。是发给孩子们吗？"

"据我所知，没有。"

"可就是在这附近吗？在这条街上？"

泰迪说道："恐怕是的，女士。我在想你能否把你昨天去过的地方告诉我们，这样我们就能知道你是否遇见过我们说的那个人。"

"难道你在指控我是一名反动分子？"她把后背从枕头上移开，双拳紧紧攥住床单。

考利看了泰迪一眼，意思是说：你自己挖了洞钻进去，最好再挖个洞爬出来。

"反动分子，女士，你吗？哪有头脑正常的人会这么认为？你和贝蒂·格拉布尔一样热爱美国。只有瞎子才会看不出来。"

她抓着床单的一只手松开，在膝盖上蹭了几下。"可我不喜欢贝蒂·格拉布尔。"

"这个比喻只是在说你显而易见的爱国情怀。不，我觉得你更像特雷莎·赖特，女士。她在十年、十二年前和约瑟夫·科顿一起拍的什么来着？"

"《辣手摧花》，我听说过。"她说道，绽放出亲切而性感的微笑，"吉姆在那场战争中打过仗。他回到家说整个世界获得了自由，因为美国人为之战斗，而世界也懂得了美国所走的道路是唯一的出路。"

"阿门，"泰迪说道，"我也参加过那场战争。"

"那你认识我的吉姆吗？"

"恐怕不认识，女士。我敢肯定他是个好人。陆军？"

听到这个词，她立刻皱了皱鼻子。"海军。"

"永远忠诚。①"泰迪说道，"索兰多小姐，掌握这个破坏分子昨天的一举一动至关重要。现在想想，你可能根本没看到他。他十分狡猾。因此我们需要知道你昨天都做了什么，以便与我们掌握的这个家伙的出没地点进行比对，进而确认你们两人是不是有可能遇见对方。"

"就像夜里的船只吗？"

"一点没错，这么说你听懂了？"

"哦，是的。"她在床上坐直了身子，双腿压在身下，这让泰迪感到下腹有了反应。

---

① 原文为拉丁文 Semper fi，美国海军陆战队的座右铭。

"那么希望你能说说昨天一整天你都做了哪些事。"他说道。

"让我想想。我给吉姆和孩子们做了早饭，然后把吉姆的午饭打包后他就走了，之后我送孩子们去了学校，再后来我打算花一大段时间去湖里游泳。"

"你经常游泳吗？"

"不。"她说道，身体前倾，笑了起来，好像泰迪想要跟她发生亲昵关系，"我只是，我不知道。我感到有点怪怪的。你能明白一个人有时会有奇怪的感觉吧？我是说偶尔会感到哪儿不对劲。"

"当然。"

"我当时就是那种感觉。所以我脱光衣服，在湖里游泳，一直游到四肢乏力，沉沉的像木头似的。上岸后，我晾干了身子就穿上衣服，沿着湖边走了很久。我还穿过了一些石头堆，用手砌了几座沙堡，很小的那种。"

"你还记得砌了几座吗？"泰迪问道，感觉到考利正瞪着他。

她眼睛斜视天花板思考片刻。"记得。"

"多少座？"

"十三座。"

"可真不少。"

"有几座很小，"她说道，"茶杯那么大。"

"然后你做了什么？"

"我想起了你。"她说道。

泰迪看到奈林从床的另一边瞥了考利一眼。泰迪盯住奈林，后者举起双手，表示和大伙一样惊讶。"为什么是我？"泰迪说道。

她皓齿微启，露出红红的舌尖，绽放出微笑。"因为你就是我的吉姆啊，傻瓜。你就是我的战士。"她用膝部撑起身体，伸手将泰迪的手握在手中轻轻抚摩。"这么粗糙。我喜欢你的老茧，那种在我手上微微隆起的感觉。我很想你，吉姆，你一直没有回过家。"

"我工作很忙。"泰迪说道。

"坐下。"她拉了拉泰迪的手臂。

考利抛出一个眼神示意泰迪走上前，于是泰迪被领到床边，紧挨着她坐下。照片上她眼中的狂暴之光荡然无存，至少暂时不见踪影，而且坐得这么近，几乎无法不去注意她出众的美丽。她给人一种晶莹流动的整体印象：黑色的双眸闪烁着水一般清澈的光辉，慵懒的体态让四肢看上去好像在空气中游弋，嘴唇和下颏则给人稍稍熟透的感觉。

"你工作得太辛苦了。"她说着，手指抚过泰迪喉部下方的肌肤，好像在抚平他领带上的一处褶皱。

"得养活一家人啊。"泰迪说道。

"哦，我们很好。"她说道，泰迪能在颈部感觉到她的呼吸。"我们现在什么都不缺。"

"只是现在。"泰迪说道，"我在想今后的日子。"

"那是无法预料的，"蕾切尔说道，"还记得我爸爸过去怎么说吗？"

"我忘了。"

她用手指梳理着他太阳穴处的头发。"'未来是要预付购买的，'他说，'我只付现金买现货。'"她朝他咯咯一笑，身子靠了过来。两人距离如此之近，泰迪能感到她的乳房就贴着自己的后背。"不，宝贝儿，我们得过好当下。活在此时此地。"

这些话多洛雷丝曾说过。她们的嘴唇和头发都很相似，相似到如果蕾切尔把脸凑过来，他不会为把她当成多洛雷丝而感到愧疚。她们甚至都有那种颤动的性感，泰迪从来不确定——甚至在他们一起走过那么多年之后——他的妻子究竟是否意识到自己拥有这种魅力。他尽力回忆打算问她什么问题。他知道应该让她回归正题，说出昨天干了什么，没错，在岸边散步盖沙堡后的事情。

"在湖岸边散完步，你做了些什么？"他问。

"你清楚我做了什么。"

"不清楚。"

"哦，你是想听我说出来？是这样吗？"她凑了过来，脸庞在他脸下方一点的位置，一双黑色的眼睛朝上凝视着他，嘴里呼出的气息钻入他的口中。"你不记得了？"

"嗯。"

"骗人。"

"我是说真的。"

"你不是。如果你忘了，詹姆斯·索兰多，你就遇到麻烦了。"

"那么，告诉我吧。"泰迪低声说。

"你就是想要听。"

"我就是想要听。"

她的手掌顺着脸颊抚过下颏，嗓音变粗说："我从湖边回来，全身还是湿漉漉的，你帮我舔干了身体。"

泰迪双手扶住她的脸，没有让她继续缩短两人间的距离。他的手指划过她的太阳穴，能感到大拇指处发丝的潮湿，两人的目光交织在一起。"告诉我你昨天还干了些什么。"他低声说，看到她清澈似水的双眼中有某种东西在挣扎。恐惧，他很肯定。接着，它扩散到她的上唇和眉间。他能感到她体内的颤抖。

她在他脸上搜寻着，双眼瞪得越来越大，眼珠在眼窝内左右闪动。"我把你埋了。"她说道。

"不，我现在就在这里。"

"我埋葬了你，用一口空棺材。在北大西洋上，你的尸体被炸得遍地都是。我把你的狗牌埋掉了，因为他们只能找到这个。你的身体，你美丽的身体被火烧焦，被鲨鱼吃掉了。"

"蕾切尔。"考利说。

"就像肉一样。"她说。

"不。"泰迪说。

"就像黑色的肉，烧成了焦炭，不那么嫩了。"

"不，那不是我。"

"他们杀死了吉姆。我的吉姆死了。你他妈的是谁？"她从他手中挣脱，爬到床头靠墙的地方，回头看着他。"那个该死的家伙是谁？"她指着泰迪，朝他吐着唾沫。

泰迪无法动弹，凝视着她，还有她眼中如同海浪般汹涌的愤怒。

"你打算强奸我，水手？是这么回事吗？当我的孩子们在院子里玩耍的时候，把你那肮脏的家伙放进我身体里吗？这是你的计划吧？你给我滚出去！你给我——"

她朝他冲过来，一只手在头上扬起。泰迪从床边闪开，两名肩头挂着粗革束带的杂工从他身旁扑了过去，抓住她的胳膊，将她扔回床上。

泰迪感到全身战栗，汗水从毛孔中不断涌出，而蕾切尔在病房里喊得震天响："你这个强奸犯！你这该死的强奸犯！我丈夫会来把你的喉咙割开！你听到了吗？他会把你的头割下来，我们一起喝你的血！我们会用你的血洗澡，你这变态的畜生！"

一名杂工用身体压住她的胸部，另一名用一只大手紧紧握住她的脚踝。他们把皮带穿进床栏的金属夹缝，从她的胸前和脚踝绕过，再从另一侧的夹缝穿出，死死拉紧。一声带扣咬合的脆响之后，两名杂工向后退开。

"蕾切尔。"考利轻声说道，语气如同一位慈父。

"你们都是些该死的强奸犯。我的孩子呢？我的孩子哪儿去了？把我的孩子还给我，你们这些狗娘养的！把我的孩子还我！"

她发出一声尖叫，泰迪听来好似一枚子弹穿过骨髓。她猛烈地挣扎着，企图挣脱束缚，病床床栏发出一阵乱响。考利说道："回头我们再来看你，蕾切尔。"

她朝考利吐了一口唾沫，泰迪能听到唾液砸在地板上的声响，接着，她的尖叫声再次响起，嘴唇上沾着咬破后流出的鲜血。考利朝众人点点头，迈步离开，大家紧随其后。泰迪回过头，发现她正看着他，死死地盯着他的眼睛，双肩挣扎着离开床垫，颈部的血管凸起，嘴唇上沾着血和唾沫，声嘶力竭地尖叫着，仿佛看到一个世纪的亡灵都顺着窗子爬进来，正在爬向她的床。

考利的办公室有一个小吧台，一进门他就直奔那里，横穿至右侧。泰迪一时没找到他的人影，只看到他消失在一层白色的薄纱之后，泰迪心想：别，别在这个时候。看在上帝的分上，别在这个时候。

"你们在哪里找到她的？"泰迪问道。

"灯塔附近的海岸边，她正在石头间跳跃着向海里走去。"

考利又出现了，但这只是因为泰迪朝左扭头的缘故，他还在往右走。泰迪转过头来，看到薄纱后头是一个内嵌式的书橱和一扇窗子。他揉了揉眼，指望自己看错了，却徒劳无功。接着他感到头部左侧一阵剧痛——颅内岩浆涌动，峡谷般裂开。他开始以为是蕾切尔怒不可遏的叫声在作怪，但那痛苦远非如此，如同十几把匕首慢慢刺穿他的颅骨。他身子一缩，按住太阳穴。

"警官。"

他抬头看到考利在桌子对面，鬼影似的模糊一团，站在自己左边。"什么？"泰迪吃力地应道。

"你看上去脸色很差。"

"你没事吧，头儿？"查克突然出现在他身旁。

"没事。"泰迪艰难地挤出两个字。

考利把威士忌酒杯放在桌上，砰的一声犹如霰弹枪响。"坐下来。"考利说道。

"我很好。"但他的话从大脑传到舌尖仿佛爬下一段带刺的梯子，颤颤巍巍。

考利隔着桌子探过身来，身上的骨头发出火烧木头一般的脆响。"偏头痛？"

泰迪看了看眼前模糊的身影。他本该点点头，但经验告诉自己，这个时候绝不能。"是。"他艰难地答道。

"我从你揉太阳穴的样子能判断出来。"

"哦。"

"经常发作吗？"

"五到六回……"泰迪感到嘴巴很干，花了几秒钟的时间才重新润湿了舌头，"……一年。"

"你很幸运，"考利说道，"从某方面来说还是幸运的。"

"怎么会？"

"许多偏头痛患者一周左右就会发作一次。"他起身离开桌子时，泰迪又听到那种火烧木头的脆响，接着是打开橱柜的声音。

"你都有哪些症状？"他问泰迪，"部分视觉丧失，口干舌燥，脑子里好像有火在烧？"

"答对了。"

"几百年来我们一直在研究人的大脑，可没人知道这病的病根在哪里。你能相信吗？我们知道它通常袭击大脑顶叶，能导致血液凝固。这东西虽然微乎其微，但把它放在大脑这样小而脆弱的环境中，它的破坏力有如爆炸。尽管经过了这么长时间，可是对其病因和长期危害的研究成果，和我们对如何治疗普通感冒掌握的信息一样多。"考利递给他一杯水，取了两片黄色药片放在他手上。"这两片药应该够了，会让你睡上一到两个钟头，等你醒来的时候就应该没事了，恢复得非常彻底。"

泰迪垂眼看着黄色药片，还有手里握着的那杯晃晃荡荡的水。他抬头看着考利，努力眯起那只正常的眼睛，眼前的这个人似乎沐浴在一片刺眼的白光中，白光一束束地从他的肩膀和手臂射向自己。

无论你做什么……一个声音在泰迪的脑中响起。

他左侧的头骨被指甲撬开，一盒图钉被倒了进去，泰迪倒吸一口气，疼得发出咝咝的声音。

"上帝啊，头儿。"

"他不会有事的，警官。"

那个声音再度响起：无论你做什么，泰迪……

有人用锤子把一根钢管敲进了那堆图钉，泰迪用手背按住那只完好的眼睛，这时泪水从眼中涌出，他感到胃部骤然抽动起来。

……别吃那些药片。

他感到胃已经完全垂了下去，滑入右腰，而脑袋上的裂缝边缘正被火苗舔舐着，要是再糟糕些，他会毫不犹豫地咬断舌头。

别吃那些该死的药片！那个声音变为高喊，在燃烧着的峡谷中来回穿梭，摇着一面旗帜，召唤援军。

泰迪垂下头，吐在地板上。

"头儿，头儿，你没事吧？"

"我的天哪，"考利说道，"你确实病得不轻。"

泰迪抬起了头。

别……

他的脸颊淌满泪水。

……吃……

有人把一柄刀子插入了峡谷，刀身没入其中。

……那些……

那柄刀开始前前后后锯来锯去。

……药片……

泰迪咬紧牙关，感到胃又膨胀起来。他努力想要集中精神看着手中的杯子，但发现大拇指上有样奇怪的东西，他认定这是偏头痛在对他的意识作怪。

不要吃那些药片。

锯齿又一次划过大脑上粉红色的褶皱，泰迪紧咬牙关才没有叫出声来。他能听到火光中蕾切尔的尖叫声，他们目光相交，她呼出的气息落在他的唇上，而他用双手托住她的脸，手指抚摩着她的太阳穴，那该死的锯子还在他脑中前后拉扯着。

千万别吃那些该死的药片！

接着，他的手掌盖到嘴上，只觉得药片飞到口中，灌下一大口水后，他吞咽着，感觉到它们顺着食道滑落。他把杯中的水喝得一滴不剩。

"你会感谢我的。"考利说道。

查克又到了泰迪身旁，递给他一块手帕。泰迪用手帕擦了擦额头和嘴巴，把它扔到地上。

考利说道："帮我把他扶起来，警官。"

他们把泰迪从椅子上抬起来，转了个身，泰迪能看到面前是一扇黑色的门。

"不要告诉别人，"考利说道，"那儿有一间屋子，我偶尔会去打个盹儿。哦，好吧，是每天一次。我们要让你在那儿休息，警官，你醒过来就没事了。两个小时以后，你会完好如初。"

泰迪看到自己的手从他们肩上垂下来。它们看上去很好笑——就好像悬在胸骨上方，而他的两只大拇指上面都有奇怪的光影。这他妈的究竟是什么？他真希望能抓抓那里的皮肤，但考利已经在开门了，泰迪最后朝大拇指上的污迹看了一眼。

黑色的污迹。

是鞋油，当他们把他拖入黑漆漆的房间时，他想着。

见鬼了，我是怎么把鞋油弄到拇指上的？

12

那些是泰迪做过的最糟糕的梦。

梦开始的时候,他正穿过赫尔镇的街道,从小到大走过无数次的街道。他路过旧校舍、卖口香糖和奶油苏打水的杂货铺、迪克森家、帕卡斯基家、默里家、伯伊德家、弗农家和康斯坦丁家。但没有一个人在,哪里都不见人影。整个镇子空无一人,一片死寂。他甚至听不到海涛声,可是在赫尔镇总能听到海。

太可怕了——这是他的故乡,但所有人都已消失不见。他在沿海洋大道而建的海堤上坐下,目光搜寻着空旷的海滩。他一直坐着等待,但没有人来。他这才意识到他们都死了,死了很久。他是一个鬼魂,回到几个世纪前他的那个鬼镇上。镇子早已不复存在,他也同样不在了。根本就没有这个地方。

接下来他发觉自己置身于一间大理石大厅,厅内挤满了人,还有病床和红色的输液袋,他立即感觉舒服了一些。不论这是哪里,至少他不是形单影只。有三个孩子——两个男孩和一个女孩——从他身前走过，三人都穿着医院的长罩衫，女孩看上去有些害怕，拉着她兄弟的手说："她在这儿，她会找到我们的。"

安德鲁·利蒂斯靠过来给泰迪点烟。"嘿，你不会介意，对吧，哥们儿？"

利蒂斯面目狰狞、体貌怪异：身躯像条扭曲的粗绳，细长脑袋下凸起一个尖下巴，足有正常人的两倍长，两排参差不齐的牙齿，长满疥疮的粉红脑壳上结出几丛金色头发。但泰迪仍然很高兴见到他，他是屋子里自己唯一认识的人。

"给我一瓶，"利蒂斯说道，"如果待会儿你也想灌几口的话。"他朝泰迪使了个眼色，拍拍他的背，摇身一变成了查克，而这一变化看似没有不妥之处。

"我们得走了，"查克说道，"时间不等人，我的朋友。"

泰迪说道："我的镇子空了，一个人都没有。"

他突然撒腿跑起来，因为她在那儿，蕾切尔·索兰多，手里攥着砍刀一边尖叫一边跑过大厅。还没等泰迪追上她，她已经抓住了三个孩子，手中的砍刀上下挥动。泰迪怔在那里一动不动，似乎被什么奇怪的力量附了身，同时心里再清楚不过，此刻他已无能为力，三个孩子没救了。

蕾切尔抬眼看着他，脸上和脖颈上沾了星星点点的鲜血，开口说："来帮帮我。"

泰迪说道："什么？我会惹上麻烦。"

她说："你来帮我一把，我就会成为多洛雷丝，我就会做你的妻子，她会回到你的身边。"

于是，他说："好，一言为定。"他帮助了她。他们不知怎的，一下子就把三个孩子都抬了起来，穿过后门来到湖边。他们没有把尸体抛入湖里，而是十分小心地平放在湖面上，任由它们沉入湖中。其中一个男孩浮上来，一只手探出水面拍打着，蕾切尔说："没关系，他不会游泳。"

他们站在湖岸上，看着男孩沉入湖底。她抱住泰迪的腰说道："你会是我的吉姆，我会是你的多洛雷丝。我们一起再生宝宝。"

这看上去是个再合理不过的解决办法，泰迪纳闷自己原来怎么没想到。

他跟她回到阿舍克里夫医院，正巧遇上查克，三人走过一条一英里长的走廊。泰迪告诉查克："她正带我去见多洛雷丝。我回家去了，哥们儿。"

"那太好了！"查克说，"我真高兴，我永远也不用离开这座岛了。"

"不离开了？"

"对，但没关系，头儿。真的没关系。我属于这里。这里是我的家。"

泰迪说道："我的家是蕾切尔。"

"多洛雷丝，你是说。"

"是的，是的。我刚刚说了什么？"

"你说了蕾切尔。"

"哦，不好意思。你真的觉得你属于这里？"

查克点点头。"我从未离开过，我也永远不会离开。我是说，看看我的手，头儿。"

泰迪看着他的双手。它们看上去十分正常，他这样告诉查克。

查克摇摇头。"它们不太健康。手指有时候会变成老鼠。"

"既然这样，那么我很高兴你回家了。"

"谢谢，头儿。"他拍了拍泰迪的背，须臾间又变成了考利。这时蕾切尔已经走到他们前面很远的地方了，泰迪开始加快脚步。

考利说："你不能爱一个杀死自己孩子的女人。"

"我能，"泰迪说道，走得更快了，"你怎么就是不明白？"

"什么？"考利的双脚并未移动，但他仍旧跟得上泰迪的步伐，像是在滑行，"我不明白什么？"

"我不能独自一人。我没法面对，在这个该死的世界里我没办法面对。我需要她，她是我的多洛雷丝。"

"她是蕾切尔。"

"我知道，但我们谈妥了。她愿意做我的多洛雷丝，我做她的吉姆。这是个不错的交易。"

"唉。"考利一声叹息。

三个孩子沿着走廊朝他们跑回来。孩子们浑身湿透，不顾一切地大声呼喊着。

"什么样的母亲会做那种事？"考利问。

泰迪看着孩子们奔跑，不一会儿就超过了他和考利。接着，周围的空气似乎产生了某种变化，他们虽然做着跑步的姿势却并未前行。

"杀掉自己的孩子？"考利说道。

"她不是故意的，"泰迪说道，"她只是太害怕了。"

"像我一样？"考利说道，但他不再是考利的模样，已经变成了彼得·布林，"她因为害怕才杀死了自己的孩子。这样就合情合理了吗？"

"不。我的意思是，是的。我对你没什么好感，彼得。"

"你能拿我怎么样？"

泰迪把他的左轮手枪顶在彼得的太阳穴上。"你知道我曾经处决过多少人吗？"泰迪说着，发现泪水沿彼得的脸颊流下。

"请别开枪，"彼得说道，"求你了。"

泰迪扣动扳机，看着子弹从彼得脑袋的另一边钻出。三个孩子目睹了整个过程，他们近乎疯狂地尖叫着。彼得·布林骂道："该死的！"然后他靠着墙，用手捂住枪伤。"居然当着孩子的面开枪？"

接着他们听到一声尖叫从前方的黑暗中传来，是她的尖叫。她来了，她就在前面的黑暗中，她正朝他们全速冲过来。小女孩说道："救救我们。"

"我不是你们的爸爸，这里不是我的地方。"

"我会叫你爸爸的。"

"好吧。"泰迪叹息一声，抓起她的手。

他们在俯瞰禁闭岛海岸的悬崖上前行，接着信步走进墓地。泰迪找到一块面包和一些花生酱，还有果冻，在墓室里给他们做三明治。小女孩十分开心，坐在他腿上，吃着三明治。泰迪把她带到了墓地，把她父亲和母亲的墓碑指给她看，还有他的：

爱德华·丹尼尔斯

糟糕的水手

1920—1957

"为什么你是个糟糕的水手？"女孩问。

"我讨厌水。"

"我也讨厌水，那我们就是朋友了。"

"我想是的。"

"你已经死了，你有一个叫什么来着的东西。"

"一个墓碑。"

"是的。我也已经死了。"

"我知道，我感到很遗憾。"

"你没有阻止她。"

"我能做什么呢？我到她身边的时候，她已经，你明白的……"

"哦，我的天！"

"怎么了？"

"她又追上来了。"

这时，蕾切尔已经走进墓地，来到泰迪在暴风雨中撞倒的墓碑旁，显得从容不迫。她看上去美极了，淋湿的头发滴着雨水，手中的砍刀已换成一把长柄斧头拖在身旁。她开口道："泰迪，来吧。他们是我的。"

"我知道，但我不能把他们交给你。"

"这次不会跟以前一样了。"

"怎么不一样？"

"我现在没事了，我知道我的责任，我已经清醒了。"

泰迪流下了泪水。"我是多么爱你啊。"

"我也爱你，宝贝。真的。"她走过来，吻了他，真的吻了他。她双手捧着他的脸，拼命地吻，愈来愈投入。两人的舌头交缠在一起，蕾切尔发出轻轻的呻吟声，他是如此爱她。

"现在把女孩交给我。"她说道。

他把女孩交给她。她一只手抓住女孩，另一只手拾起斧头，说道："我很快就回来。好吗？"

"好。"泰迪说道。

他朝女孩挥动手臂，但心里清楚她并不能理解。可这都是为她好，他很清楚。当你成年以后，就必须做出一些艰难的决定，一些孩子们无法理解的决定。可你得为他们去做这样的决定。泰迪还在挥手，尽管女孩不会回应他，因为她的妈妈正在把她带去陵墓。女孩瞪着泰迪，眼神中流露出绝望，屈从于这个世界，屈从于只能做牺牲品的命运，嘴边还沾着花生酱和果冻。

"哦，我的天！"泰迪坐起身，脸上淌满泪水。他觉得自己是被惊醒的，大脑猛然清醒过来，仅仅为了从那噩梦中脱身。他能感到那个梦仍然在脑子里敞开大门等着他。只要闭上眼，脑袋挨到枕头，他就会一头栽回那个梦中。

"你感觉怎么样了，警官？"

他眨了几下眼，努力看清黑暗中是谁在说话。"谁在那儿？"

考利点亮一盏小灯，就在屋角他的椅子旁。"对不起，我不是有意吓到你。"

泰迪坐起身。"我在这里有多久了？"

考利朝他抱歉地笑笑。"这些药片比我估计的厉害了些，你已经睡了四个小时了。"

"该死！"泰迪用掌根揉了揉眼。

"你一直在做噩梦，警官，非常厉害的噩梦。"

"我现在待在一座小岛上的精神病院里，外面还刮着飓风。"泰迪说道。

"深有感触，"考利说道，"我刚来这岛上时，过了一个月才睡上一个安稳觉。谁是多洛雷丝？"

泰迪问："什么？"接着他把双腿甩到床边。

"你不停地喊着她的名字。"

"我嘴巴很干。"

考利点点头，在椅子上转身从身旁的桌子上端起一杯水，递给泰迪。"这恐怕是药的副作用。接着。"

泰迪接过水，喝得一干二净。

"脑袋感觉怎样了？"

泰迪记起是如何到这屋里的，又花了点时间整理思绪后，感觉视觉清晰，脑子里的图钉也不见了，虽然胃还是有点犯恶心，但不算太糟，右边脑袋有些轻微疼痛，不过就像三天前的刮伤，已无大碍。"我没事了，"他说道，"还真不是一般的药。"

"这就是我们要的效果。到底谁是多洛雷丝？"

"我老婆，"泰迪说道，"她已经死了。没错，大夫，我还没完全接受这个事实。这没什么大不了的吧？"

"这非常正常，警官。我很遗憾。她是突然去世的吗？"

泰迪看着他，笑了起来。

"怎么了？"

"我真的没这份心情接受精神分析，大夫。"

考利交叉着脚踝，点了根烟。"我不是在和你的脑袋过不去，警官。信不信由你。但今天晚上蕾切尔的房间里发生了点事情，不只是蕾切尔一个人。如果我不想找出你身上带着的恶魔，那么作为医生就是我的失职。"

"那间屋子里发生了什么？"泰迪说道，"我只是在扮演她希望我扮演的角色而已。"

考利浅笑一声。"你心里再清楚不过，警官。别不承认了。如果房间里就你们两个，你可别告诉我等我们回来的时候，你们仍旧衣衫整齐。"

泰迪说道："我是一名执行公务的警官，大夫。不管你认为自己在那儿看见了什么，都没有那回事。"

考利举起一只手。"好吧，就按你说的。"

"就按我说的。"泰迪说道。

考利靠在椅背上，吸了一口烟，打量着泰迪，接着又吸了几口。泰迪能听到外面暴雨的声音，能感到它压在墙上，感到它在房顶找寻缝隙伺机钻入。考利默不作声，保持警觉，最后泰迪打破了沉默。"她死于一场火灾。我想念她就如同你……如果我在水下，我都不会那么想念氧气。"他朝考利抬起眉毛，"满意了吗？"

考利靠了过来，递给泰迪一根烟并替他点上。"有一次我在法国，爱上了一个女人，"他说道，"别告诉我老婆，好吗？"

"当然。"

"我对她的爱就如同你爱……呃，没什么，"他说着，声音中透出一丝惊讶，"你没法把这样的爱和任何事相比，对不对？"

泰迪摇摇头。

"它就是它，一份独一无二的礼物。"考利的目光跟随香烟的烟雾出了房间，飘到海上。

"你在法国干什么？"

他笑了笑，俏皮地朝泰迪摇了摇手指。

"啊。"

"总之，这个女人在一个晚上赶来见我。她赶时间，我猜。巴黎当时下着雨，她被绊倒了，就这样。"

"她怎么了？"

"被绊倒了。"

"然后呢？"泰迪盯住他看。

"然后就没什么了。她被绊倒了，朝前摔了下去，撞破了脑袋，死了。你能相信吗？当时在打仗。你猜不到所有这些死法中她居然是这样死的，绊了一跤而已。"

泰迪能读出他脸上的悲痛，即便过了这些年，他仍然无法相信命运和自己开了这么一个玩笑。

"有时候，"考利轻轻说道，"我能够做到一连三个小时不去想她，有时候我几个星期都记不起她身上的味道，当她知道我们能有一个晚上独处时的表情，还有她的头发——她在读书时抚弄它的样子。有时候……"考利掐灭香烟，"不管她的灵魂去了哪里——假设有一个传送口在她身体下面，在她死去的时候被打开，那她就是去了那个地方。如果我知道那个入口会开启，我明天就去巴黎，然后跟着她爬进去。"

泰迪说道："她叫什么名字？"

"玛丽。"考利说道，似乎一说出这个名字，就让他失去了什么。

泰迪吸了口烟，吐出烟雾。"多洛雷丝，"他说道，"她睡觉的时候经常翻身，她的手臂，十次有七次——不是我开玩笑——会甩到我脸上，盖住我的嘴巴和鼻子，只听啪的一声，就砸在了那里。我会把它拿开，你知道吗？有时候会很不耐烦地拨开。我正在睡好觉，可砰的一声我就醒了。多谢，亲爱的。可有时候我不会去碰它，就让它在那儿，亲它，闻它，随便怎么做，把她的气味吸进来。如果那手能放在我脸上，大夫，让我拿整个世界交换我都愿意。"

墙壁发出轰鸣，狂风摇撼着黑夜。

考利看着泰迪，像看一个在繁忙街角玩耍的孩子。"我很擅长我的工作，警官。我承认自己是自大狂。我的智商很高，还是小孩的时候，就能读懂人的想法，比任何人都强。我接下来要说的话没有冒犯你的意思，可是你考虑过吗，你可能有自杀倾向。"

"这个嘛,"泰迪说道,"我很高兴你没打算要冒犯我。"

"可你想过吗?"

"是的,"泰迪说道,"所以我戒酒了,大夫。"

"因为你知道——"

"如果我还在酗酒,我早就用枪自行了断了。"

考利点点头。"至少你不再自欺欺人了。"

"是啊,"泰迪说道,"至少我甩掉了那个毛病。"

"等你离开这里的时候,"考利说道,"我可以给你介绍几个人。他们是很不错的医生,可以帮助你。"

泰迪说道:"联邦法警不会去医生那里看自己的脑袋,不好意思。如果这消息漏了风声,我就得领养老金走人了。"

"好吧,好吧。我明白。可是,警官……"

泰迪抬头看着他。

"如果你继续一条路走到黑,那就不是会不会的问题,而是时间问题。"

"你不能预料这种事。"

"能。没错,我能。我专门研究悲伤引起的创痛和幸存者的负罪感。我受过其中的苦,所以就研究它。我看见你几个小时前望着蕾切尔·索兰多的眼睛,那副模样说明你想要自杀。你的头儿,就是波士顿分局的主管探员,说你是他手下获得荣誉奖励最多的警探,说你从战场上满载奖章而归,都够装满一个箱子了。是真的吗?"

泰迪耸了耸肩。

"说你去过阿登地区,是达豪集中营解放力量的一分子。"

泰迪再次耸肩。

"接着你老婆就死了吗?警官,你觉得一个人在被暴力击垮之前，能够承受多少暴力？"

泰迪说道："不知道，大夫，我自己也在琢磨呢。"

考利弯下身子靠近泰迪，拍了拍他的膝盖。"走之前记下我告诉你的名字，好吗？警官，我希望五年以后的今天我还坐在这里，知道你还活在这个世上。"

泰迪低头看了看放在自己膝盖上的手，随即抬头望着考利。"我也这么希望。"他轻声说。

13

泰迪在男宿舍的地下室找到了查克。这里安置了很多小床，好让大家安然度过暴风雨。他经由连接楼群每栋楼的一连串地下走廊来到这里，带路的是一个叫本的杂工，胖得像座不断抖动的白色肉山。他们穿过四扇上锁的大门和三个有人把守的关卡。在下面，你甚至不会觉得上面的世界正在经受狂风暴雨的洗礼。这些走廊很长，灰色的墙面笼罩在昏暗的灯光下，酷似泰迪梦中的走廊，这让他心里有点别扭。它们不像梦中的那么长，没有那么多突然出现的漆黑拐角，但却是一样惨淡寒冷。

见到查克，他觉得有些窘迫。他从来没有在别人面前犯过这么严重的偏头痛，想起自己吐了一地也令他羞愧不已。当时他是多么无助，就像一个婴儿，必须让人把他从椅子上搀扶起来。

可是当查克在屋子另一头喊着"嘿，头儿"时，他惊讶地意识到，与查克重聚对他而言是莫大的宽慰。之前他要求单独调查这件案子但被拒绝了，当时他很生气，但是现在，在这地方待了两天之后，经历了墓地之行、蕾切尔呼在自己嘴上的气息和那些该死的梦魇之后，他不得不承认，他很高兴无须独自去面对这一切。

他们握了握手，泰迪记起查克在梦中对他说："我永远也不会离开这座岛。"泰迪感到一只麻雀从他胸中飞过，扑打着翅膀。

"你现在感觉怎样，头儿？"查克拍拍他的肩。

泰迪腼腆地朝他咧嘴一笑。"我好多了。有点虚，不过总的来讲还行。"

"妈的，"查克压低了声音说道，从两名倚着一根柱子抽烟的杂工身旁走开，"你把我吓坏了，头儿。我以为你当时犯了心脏病或中风什么的。"

"只是偏头痛而已。"

"而已。"查克把声音压得更低了，两人走到房间南面的米色水泥墙边，躲开旁人。"我一开始还以为你是装出来的，以为你有什么计划能拿到那些文件呢。"

"我倒希望我有那么聪明。"

他看着泰迪的眼睛，目光闪烁着探身向前。"但当时这倒让我有了点想法。"

"不会吧？"

"是真的。"

"你干了什么？"

"我告诉考利我会陪着你。然后我就留了下来。过了一会儿，他接到一个电话，就离开办公室了。"

"你翻了他的文件？"

查克点点头。

"发现了什么？"

查克脸一沉。"呃，其实没什么。我打不开他的档案柜，他用了一些我从没见过的锁。要知道我撬过不少锁，本来我可以撬开，但这么做会留下痕迹，明白吗？"

泰迪说道："你做得很对。"

"是啊，不过……"查克对着一个走过的杂工点头致意。泰迪有种超现实的感觉，好像他们被送入一部卡格尼主演的老电影，成了正在操场上策划越狱的犯人。"我翻了他的办公桌抽屉。"

"什么？"

查克说道："我疯了，是吧？晚些时候，你可以给我点惩罚。"

"给你点惩罚？给你一枚奖章才对。"

"不用奖章。我没找到什么，头儿。只是看了他的日历。关键是这里——昨天、今天、明天和后天都被标出来了，你知道吗？他用黑笔给它们加了框。"

"是飓风的原因，"泰迪说道，"他听说暴风雨要来了。"

查克摇摇头。"他在四个方框上写了字。你明白我的意思吗？就好比你会写'去鳕鱼岬度假'。明白吗？"

泰迪回答："明白。"

特里·华盛顿踱着步子来到他们跟前，嘴里叼着一根劣质的廉价细雪茄，头发和衣服都被雨浇透了。"你们在这儿神秘兮兮地商量什么机密呢，警官？"

"说对了。"查克说道。

"你刚才在外面吗？"泰迪问。

"是啊，警官。现在雨下得更凶了。我们刚才用沙袋把整个楼群围住，往所有的窗子上钉木条。他妈的，外头已经被吹得非常不像话了。"特里重新用芝宝打火机点燃了雪茄，转向泰迪，"你没事吧，警官？篝火堆那边有传言说你遭到了什么袭击。"

"什么样的袭击？"

"哦，既然你整晚都会在这里，这个故事的每个版本你都会听到。"

泰迪笑起来。"是我的偏头痛，非常糟糕的那种。"

"以前我有个姑妈就有这毛病。她把自己锁在床上，关掉灯，拉上百叶窗，二十四小时都别想看见她。"

"我很同情她。"

特里喷出一口烟。"其实她早死了，但我今天晚上会为她祷告。头痛不痛暂且不谈，她人可不怎么样。过去常常用胡桃木棍子抽我和我兄弟，有时无缘无故就动手打人。我会说：'姑妈，我做错了什么？'她会说：'我不知道，可你在想着干坏事。'你要是碰到这种女人可怎么办？"

他似乎真的在等待答案，所以查克说："逃得快些。"

特里叼着雪茄发出几声低低的"呵，呵，呵"。"确实如此啊，你说得没错。"他叹了口气，"我去晾晾，回见。"

"回见。"

屋子里挤满了刚从暴雨中回来的人，他们抖落黑色雨衣和黑色护林帽上的水滴，一边咳嗽一边抽烟，到处递着已不再是秘密的小酒壶。泰迪和查克靠在米色墙上，面对房间不动声色地交谈。

"这么说那日历上的字……"

"没错。"

"不是'去鳕鱼岬度假'。"

"不是。"

"是哪几个字？"

"'第六十七号病人'。"

"就这些？"

"就这些。"

"不过也足够了，对吧？"

"是啊，我觉得够了。"

　　泰迪难以成眠。耳中都是打鼾、咕哝和呼吸的声音，有些还带着轻微的哨音。他听到有人说梦话，一个人讲："你该告诉我的。就这些。只要说出来……"另一个讲："我喉咙里卡了一粒爆米花。"有人踢被子，有人辗转反侧，还有人抬起身子拍拍枕头，又倒回床垫上。过了一阵，噪声听上去有了一种和谐的节奏感，让他想到一首听不清的赞美诗。

　　外面的声音也听不真切，但泰迪还是能听到暴风雨沿地面轰隆隆前行撞击地基的巨响，他真希望地下室这里也有窗子，能看到闪电在天空画出诡异的光芒。

　　他想起考利对他说过的话。

　　不是会不会的问题，而是时间问题。

　　他真的有自杀倾向吗？

　　应该是。多洛雷丝死后，他没有一天不想着要去和她团聚，有时甚至比那还要极端。有时候，他觉得继续活下去是一种懦夫的行为。他所做的一切又有什么意义呢？买杂货、给克莱斯勒汽车加油、剃须、穿袜、排队、挑领带、熨衬衫、洗脸、梳头、兑现支票、更换驾照、看报纸、撒尿、吃饭—— 一个人，永远是一个人——看电影、买唱片、付账单、再剃须、再洗脸、再睡觉、再醒来……

　　如果它们无法让他靠近她哪怕一步……

他知道应该向前看。从悲痛中走出来，把它遗忘。他为数不多的几个朋友和亲戚都这样说过，他也明白如果换作是他置身事外，也会这么告诉另一个泰迪：你该振作精神，鼓起勇气好好活完后半生。但是要这么做，他得找到一个方法把多洛雷丝晾在架子上，任凭她积满灰尘，指望覆在她身上的灰尘可以厚到淡化自己对她的记忆，屏蔽她的模样。直到有一天，她不再是一个曾经活过的人，而更像一个梦中的存在。

他们说，把她忘掉，你必须把她忘掉，可忘掉之后呢？继续过这种该死的生活吗？我该怎样把你从脑子里赶走？时至今日我都无法做到。叫我如何做到？我要怎样才能放你走呢，我只想弄明白这一点。我想再抱抱你，闻闻你，嗯，是的，我只想让你慢慢消失。求求你，求求你消失吧……

他真希望没吞下那些药片。凌晨三点，他仍没有一丝睡意，非常清醒，听着她略微低沉的声音，略带一点波士顿口音，发 ar 的时候听不太出来，但遇到 er 就非常明显，多洛雷丝总是轻声对他说我爱你foreva and eva①。他在黑暗中微笑，听着她的声音，看着她的牙齿、她的睫毛，那种周日早晨从她目光中透出的慵懒的性感。

那天晚上，他在椰林俱乐部遇见她。乐队正奏着一支刺耳的组曲，四周的空气在烟雾中发出银光，每个人都盛装打扮——水手和士兵穿着最棒的白色、蓝色和灰色制服，平民也系上了花色领带，穿着双排扣西装，口袋里插着精心折叠的三角手帕，尖边浅顶软呢帽支在桌上。还有女人，到处都是，去洗手间的路上都在跳舞。她们舞动着，从一张桌子到另一张，踮着脚旋转，同时点燃香烟，打

---

① 正确拼法应为 forever and ever，意为"永远"。

开化妆盒。她们滑到吧台，回过头来笑着，头发丝缎般闪亮，动起来就光芒四射。

泰迪和另一名中情局警探弗朗基·戈登在一起，还有其他几个人，一周后他们都要坐船前往战场。但泰迪第一眼看到她就丢下话说了一半的弗朗基，走向舞池。在拥挤的人群中，她从他的视线中消失了片刻，但很快所有人都退向两侧，给一个水手和一名白衣金发女郎让出位置。水手把她甩向背后，让她在头顶转一圈下落，然后稳稳地接住，接着又把她滑向胯下。人群中爆发出一阵掌声，这时泰迪再一次捕捉到她紫色晚礼服上闪烁的光芒。

那是条漂亮的裙子，他首先注意到的是它的颜色。但那天晚上他看到很多漂亮裙子，多到数不过来。可见吸引他的并不是裙子本身，而是她穿上它的模样：紧张，难为情，不安地触碰着，摆弄来摆弄去，手掌压在垫肩上。这是借来的裙子，或是租来的。她从没有穿过这样的裙子，穿着它让她觉得浑身不自在，不知道人们看着她是出于欲望、忌妒还是怜悯。

当她摆弄完毕，把拇指从文胸肩带下抽出来时，发现泰迪正在盯着她。于是她垂下双眼，颈部向上泛起红潮，接着又抬起头。与她目光相遇的那一刻，泰迪微笑着想，我觉得自己这副扮相也很蠢。他用意志传送想法。也许她收到了，因为她报之以微笑，不是调情，而是表示感激。就在那时，泰迪抛开了弗朗基·戈登，那家伙正说着艾奥瓦州的饲料店什么的。待到突破汗淋淋的舞者组成的包围圈后，他才意识到自己和她没什么可说的。该说什么呢？衣服很漂亮？我能请你喝一杯吗？你的眼睛很漂亮？

她问："你迷路了？"

他一转身，发现她正在自己眼皮底下。她身材小巧，穿着高跟鞋也不超过五英尺四英寸，美得令人惊讶。不像在场的很多女人，有着完美的鼻子、头发和嘴唇，那是种端端正正的美。她有种不修边幅的风情，双眼之间的距离可能宽了些，嘴唇很阔，在她的小脸上显得不太和谐，下巴的线条也不分明。

"有点。"他回答。

"你在找什么？"

他脱口而出："你。"

她睁大了眼睛，他看到一个青铜色斑点从她的左眼虹膜上闪过。一阵恐惧传遍全身，他知道搞砸了，表现得像罗密欧，不免太过自大。

你。

你他妈的怎么会想到这么个词？你以为你是——

"那么……"她说道。

他想逃跑。哪怕再瞧她一眼，他都承受不了。

"至少你不用走太远。"

他发觉自己傻笑了起来，映在她的眼中。一个笨蛋，一个呆子，乐得喘不过气来。

"是的，小姐，我想我确实不用走太远。"

"我的天。"她说道，身子向后一靠望着他，盛着马提尼的酒杯紧贴在胸前。

"怎么了？"

"在这里，你也像我一样格格不入。是不是，当兵的？"

她倚在车窗上，和她一起坐在出租车后座的女友琳达·考克斯正躬身向前，把地址讲给司机。泰迪喊道："多洛雷丝。"

"爱德华。"

他笑起来。

"怎么了？"

他举起一只手。"没什么。"

"我不信。到底怎么了？"

"除了我妈，没人叫我爱德华。"

"那就叫你泰迪好了。"

他喜欢她说出那个名字。

"哎。"

"泰迪。"她又尝试性地叫了一遍。

"嘿，你姓什么？"他问道。

"沙纳尔。"

泰迪扬起一边眉毛。

她说："我明白。这名字跟我很不相称，听上去太华丽了。"

"我能给你打电话吗？"

"你很会记数字吗？"

泰迪笑了笑。"事实上……"

"冬日山六四三四六。"她说道。

他站在人行道旁，望着出租车开出视野，而她的模样仍近在咫尺——隔了一扇车窗，在那舞池中央——这让他的大脑差点短路，差点将她的名字和号码都赶出去。

他想，爱上一个人就是这样的感觉了。这说法毫无道理，他对她知之甚少，但爱情还是来了。他刚刚遇见了好像上辈子就已熟识的女人，那是他从来都不敢奢望的美梦。

而多洛雷丝呢，她在黑暗的汽车后座上思念着他，对他的感受就如同他对她的一样。

他需要的一切一切，如今终于有了名字。

泰迪在小床上翻过身，用手在地板上四处摸索，找到笔记本和一盒火柴。他用大拇指按住第一根火柴，划亮，照着在风雨中匆匆写下的那串数字。他花了四根火柴才把字母和数字对应起来：

18 - 1 - 4 - 9 - 5 - 4 - 19 - 1 - 12 - 4 - 23 - 14 - 5
R - A - D - I - E - D - S - A - L - D - W - N - E

一旦这活儿干完，破解密码并不用花太多时间。两根火柴即将燃尽，火苗沿着火柴棒不断往下，快要烧到手指了。借着火光，泰迪赫然注视着一个名字：安德鲁·利蒂斯。

火柴更加烫手了，泰迪朝查克那边望去，发现他摊开身子足足占了两张床。他希望查克的事业不会因之受损，不应该这样。他会承担所有的指责，查克应该不会有事。查克就给人这样一种感觉——不论发生什么，他都会毫发无伤。

他在火柴熄灭前瞥了那页纸最后一眼。

今天一定要找到你，安德鲁。如果我不欠多洛雷丝一条命，我也欠她很多。

我要找到你。

我要杀了你。

第三天

第六十七号病人

14

墙外的两处住宅——院长的和考利的——遭受了最为严重的破坏。考利家的屋顶被掀飞了一半，瓦片在医院的院子里落得到处都是，仿佛被狠狠羞辱了一番。一棵树穿过院长起居室的窗户和钉在那儿起防护作用的夹板，树根树枝堆在屋子里。

院子里贝壳和树枝俯拾皆是，积水有一英尺半深。考利家的瓦片、几只死老鼠和成堆的烂苹果全都沾满沙子。医院的地基仿佛被人用手提钻钻得千疮百孔。A区破了四扇窗，屋顶上几处地方的遮雨板向后卷起，好像蓬巴杜式的发型。两栋员工宿舍被吹得七零八落，另外几栋则被吹倒了。护士和杂工的宿舍碎了好几块窗玻璃，里面淹了水。B区幸免于难，丝毫未受暴风雨的影响。全岛上下到处都能看到断顶的树木，光秃秃的树干像插向天空的长矛。

周围的空气又变得死气沉沉，凝重而压抑，毛毛细雨疲惫地落着。海滩上铺满死鱼。清晨，泰迪和查克一出门便看见通风廊里有一条比目鱼躺在地上拍打扑腾，挣扎喘气，悲伤发肿的眼睛望着大海。

他们瞧见麦克弗森和一名警卫扶正侧翻的吉普车。两人正在打火，到第五次时终于成功，轰鸣声中吉普车载着他们退出大门。一分钟后泰迪又看到车子疾速爬上医院后面的斜坡，朝 C 区驶去。

考利步入院子，捡起一片自家的屋瓦，凝视片刻又扔回积水的地面。他的目光两次扫过泰迪和查克，才认出身穿白色杂工服和黑雨衣、头戴黑色护林帽的他们。他脸上露出嘲讽的微笑，似乎要朝他们走去，这时一名脖子上挂着听诊器的医生小跑着出了医院，来到他面前。

"二号不行了，运行不起来。约翰，我们这两台都很糟，就要完蛋了。"

"哈里在哪儿？"

"哈里正在弄，可是他也没办法让它发电。如果备用的派不上用场，那它备的什么用呢？"

"那好，我们去看看吧。"两人大步走进医院。

泰迪问道："他们的备用发电机出状况了？"

查克回答："显然暴风雨中这种事时有发生。"

"你看到有灯亮着吗？"

查克环顾周围的窗户。"没有。"

"会不会整个电力系统都瘫痪了？"

查克说："可能性很大。"

"那就意味着墙上的铁丝网没电了。"

查克捡起一个漂到他脚边的苹果，挥起手臂，腿向前一踢，把苹果掷向墙壁。

"好球！"他转向泰迪说，"没错，那意味着铁丝网没电了。"

"也许包括整个电力安全系统，大大小小的门。"

查克说："噢，简直是老天帮忙。"他又捡起一个苹果，抛到头顶，然后在背后接住。"你想进堡垒里面去，对不对？"

泰迪把脸探入小雨中。"今天是绝佳的时机。"

院长出现了，和三名警卫一起坐着吉普车进了院子，车轮在水中翻搅。他发现泰迪和查克闲站在院子里，似乎十分光火。泰迪意识到他像考利刚才那样，误把他们当作杂工，看到两人手上没有耙子或水泵就怒不可遏。不过，车子开过去了，院长看向前方，去关心更重要的事了。泰迪想到还未曾听过此人的声音，不知会像他的头发那样黑，还是如他的皮肤那般苍白。

"那我们也许该走了，"查克说，"这种状况不会一直持续下去。"

泰迪朝大门走去。查克赶上他。"我想吹口哨，可是嘴巴太干了。"

"吓坏了？"泰迪轻声问。

"我想确切的说法是吓得屁滚尿流，头儿。"他把苹果扔到另一段围墙上。

他们走近大门，门口的警卫有张稚嫩的脸和一双凶狠的眼睛，那人对他们说："所有杂工都要去行政办公室向威利斯先生汇报，你们俩去报告一下大扫除的具体进展。"

查克和泰迪互相望望对方的白衫白裤。

查克说道："早餐吃本尼迪克蛋。"

泰迪点点头。"谢谢。我正琢磨着呢，那午餐呢？"

"薄片鲁本三明治。"

泰迪转向警卫，亮出警徽。"我们的制服送去洗了。"

警卫扫了一眼泰迪的警徽，然后看着查克，等他掏出来。

查克叹了口气，掏出皮夹，在他的眼皮底下翻开。

警卫问道："你们到墙外去干什么？失踪的病人已经找到了。"

泰迪确定，此时任何解释都会令他们显得很软弱，而且会让权力的重心牢牢掌握在这个小浑蛋手里。战争期间，泰迪的连里有一打这样的浑蛋，其中大多数人都没能活着回家。泰迪时常怀疑是否会有人真的在意。你根本无法和这类浑蛋沟通，无法教他们任何东西。但只要你明白他们唯一尊敬的就是权力，那么你就能够击退他们。

"我们出去散散步。"泰迪说。

"你们没有得到授权。"

"不，我们有。"泰迪走得更近，男孩不得不抬眼看着他，可以闻到他的气息。

"我们是联邦法警。在一个联邦机构里，这份授权可谓天经地义。我们不用向你汇报，也费不着跟你解释。小子，就算我们朝你的小弟弟开枪，全国也没有一个法庭会审理这桩案子。"泰迪又凑近半英寸，"所以打开这扇该死的大门。"

那小子试图与泰迪四目相对。他咽了咽口水，想让目光更强悍些。

泰迪说："重复一遍：打开这扇——"

"好的。"

"我听不见。"泰迪说。

"是，长官！"

泰迪恶狠狠的目光又在那小子脸上停留了一会儿，鼻孔里哼哧哼哧地喷气。

"干得好，小子。呼啊①。"

"呼啊。"那男孩应声道，喉结凸起。

---

① 原文为 Hoo-ah，美国陆军、空军等部队的战斗口号。

他把钥匙插进锁里转了一下，拉开大门。泰迪头也不回地走了出去。

他们右转沿着围墙外缘走了一小段，然后查克说："这一声'呼啊'还真是出彩！"

泰迪朝他那边看。"我自己也很喜欢这句口号。"

"你在国外打仗时，专做踹人裤裆的事，对不对？"

"我是营里的军士，手下有一堆小屁孩，其中半数还没跟女人上过床就死了。你要赢得这些人的尊敬，对他们好没用，要让他们怕你怕得要命。"

"是，长官。你讲得很直白。"查克朝他行了个礼，"虽然停电了，但你还记得我们要去的是个堡垒，对吧？"

"这事我可没忘。"

"有什么主意吗？"

"没有。"

"你猜他们会有护城河吗？那可就厉害了。"

"或许城垛上还有几大桶热油。"

"弓箭手，"查克说，"如果他们有弓箭手，泰迪……"

"而我们没穿锁子甲。"

他们跨过一棵倒地的树，地上满是浸了水的树叶，又湿又滑。透过前方一片凌乱的草木，他们可以看见那座堡垒高大的灰色墙体，还有整个早晨吉普车来回开过留下的辙印。

"那个警卫有一点说对了。"查克说。

"怎么讲？"

"既然雷切尔已经找到了，我们在这里的授权——原先的授权——几乎就不复存在了。要是我们被逮到，头儿，那就不可能再编出什么合理的解释了。"

泰迪感到眼睛深处一片荒凉凌乱的绿。他觉得筋疲力尽，眼前有点模糊。昨晚仅睡了四个小时，还是在药物作用下被梦魇笼罩的四个小时。蒙蒙细雨轻轻拍打帽子顶部，雨水汇聚在帽檐。脑袋嗡嗡作响，几乎微不可闻，却持续不断。如果渡轮今天来了——他对此十分怀疑——他还真有跳上船一走了之的想法，离开这该死的小岛。但跑这一趟却拿不出一点具体的东西，不管是给赫利参议员看的证据还是利蒂斯的死亡证明，那就是无功而返。他仍然徘徊在自杀的边缘，而且良心上的负担越发沉重，因为他对改变现状无能为力。

他翻开笔记本。"昨天蕾切尔留给我们的石堆，这是破解出来的密码。"他把笔记本递给查克。

查克用手护住本子，尽量把它靠在胸前。"那么，他在这儿。"

"没错，他在这儿。"

"'第六十七号病人'，你认为？"

"我猜是这样。"泰迪在泥泞湿滑的坡地中间一块突起的岩石边停住。"你可以回去，查克。你没必要蹚这浑水。"

查克抬头望着他，拍了拍笔记本。"泰迪，我们是联邦法警啊。法警都是怎么做的？"

泰迪微笑着回答："破门而入。"

"冲在最前面，"查克说，"我们最先破门而入。如果时间紧迫，我们不会等吃甜甜圈的地方警察来支援。我们会冲进那扇该死的门。"

"是，没错。"

"好啦，那就行了。"查克说着将笔记本递还给他，两人继续朝堡垒走去。

他们走到近处看了一眼那堡垒，中间只隔着一排树和一小片田野。查克说出了泰迪心里的想法："我们完蛋了。"

堡垒周围那道顶端有倒刺的铁丝网被吹得七零八落，一部分平躺在地上，一部分被刮到远处的树丛那儿，剩下的则东倒西歪，完全不起作用。

不过，仍然有武装警卫在四周走动，其中几个驾驶着吉普车在巡视。一支杂工小分队在外面收拾废墟，另一群人则在搬动一棵倒在墙上的茂密大树。没有护城河，只有一扇门，一扇小小的、坑洼的红色铁门位于堡垒正中央。城垛上有警卫站岗，步枪扛在肩上或举在胸前。石墙上寥寥几扇小小的方窗都上了铁条。门外见不到一个病人，只有相当数量的警卫和杂工，有的戴着手铐脚镣。

泰迪看到屋顶上有两个警卫走向一侧，几个杂工走到城垛边缘，对着地面大喊，要下面的人躲开。他们把树挪到屋檐边，一半架空，然后又推又拉，直到它摇摇欲坠。然后他们都跑到后面用力推，接着那半棵树向前猛冲了几英尺后倾倒，在那些人的大叫声中轰然坠落。杂工们回到城垛边缘，低头欣赏他们的杰作，互相握手拍肩。

"这里应该有管道或类似的东西，对吧？"查克问，"也许排放废水废物到海里？我们可以从那里进去。"

泰迪摇摇头。"何必那么麻烦，直接走进去不就行了？"

"哦，就像蕾切尔从B区走出来那样吗？我明白了。抹一点她用的隐形粉，好主意啊。"

查克皱起眉头看着他，泰迪摸了摸雨衣的领子。"我们的穿着不像法警，查克，懂我意思了吗？"

查克回头望着在墙内劳作的杂工们，看见其中一个从那扇铁门出来，手里端着一杯咖啡，热气在细雨中化作缕缕袅袅的烟雾。

"阿门，"他说，"阿门，兄弟。"

他们抽着烟，胡乱聊着天，顺着那条路向堡垒走去。在田野里才走了半程就遇到一名警卫，他的步枪懒懒地垂在臂下，指着地面。

泰迪说："他们派我们过来，说什么屋顶上有棵树？"

警卫回头望了一眼。"不用，他们已经搞定了。"

"哦，太好了。"查克说，他们转身欲走。

"哎，别走，"那个警卫说，"还有好多活儿要做呢。"

两人又转过身来。

泰迪说："你们墙外就有三十个人了。"

"没错，不过里面还是乱作一团。像这样的地方，暴风雨吹不倒，但还是会钻进去作怪，明白了吧？"

"噢，当然。"泰迪说。

"哪里有清扫工作要做？"查克问那个在门边墙根处巡逻的警卫。

他竖起大拇指，打开门，让两人进入接待厅。

"我不是占了便宜还卖乖，"查克说，"不过这样是不是太容易了点？"

泰迪说："别想太多，有时候就是运气好。"

门在他们身后关上。

"运气，"查克说，声音带着些微颤抖，"这叫运气吗？"

首先扑面而来的是气味，一种工业用高浓度消毒剂竭尽全力掩盖掉种种臭味，如呕吐物、粪便、汗水的气味，以及最重的尿臊味。

然后，各种噪音从大楼后方翻涌而出，从上面的楼层奔腾而下：轰隆隆奔走的脚步声，厚墙之间和潮湿空气中激来荡去的喊叫声，突然拔高又戛然而止的尖叫声，到处都有几个声音在同时抱怨。有人在大喊："不行！你他妈的不行！听到没有？不准！滚开……"然后声音渐渐变弱。

头顶，石梯的拐弯处附近，一名男子唱着数数歌《一百瓶啤酒在墙上》，他刚唱完第七十七瓶啤酒，正开始唱第七十六瓶。

一张小方桌上有两罐咖啡，旁边还有几摞纸杯和几瓶牛奶。一名警卫坐在楼梯底下的另一张小方桌前，望着他们露出微笑。"第一次来，嗯？"

泰迪朝他望去，此时旧的声音不断被新的覆盖，像在举行某种音波狂欢节，各种声音从四面八方传来，撕扯着人们的耳朵。"是啊，以前听说过，可是……"

"只要能适应这个，"那个警卫说，"你对一切都会习以为常。"

"可不是嘛。"

他说："如果你们不上屋顶，可以把外套和帽子挂在我后面的房间里。"

"他们让我们去屋顶帮忙。"泰迪说。

"那还等什么？"警卫手一指，"顺着楼梯上去就行了。大部分精神病已经被锁在床上了，还有几个在到处乱跑。只要看见一个，就立刻大喊，记住了吗？不管怎么样，别想自己一个人收拾他。这里可不是 A 区，懂吗？这些疯子会杀了你，听清楚了吗？"

"清楚了。"

他们开始爬楼梯，这时警卫喊道："等一下。"

他们停住脚步，回头望着他。他微笑着，伸出一只手指指着他们。

他们静候着。

"我知道你们是谁。"他的声音带着唱腔般的起伏。

泰迪默不作声，查克也不开口。

"我知道你们是谁。"警卫重复说道。

泰迪从嘴里挤出一声："哦？"

"没错。你们就是两个在这种该死的大雨天还不得不去收拾屋顶的家伙。"他大笑着伸出手指，另一只手则拍打着桌面。

"猜对了，"查克说，"哈哈。"

"哈哈哈。"警卫笑道。

泰迪也用手指指着他说："兄弟，你猜对了。"然后继续爬楼梯。"你猜得可真准。"

那白痴的笑声一路跟随他们上了楼梯。

在楼梯的第一个拐角处，他们停住脚步。两人面朝一个大厅，拱形的穹顶由黄铜片筑成，深色的地板擦得镜子般发亮。泰迪知道，如果从这个拐角掷出棒球或像查克那样扔出苹果，到不了大厅另一头。整个大厅空空荡荡，正对他们的大门微微开启。泰迪踏进去时，感觉仿佛有只老鼠正顺着他的肋骨乱窜，因为这让他联想到梦中的那个房间，就是利蒂斯让他喝上一杯、蕾切尔屠杀孩子的地方。其实两个房间不尽相同——梦中的大厅有着高高的窗子、厚厚的窗帘、一道道光线，还有拼木地板和沉重的枝形吊灯——不过已经足够相似。

查克拍拍他的肩，他顿时感到脖子两侧冒出豆大的汗珠。

"我再重复一遍，"查克低声说，脸上露出虚弱的微笑，"这也太容易了点。这道门的警卫哪儿去了？为什么没上锁？"

泰迪看得见蕾切尔，披头散发，大声尖叫着，手里握着屠刀满屋子跑。"不知道。"

查克凑近身子，在他耳边悄悄说："这是个圈套，头儿。"

泰迪穿过大厅，他的头很疼，因为缺乏睡眠，也因为淋了雨，还因为头顶传来的低沉的叫喊声和奔跑的脚步声。那两个男孩和那个小女孩手牵着手，回过头来张望，浑身颤抖。

泰迪再次听到那个病号的歌声："……拿一瓶下来，把它传过去，五十四瓶啤酒在墙上。"

他们在他眼前闪现，那两个男孩和那个小女孩，在流动的空气里游泳。然后泰迪看到昨天晚上考利放在他手里的那些黄色药片，胃里涌起一阵恶心。

"五十四瓶啤酒在墙上，五十四瓶啤酒……"

"我们得立刻掉头出去，泰迪。我们必须离开。情况很糟，你我都觉察得到。"

大厅的另一头有人跳到门口。他赤着脚，上身裸着，只穿一条白色睡裤，剃着光头，五官在昏暗的光线中看不清楚。他说："嗨！"

泰迪加快步伐。

那人说："碰到了！轮到你了！"然后他突然从门前闪开。

查克追上泰迪。"老大，看在上帝的分上！"

他在这里，利蒂斯，在某个地方。泰迪能感觉到他。

他们到达大厅尽头，拐角处的宽大平台上，楼梯一端陡峭地向下通往黑暗，另一端则向上升入叫喊声和说话声的源头。现在，声音愈加响亮，泰迪听见金属和链子的咔嗒声，还听到有人在喊：

"比林斯！够了，老兄！冷静下来！你无路可逃，听到没有？"

泰迪听到有人在他身边呼吸，于是扭头转向左边，那个光头距离他只有一英寸。"轮到你啦。"那家伙说着用食指敲敲泰迪的手臂。

泰迪凝视着他那张若隐若现的脸。"轮到我了。"泰迪说。

"当然喽，我离得这么近，"那家伙说道，"你一甩手腕，就轮到我了，然后我也一甩手腕，又轮到你，我们可以这样玩上好几个小时，甚至一整天。我们可以站在这里换来换去，一遍又一遍，午饭也不用吃，晚饭也不用吃，可以一直玩下去。"

"有什么好玩的？"泰迪问。

"你知道那儿有什么吗？"那家伙朝着楼梯的方向扬头示意，"在海里。"

"鱼。"泰迪说。

"鱼。"那家伙点点头，"很好，鱼，是啊。很多鱼。可是，没错，有鱼，很好，鱼，没错。但还有呢，还有？潜水艇，是的，完全正确。苏联潜水艇。距离我们的海岸两三百英里。我们听说了，对不对？当然，别人告诉我们了。我们对这个习惯了。实际上，我们忘记了。我的意思是：'好的，有潜水艇，谢谢你告诉我。'它们成了我们日常生活的一部分。我们知道它们的存在，但却不再去考虑这事。对不对？可是它们在那里，而且上面有火箭弹，对准了纽约和华盛顿，还有波士顿。他们就在那里，坐在那里。这会让你烦恼吗？"

泰迪能够听到查克就在身旁缓缓地呼吸，等待合适的机会开口。泰迪说："就像你说的，我没有考虑太多。"

"嗯。"那个人点点头，抚摸着下巴上的胡楂，"我们在这里会听到一些传闻，你不这么认为，对吧？但这是事实。新来一个人，他会告诉我们一些事，警卫也会聊，你们这些杂工也会聊。我们知道，我们都知道。关于外面的世界，关于氢弹试验，在环礁上。你们知道氢弹是什么原理吗？"

"依靠氢？"

"非常好，真聪明。没错，没错。"那男子点了几次头，"依靠氢，是这样。但同时，同时，它不像其他炸弹。你投放一颗炸弹，就算是原子弹，它都是向外爆炸。对不对？没错。可氢弹，它是内爆。它落到自己身上，经过一连串的内部崩裂，瓦解再瓦解。在整个瓦解的过程中，创造出质量和密度。你看，它那种猛烈的自我破坏，造就一个全新的怪物。明白了？是不是？它崩裂得越厉害，自我破坏就越大，力量也就越大。然后，就这样？轰隆一声！只听到……砰，乓，嗖。于是，它自己不在了，分裂了。在内爆基础上造出一个外爆，比历史上任何炸弹的破坏力都要大上一百倍、一千倍、一百万倍。这就是我们的遗产，你们可别忘了。"他敲了泰迪的手臂好几下，动作很轻，仿佛是在用手指击鼓，"轮到你了！做到第十级！嘻嘻！"他跳下黑暗的楼梯，他们听到他喊着"轰隆"一路向下。

"……四十九瓶啤酒！拿一瓶下来……"

泰迪朝查克望去，查克脸上汗涔涔的，小心翼翼地从嘴里呼出气来。

"你说得对，"泰迪说，"我们赶紧离开这儿吧。"

"你可算明白了。"

从楼梯顶部突然传来声音："他妈的有没有人来帮我一把啊，老天哪！"

泰迪和查克抬头望去，看到两个人抱作一团滚下楼梯。其中一人穿着蓝色的警卫服，另一人穿着白色的病号服，他们在楼梯转弯处猛然停住。病人腾出一只手，抓向警卫的脸，在他左眼下方扯下了一块皮。警卫尖叫着扭转脑袋。

泰迪和查克跑上楼梯。病人的手正要再次扎下去，查克及时抓住了他的手腕。

警卫擦了擦左眼，下巴也沾上了血。泰迪听得到他们四人的呼吸和远处传来的啤酒瓶数数歌，那个病人现在唱到四十二瓶，正要唱四十一。这时，泰迪看到下面那个家伙张大嘴巴跳起来，不由得喊道："查克，小心！"在那家伙咬上查克的手腕之前，泰迪用掌根抵住他的前额。

"你得放开他，"他对那名警卫说，"快，松手！"

警卫放开病人的腿，向上倒退了两级台阶。泰迪立刻压上病人的身体，用尽全力按住他，把他牢牢地按在地上，然后回头看查克。这时，警棍从他俩之间挥下，伴着破空声打断了病人的鼻子。

泰迪感到身下的身体变得瘫软。查克喊道："上帝啊！"

警卫又一次挥起了警棍。泰迪转身背对病人，用手臂挡住警卫的胳膊。他看着警卫鲜血淋漓的脸。"嘿！住手！他已经昏过去了！嘿！"

但警卫能闻到自己身上的血，他再度举起警棍。

查克喊道："看着我！看着我！"

警卫的眼睛盯着查克的脸。

"快住手。听到没有？住手。这个病人已经被制伏了。"查克松开病人的手腕，那人的手臂啪嗒落在胸前。查克背靠墙坐着，目光紧锁在警卫身上。"你听到了没有？"他轻声问。

警卫垂下双眼，放下警棍，用衬衫触碰颧骨上的伤口，然后看看上面沾到的血。"他把我的脸撕破了。"

泰迪凑近瞧了瞧伤口。他过去见过比这严重许多的伤口。这小子不会因此而送命，可是它十分丑陋，没有一个大夫能够缝得完好如初。他说："你没事的，只不过缝几针罢了。"

他们听到头顶传来几个人的身体和一些家具的碰撞声。

"你们这儿发生暴乱了吗？"查克问。

警卫哼哧哼哧喘着粗气，脸上渐渐恢复了血色。"差不多。"

"囚犯控制了整个医院？"查克轻声问道。

那小伙子仔细打量着泰迪，然后又看看查克："那还不至于。"

查克从口袋里抽出一块手帕，递给警卫。小伙子感激地点点头，把手帕按在脸上。

查克又抬起病人的手腕，泰迪看着他摸着病人的脉搏。放下手腕后，查克又翻了翻病人的眼皮，然后望着泰迪说："他死不了。"

"那我们把他抬上去吧。"泰迪说。

他们一左一右让病人的胳膊搭在自己肩上，跟随警卫爬上楼梯。那人并不重，不过楼梯很长，他的双脚还不时钩到楼梯两侧。爬到顶部时，警卫转过身，此刻他看起来更老成些，或许还添了几分智慧。

"你们是联邦法警。"他说。

"什么意思？"

他点点头。"我敢肯定。你们刚到岛上的时候我看到过。"他对查克微微一笑，"你脸上有道疤嘛。"

查克叹了口气。

"你们来这儿做什么？"警卫问。

"来救你的那张脸。"查克说。

小伙子把手帕从伤口上拿开，看了一眼，又重新按回去。

"你们抬的这个人，"他说道，"叫保罗·文吉斯，是西弗吉尼亚人，趁他哥哥在朝鲜打仗的时候，杀了他的嫂子和两个侄女，把她们放在地下室里，任由她们腐烂来取乐。"

泰迪强忍冲动，差点没放开文吉斯的胳膊，让他从楼梯上摔下去。

"说实话，"那个警卫说着清了清嗓子，"说实话，我打不过他。"他望着他们，眼睛红红的。

"你叫什么名字？"

"贝克，弗雷德·贝克。"

泰迪和他握手。"你好，弗雷德。嘿，很高兴我们能帮上忙。"

小伙子低头看着鞋子，上面血迹斑斑。"我再问一遍，你们来这儿做什么？"

"随便看看，"泰迪说，"几分钟而已，然后就走人。"

那个小伙子思忖了好一会儿，泰迪可以感到他生命中过去的那两年——失去多洛雷丝，追查利蒂斯，发现这个地方，偶遇乔治·诺伊斯并听他讲述有关致幻剂和脑叶切除实验的故事，与参议员赫利接触，等待合适的时机穿越海港，就像等待穿越英吉利海峡登陆诺曼底一样……所有这一切，都取决于这个小伙子踌躇的片刻。

"其实啊，"小伙子说，"我在好几个很乱的地方干过。好几家监狱，一家大型的，还有同样也是关押精神病刑事罪犯的医院……"他看着门，睁大眼睛仿佛在打哈欠，只是嘴巴未张开。"是的，我见识过不少地方，可是这儿？"他直直地盯着两人许久，

"他们这里制定了一套独有的游戏规则。"

他凝望着泰迪，泰迪想从他的眼睛里寻找答案，但他的眼神涣散迷离，如厌战的士兵一般，呆滞，亘古不变。

"就几分钟？"小伙子若有所思地点点头，"那好吧。现在乱七八糟，不会有人发现。你们转几分钟，然后走人，可以吗？"

"没问题。"查克说。

"还有，嘿，"那小子伸手开门时朝他们浅浅一笑，"在这几分钟里可别把命给丢了，好吗？算是帮我个忙。"

15

他们穿过门，来到一个十英尺宽、十四英尺高的牢房区，长度与堡垒相当，拱门之下是花岗岩建成的墙壁和地板。两头的高窗提供了唯一的光源，天花板滴着水，地板上到处是一摊摊的积水。囚室在他们的左右排开，藏匿在黑暗中。

贝克说："我们的主发电机今天早上四点左右坏了。牢房的锁都是电力控制的，这是我们最新的发明之一。这个发明可他妈真厉害吧？因此所有牢房在四点钟都打开了，幸好那些锁还可以手动控制，所以我们把大多数病人弄回牢房里锁起来，可是某个浑蛋手上有把钥匙。他一次次偷偷溜进来，打开至少一间牢房，然后又悄悄溜走。"

泰迪问："那个光头的家伙，会不会是他？"

贝克看着他。"光头？对了，我们没抓到的人里就有他，我猜可能是他。他叫利奇菲尔德，在我们刚走上来的那段楼梯下半段玩抓人游戏。"

贝克领他们到右边第三间囚室，打开后说："把他扔进去吧。"

两人花了好几秒钟才在黑暗里找到床，然后贝克按亮手电筒朝里面照，他们把文吉斯平放在床上。他呻吟着，鼻孔里冒着血。

"我得找些人手来，去抓利奇菲尔德，"贝克说，"关在地下室里的那些人，除非有六个狱警在，不然我们连吃的都不敢送。如果他们跑出来，这里就会像阿拉莫那样血流成河。"

"你先去叫个医护人员来吧。"查克说。

贝克在手帕上找到一块没沾血的地方，又把它按回伤口。"没时间了。"

"是帮他叫。"查克说。

贝克透过铁栅栏向里面望着他们。"哦，好吧，我会去找个大夫。那你们俩呢？会在说好的时间内走人，对吧？"

"没错，帮这家伙叫个大夫来。"查克说着和泰迪走出囚室。

贝克锁上囚室的门。"我这就去。"

他顺着两排囚室中间的走廊跑过去，半路遇到三个警卫正拽着一个大胡子巨汉朝牢房里走，他给他们让路，然后又继续向前跑。

"你有什么想法？"泰迪问。他看到走廊远处的窗子上有个人抓住铁条悬在那里，几个警卫拖进一根水管。他的眼睛刚刚开始适应主走廊上的蓝灰色光线，但两边的囚室依旧很暗。

"这里一定有个地方放着一批档案，"查克说，"就算只是为了基本医疗和参考也会有。你去找利蒂斯，我去找档案，怎么样？"

"你认为那些档案会在哪儿？"

查克回头望着门。"从声音判断，这里楼层越高就越不那么危险。我猜他们行政办公的地方一定在上头。"

"好。那我们什么时间什么地点碰头？"

"十五分钟吧。"

警卫调好了水管，水管突然喷出一股水柱，把那个悬在铁窗上的家伙冲下来，摔到地板上。几个人在囚室里拍手，还有些人在呻吟，声音低沉而颓废，就像战场上士兵发出的那样。

"十五分钟差不多。回到大厅里会合怎么样？"

"没问题。"

他们俩握握手。查克手心里满是汗水，上唇又滑又亮。"泰迪，当心点。"

一个病人砰地推开他们背后的门，经过他们身边跑进牢房区。他赤着的两脚脏兮兮的，跑动的模样就像个职业拳击手——脚一前一后不断弹跳着，双手摆出预备出拳的姿势。

"我尽力而为。"泰迪朝查克露出微笑。

"那好吧。"

"就这样吧。"

查克走到门前，停住脚步回头看，泰迪向他点点头。

查克打开门，两个杂工恰好从楼梯那边走进来。他一拐弯消失不见了。其中一个杂工问泰迪："你见到那个'黑人拳王'从这儿经过了吗？"

泰迪回头朝走廊望去，那个病人正踮着脚在原地不停地跳跃，双手空挥着组合拳。泰迪手一指，他们三人同时追过去。

"他过去是拳击手吗？"泰迪问。

左边一个年纪较大的高个子黑人说道："噢，你是从海滩那边来的，嗯？那边是假日病区，是不是？没错，那是威利，他以为自己正在训练，要在麦迪逊广场和乔·路易斯较量。实际上，他打得还不错。"

他们逼近那个家伙，泰迪看着他的拳头在空中挥舞。

"就我们三个人，没法对付他。"

那个年长的杂工轻笑道："只要一个人就够了。我是他的经纪人，你不知道吗？"他大声喊道："嘿，威利，该给你按摩按摩了，离开赛只剩下一小时了。"

"我不要按摩。"威利对空快速打出一连串刺拳。

"我可不能让我的饭票在这时候抽筋啊，"那个年长的杂工说，"听到没有？"

"我只有跟泽西·乔比赛的那一回抽过筋。"

"那后果怎么样呢？"

威利突然放下胳膊，垂在两侧。"你说的有道理。"

"去训练室，就在那儿。"那名杂工夸张地挥动手臂向左一扫。

"别碰我啊。我比赛前不喜欢被别人碰，你知道。"

"哦，我知道啦，你这个杀手。"他打开囚室的门，"快进来吧。"

威利走向囚室。"听他们的欢呼，那些观众的声音。"

"座无虚席，我的少爷，全场都爆满了。"

泰迪和另一位杂工继续向前走，那人伸出一只褐色皮肤的手："我叫阿尔。"

泰迪与他握手。"阿尔，我叫泰迪。很高兴认识你。"

"泰迪，你们怎么都跑到外头来啦？"

泰迪瞥了一眼身上的雨衣。"屋顶上有杂活要干。不过，我在楼梯上碰到一个病人，追他追到这里。我猜你们也许需要一个帮手。"

一坨排泄物砸到泰迪脚边的地板上，有人在黑暗的囚室里发出嘎嘎的笑声。泰迪目不斜视地看着前方，大步未停。

阿尔说："尽量在中间走。即便这样，你还是会被各种各样的东西砸到，一星期至少一回。见到你追的那个人了吗？"

泰迪摇摇头。"没，我——"

"啊，该死的！"阿尔喊道。

"怎么了？"

"我看到那个人了。"

那人正朝他们迎面走来，浑身湿透，泰迪看到那些警卫扔下水管追过来。他是个红头发的小个子男人，脸像马蜂窝，布满密密麻麻的黑头，发红的眼睛和头发的颜色很配。阿尔的手臂挥过他头顶时，他在最后一刻躲闪开，让阿尔扑了个空。小个子男人双膝触地一滑，打了个滚，跌跌跄跄地爬起来。

阿尔在他身后猛追，接着那些警卫从泰迪身边冲过去，高举警棍，同被追的人一样浑身湿透。

泰迪出于本能正要迈步追去，突然听到一声低语："利蒂斯。"

泰迪站在走廊中央期待再听到一遍，但事与愿违。原本因为关注那个被追赶的红头发小个子而暂停的呻吟，此时又四下响起，一片嗡嗡声中偶尔夹杂着便盆的哗啦声。他又一次想到那些黄色药片。如果考利起了疑心，果真怀疑他和查克——

"利、蒂、斯。"

泰迪转过身，面对右边的三间囚室。漆黑一片。他静候着，知道说话的人看得到他，怀疑会不会就是利蒂斯本人。

"你本应该救我。"

声音若不是来自中间那间囚室，就是它左边那间。不是利蒂斯的声音，绝对不是，但听上去同样耳熟。

泰迪走近中间那个囚室的铁栅栏，在口袋里摸索着掏出一盒火柴。他擦亮火柴，在跳动的火光中看到一个小水槽和一名肋骨根根毕现的男子。那人跪在床上，正往墙上写字。他扭头看了泰迪一眼。不是利蒂斯，也不是他认识的任何人。

"假如你不介意，我更喜欢在黑暗中工作。非常感谢。"

泰迪从铁栅栏前向后退，左转，发现囚室左边的整面墙都写满了字，一点空白都没留，成千上万个字挨在一起，排列整齐，小到只有把眼睛凑到墙上才能辨认。他走到下一个囚室门口，火柴熄灭了，那个声音再度响起，这回距离很近。

"你辜负了我。"

泰迪颤抖着手想擦燃下一根火柴，可是火柴棍突然折断了。

"你说我可以摆脱这个地方。你向我保证过。"

泰迪又划了一根火柴，可火柴却飞进了囚室，没点着。

"你骗人。"

第三根火柴划过火柴盒侧面时发出哐的一声，火焰蹿得很高。他把火柴举向铁栅栏，往里面看。那人坐在左边角落里的床上，低着头，脸埋在两膝之间，手臂环抱小腿。他头顶秃了，两侧的头发已显花白，赤着上身，只穿一条白色平角短裤，骨瘦如柴的身子不停地颤抖。

泰迪舔了舔嘴唇和上颚，借着火光朝里看，喊了一声："你好？"

"我被抓回来了。他们说我是他们这儿的人。"

"我看不见你的脸。"

"他们说我现在回到家了。"

"你能不能抬起头来？"

"他们说这里就是家，我再也不会离开了。"

"让我看看你的脸。"

"为什么？"

"让我看看你的脸。"

"难道你听不出我的声音？我们说过那么多话。"

"抬起头来。"

"我以前总以为，我们之间不只是纯粹的工作关系，已经成了某种意义上的朋友。提醒你一下，那根火柴就要烧完了。"

泰迪凝视着他头顶光秃的头皮，还有不停颤抖的四肢。"我跟你说，伙计——"

"跟我说什么？跟我说什么？你能跟我说些什么？多几句谎话罢了。"

"我没有——"

"你是个骗子。"

"不，我不是。抬起你的——"火苗舔到了他的食指指尖和大拇指侧面，他扔掉火柴。囚室消失了。他听到床垫的弹簧吱嘎吱嘎响着，布料摩擦石头发出粗糙的沙沙声，还有骨骼咯吱咯吱的响声。泰迪再度听到那个名字："利蒂斯。"这回是从囚室的右边传来。

"这件事向来都和真相无关。"

他抽出两根火柴，把它们捏在一起。

"一向如此。"

他擦亮火柴。床上是空的。他将手移向右边，看到那人站在角落里，背对着他。

"不是吗？"

"什么？"泰迪问。

"关于真相。"

"有关啊。"

"不。"

"这和真相有关，揭发——"

"这事跟你有关，还有利蒂斯。从头到尾都是这样。我只是偶然被卷进来，用来牵线搭桥罢了。"

那男子迅速转身，朝他走来。他的脸被打烂了，一块紫一块黑一块红，东一块西一块地肿着。鼻梁骨断了，用白色胶布贴成一个 X。

"我的天！"泰迪惊道。

"喜欢吗？"

"谁干的？"

"你干的。"

"怎么可能是我——"

乔治·诺伊斯走到铁栅栏前，嘴唇厚得像自行车轮胎，因为缝了针而发黑。"都是因为你的那些话，你说了那些该死的话，然后我就回到了这儿。都是你！"

泰迪还记得上回在监狱接待室里见到他的情景：虽然脸色因入狱太久而显得苍白，但看起来还很健康、充满活力，脸上大部分的阴云都已消散。他讲了个笑话，说到一个意大利人和一个德国人走进得克萨斯埃尔帕索的一家酒吧。

"你看着我，"乔治·诺伊斯说，"别把视线移开。你从来就不想揭发这个地方。"

"乔治，"泰迪说道，压低了声音，保持冷静，"不是那样。"

"就是这样。"

"不是。你认为我花了过去一年时间都在计划什么？就是为了这个，为了现在能出现在这里。"

"你去死吧！"

泰迪感到他的咆哮直扑面颊。

"去死吧！"乔治又吼道，"你花了过去一年时间计划？就是计划去杀人，杀掉利蒂斯。这就是你该死的游戏。结果把我害到什么地步？这里，又回到这里。我受不了这儿，受不了这个恐怖的屋子。你听到没有？没法忍受第二次，受不了！受不了！"

"乔治，听我说。他们是怎么把你抓回来的？肯定要有转移令才行，肯定要咨询医生。有没有档案，乔治？文书资料？"

乔治哈哈大笑，脸贴在两条铁栏杆之间，上下扭动着眉毛。"要不要听一个秘密？"

泰迪靠近一步。

乔治说："很好……"

"说吧。"泰迪说。

乔治朝他脸上啐了口唾沫。

泰迪连忙后退，扔掉手里的火柴，用衣袖拂去额头上的唾液。

乔治在黑暗中问："你知道亲爱的考利大夫主攻哪方面？"

泰迪用手掌摸摸前额和鼻梁，发现唾液已被擦干。"幸存者的负罪感，悲伤引起的创痛。"

"不——"乔治干笑着脱口而出，"暴力，确切地说是男性暴力。他正在做一项研究。"

"不对，那是奈林。"

"是考利，"乔治说，"都是考利在弄。他把全国各地最最暴力的病人和重罪犯都运到这里来。你想这里的病人基数那么小是什么原因？你以为，你真以为有人会仔细看一个有暴力史和心理问题的病人的移交文件吗？难道你还真的这样想？"

泰迪又擦燃两根火柴。

"这回我永远都出不去了，"诺伊斯说，"我逃走过一次，再也不会有第二次了，再也不会了。"

泰迪说："冷静，你冷静点。他们是怎么把你抓来的？"

"他们知道。你还不明白吗？你的一举一动，你的整个计划。这是个游戏，一出精心布置的舞台剧。所有这些，"他的手臂挥过头顶，"都是为了你。"

泰迪笑了。"就为了我，他们还搬来一场暴风雨，嗯？这戏法真是厉害啊。"

诺伊斯沉默不语。

"你怎么解释这个？"泰迪问。

"我不能。"

"料你也没法解释。先别妄想了，我们放松一些，好不好？"

"经常一个人吗？"诺伊斯问，隔着铁栅栏注视着他。

"什么？"

"独自一人。从这整件事开始到现在，你曾一个人行动过吗？"

泰迪说："一向都是。"

乔治挑起一边眉毛。"完全一个人吗？"

"这个……还有我的搭档。"

"你的搭档是谁？"

泰迪竖起大拇指往身后的牢房一指。"他叫查克。他是——"

"我来猜一猜，"诺伊斯说，"你以前从没跟他一起工作过，对不对？"

泰迪感觉到整个监狱将他包围，双肩冷飕飕的。他一时说不出话来，仿佛忘记了如何控制舌头。然后他开口道："他是从西雅图来的联邦法警——"

"你之前从没跟他一起工作过，对不对？"

泰迪说："跟这个毫不相干。我会看人。我了解这个人，我信任他。"

"基于什么？"

这个问题可没有简单的答案。谁知道信任是在何时何地建立起来的？这一刻还没产生，下一刻可能便有了。泰迪在大战期间认识了一些人，可以在战场上把生命托付给他们，可是一旦离开战场却绝不能把钱包交给他们保管；他也认识一些人，可以将钱包甚至妻子托付给他们，但绝不能在打仗时与他们并肩作战，或是一起破门而入。

查克完全可以拒绝跟他一起来，可以选择留在男宿舍里，在风暴后清理废墟的这段时间蒙头大睡，等候渡轮到达的消息。他们的工作已经完成——蕾切尔·索兰多已经找到。查克没有理由也没有得到授权跟随他追寻利蒂斯的下落，证明阿舍克里夫医院只是希波克拉底誓言的笑柄。然而他却跟着他来到这里。

"我信任他，"泰迪重复道，"我只能对你这么说。"

诺伊斯隔着铁栅栏哀伤地望着他。"他们已经赢了。"

泰迪甩灭手中的火柴，扔掉，打开火柴盒，发现只剩最后一根。他听到诺伊斯仍贴着铁栏杆用力吸着气。

"求你了。"他低语道。泰迪知道他在哭泣。"求求你了。"

"怎么了？"

"求你别让我死在这儿。"

"你不会死在这里。"

"他们要带我去灯塔，你心里很清楚。"

"灯塔？"

"他们会切掉我的大脑。"

泰迪点亮那根火柴，借着忽现的火光，他看到诺伊斯抓着铁栅栏瑟瑟发抖，泪水从发肿的眼睛里流出，滑过肿胀的脸庞。

"他们不会——"

"你到那儿去，看看那个地方。如果你能活着回来，再告诉我他们在那里做什么。你自己亲眼去瞧瞧。"

"我会去的，乔治。我会去的。我要带你离开这个地方。"

诺伊斯低下头，把秃头顶在铁栅栏上，开始静静哭泣。泰迪还记得他们上次在接待室见面时，乔治说："要是我再回到那鬼地方，我就自杀。"然后泰迪说："那种事不会发生。"

显而易见，那是句假话，因为诺伊斯就在这里，遭到毒打，备受摧残，满怀恐惧地发抖。

"乔治，看着我。"

诺伊斯抬起头。

"我会把你从这儿救出去。你坚持住，别做回不了头的傻事。你听见了吗？坚持住，等我回来。"

乔治·诺伊斯涕泗纵横的脸上绽出微笑，接着他缓缓地摇了摇头。"你不能杀死利蒂斯，同时揭露真相。你必须做出抉择。你很清楚这点，不是吗？"

"他在哪里？"

"告诉我你清楚这点。"

"我清楚。他在哪儿？"

"你必须做出选择。"

"我不会杀人。乔治，我不会。"

看着铁栅栏后面的诺伊斯，泰迪觉得这是真心话。如果能让这个可怜的家伙、这个遭遇坎坷的受害者回家，他愿意把自己的仇恨搁在一旁。并不是放弃，只是等待下一个机会，希望多洛雷丝能理解。"我不会杀任何人。"他重复道。

"说谎。"

"我没有。"

"她已经死了，放她去吧。"诺伊斯将满是泪水的笑脸抵在铁栏杆之间，肿胀的双眼柔和地望着泰迪。

泰迪又想起多洛雷丝，喉咙一阵发紧。他看见她坐着，笼罩在七月初朦胧的光辉中。那种暗橙色的光，好像夏日里太阳刚刚落山后城市披上的颜色。她抬头望着他把车停在人行道上，孩子们继续在马路中央玩棍球，晾在头顶上的衣裳在风中舞动。她手撑着下巴，香烟举在耳畔，注视着他一步步走近。这一次他带来了鲜花，她就是他的最爱，他的宝贝，一切再简单不过。她注视着他时，好像在努力记住他的模样，记住他走路的姿势，记住那些鲜花和那一刻。当你光是看到某人就能体会到食物、血液和空气永远无法带来的满足，当你感到生下来就是为了某个时刻，而此刻——甚至不知为何——就是那个时刻。他想问她，因喜悦而心碎的声音是什么样的。

让她去吧，诺伊斯说过。

"我做不到。"泰迪说，声音尖锐。他听到尖叫声在胸中涌动。

诺伊斯身体尽力后仰，但两手仍然牢牢抓住栏杆。他歪着头，让耳朵贴在肩膀上。"那你就永远别想离开这座岛。"

泰迪一言不发。

诺伊斯叹了口气，好像要说的话无聊到让他站着都能睡着。"他被调出 C 区了。如果不在 A 区，就只剩下一个地方可以去。"

他等着泰迪明白过来。

"灯塔？"泰迪说道。

诺伊斯点点头，最后一根火柴也已燃尽。

整整一分钟的时间，泰迪站在那里，在黑暗中瞪着眼睛，然后听到诺伊斯上床发出的弹簧声响。他转身准备离开。

"嘿。"

他停住脚步，背对着铁栅栏，等待着。

"上帝保佑你。"

16

　　泰迪转身走过牢房区，发现阿尔正站在花岗岩走廊中央等他，懒懒地向他投来一瞥。泰迪问他："找到你要抓的人了吗？"

　　阿尔在他旁边迈开脚步。"当然，那浑蛋太狡猾了。不过在他逃出这栋楼之前，能去的地方也只有那些。"

　　他俩沿着牢房向前，始终走在过道中间。泰迪回想起诺伊斯曾问他在岛上是否一个人待过，他暗自思忖，阿尔到底观察他多久了？他回忆来到岛上的这三天，试图找出完全独处的时刻，但即使是上厕所时，由于使用的是员工厕所，所以要么有人在旁边的隔间，要么有人等在门外。哦，不，他和查克两人单独在岛上走过几次……他和查克。

　　他到底对查克了解多少？他在脑中勾画出查克的脸，仿佛看见他站在渡轮上，远远地望着大海……

　　人不错，能很快让人喜欢，天生善于交际，是那种你想和他待在一起的人，来自西雅图，最近才调过来，绝对是玩扑克的好手，讨厌父亲——这似乎是他身上与其他特质不相符合的一点，好像还有点什么……泰迪极力在大脑深处搜索……到底是什么呢？

别扭。对，就是这个词。可是不对，查克一点也不别扭，他可是做事圆滑的典型，用泰迪父亲的话来讲，就是"顺得像粪便穿过鹅肠"。不，这个人身上完全没有一点别扭之处。真的一点没有吗？难道他就没有行动笨拙的一刻吗？有。泰迪确信，但是他想不起来具体的细节，此时此地想不起来。况且，这个想法太荒唐了。他相信查克。毕竟，查克闯入考利的办公室，偷翻了他的办公桌。

你看到他做了吗？

查克冒着丢掉饭碗的风险想要找到利蒂斯的档案。

你又怎么知道呢？

他们来到门前，阿尔说："只要走回楼梯，爬上去就行了。很容易找到屋顶。"

"谢谢。"

泰迪等了一会儿，没有立刻打开门，他想看看阿尔会停留多久。但阿尔只是点点头就转身走回牢房区，泰迪暗自松了口气。显然，他们没有监视他，泰迪在阿尔眼中只不过是一个杂工罢了。诺伊斯是个偏执狂，不过也能理解，置身于他的处境中，谁不会这样呢？肯定会是一样偏执。

阿尔继续向前走。泰迪转动门把手打开门，发现楼梯平台上既没有杂工也没有警卫。就他一个人，彻彻底底只有他一人，没人监视。他关上门，转身走下楼梯，看见查克就站在他们之前撞见贝克和文吉斯的转角处。查克手里捏着一根烟，用力吸了几口，抬头看见泰迪下楼，便转过身，快步走了起来。

"我以为我们说好要在大厅里碰头。"

泰迪赶上来的时候，查克说："他们在这儿。"然后，他俩转进大厅。

"谁？"

"院长和考利。一直走别停下，我们要想办法逃出去。"

"他们看见你了？"

"不清楚。我当时正从比这儿高两层的资料室出来，看见他们在大厅的另一头。考利还扭头看了一眼，我直接穿过出口处的门到了楼梯。"

"这么说，他们可能不会起疑心。"

查克已经在小跑。"一个穿着雨衣、戴着巡逻帽的杂工从行政楼层的资料室里走出来？哦，我们没事才怪呢。"

他们头上的灯纷纷亮起，发出一系列流动的爆裂声，仿佛骨头在水下开裂的声音。空气中弥漫着电流的嗞嗞声，接着爆出一阵高喊、嘘声和哀号。有那么一刻，整幢大楼似乎从他们周围升起又缩回。尖锐的警铃声穿透了石砌的地板和墙壁。

"来电了，多好啊！"查克说，转身走入楼梯井。

他们下楼时正巧碰到四个警卫跑上来。两人于是贴着墙，让他们通过。

方桌边的警卫依然在那里，正在打电话。两人下楼时，他抬起头以稍显呆滞的目光看了他们一眼，随后眼睛突然一亮，对着话筒说了一句"等一下"，又对走到最后一级楼梯的两人喊："嘿，你们两个，停一停！"

门厅外正聚着一群人——警卫、门卫，外加两个戴着手铐、满身泥污的病人——泰迪和查克立即移步混入人群，躲开一个在咖啡桌边站起身的人，那人手里端着杯子，差点泼到查克的前胸。

那个警卫还在叫喊："喂！你们两个！喂！"

他们仍然大步向前。听到警卫的叫喊，泰迪看到众人的反应都是转头四处张望，想要弄清楚他到底在叫谁。只消一两秒的工夫，这些人就会齐刷刷地看向他和查克。

"我说，站住！"

泰迪将手举到胸前，推了推门。

纹丝不动。

"喂！"

他注意到铜制的门把手是菠萝形状的，就跟那天在考利家看见的一样。他握住把手，发现它被雨水弄湿后变得很滑。

"我要跟你们谈谈！"

泰迪转动把手推开门，两个警卫正沿着楼梯走过来。泰迪侧身扶住门，让查克过去，走在左边的那名警卫对他点头表示感谢。然后，泰迪放开门把手，与查克一起走下楼。

泰迪看见左边有一群穿着同样衣服的人站在细雨中抽烟喝咖啡，其中有几人斜倚着墙。每个人都在说笑，朝着空气大吐烟圈。泰迪和查克朝他们走去，始终没回头，随时等着身后的门再次开启，传来新一轮的喊叫。

"你找到利蒂斯了？"查克问道。

"没有。但找到了诺伊斯。"

"什么？"

"你听见我说什么了。"

靠近那群人时他们点了点头，大家报之以微笑和挥手。泰迪向其中一人借了火，随后两人继续沿着墙走——一刻不停地向前走，这堵墙大约向远处延伸出四分之一英里。一直走，不顾后方传来隐约的叫喊声；一直走，即使看到头顶上方约五十英尺处的城垛上暗暗探出步枪的枪尖。

他们走到墙的尽头，向左拐进一片潮湿的绿地，发现那一段路已经换上了新的铁丝网，几组工人正在把搅拌好的水泥填入柱子搬走后留下的窟窿。远远望去，铁丝网一直向前延伸绕到后头，他们知道那里没有出口。两人转身沿着墙回来，进入空旷地带。泰迪明白，他们唯一的出路就在正前方。如果往另一个方向走，就会引起过多的注意，除非从警卫面前经过。

"我们要豁出去了，对吗，头儿？"

"对极了。"

泰迪取下帽子，查克也跟着取下帽子，然后他们又将雨衣脱下来搭在肩上，一起走进了星星点点的雨中。等候他们的还是之前那个警卫。泰迪对查克说："我们不要放慢脚步。"

"好。"

泰迪试图从警卫脸上找出一些蛛丝马迹，但是警卫的表情死一般僵硬。泰迪不知道他是因为太无聊还是在练习面临冲突时保持强硬。

泰迪从警卫身边走过时挥了挥手。警卫说："他们现在有卡车了。"

他俩继续走。听见这话，泰迪转过身，一边往回走一边问："卡车？"

"是啊，为了带你们回去，要不你们等一等。五分钟前刚开走一辆，应该很快就回来了。"

"不用了，我们需要走走。"

就在这短暂的一瞬，警卫脸上掠过一丝难以捉摸的表情。或许这只是泰迪的想象，或许警卫嗅到了他们话中说谎的味道。

"当心点。"泰迪转过身与查克一起朝那些树走去。他能感觉到背后警卫注视的目光，感觉到整个堡垒注视的目光。也许考利和院长正站在楼前的台阶或屋顶上看着他们。

两人走到树丛边，发现没人对他们大喊大叫，也没人对他们鸣枪警告。于是，他们走进树丛，消失在那一排粗壮的树干和萧索破碎的树叶后面。

"我的天！"查克说，"天哪，天哪，天哪！"

泰迪在一块圆石上坐下，全身大汗淋漓，白衫白裤都被浸透，但觉得很兴奋。他的心还在嗵嗵直跳，眼睛发痒，肩膀和脖颈后微微有些刺痛。他知道，这是除爱情外世上最美好的感觉。

成功逃脱。

他定定地看着查克，眼珠一动不动，直到两人都笑出声来。

"我经过那个转角，看见围栏修好了，"查克说，"妈的，泰迪，我还以为我们就此完蛋了。"

泰迪将身体向后靠在石头上，感觉异常自由——这种感觉似乎只有孩童时代才有过。他看见天空从烟雾般的云层后面渐渐显露，感觉到风吹过皮肤。他能嗅到那些味道：潮湿的树叶、潮湿的土壤、潮湿的树皮，他能听到最后一点雨丝滴落的微弱声响。他多么想闭上眼睛，然后醒来的时候发觉自己躺在海港的另一头，回到波士顿家中的床上。

他几乎打起盹来，这让他意识到自己有多累。他坐起身，从衬衫口袋里摸出一支香烟，向查克借了个火。他倾身向前靠在膝盖上，说："我们不得不假设，他们最终会发现我们去过里面，当然这是在假设他们目前还不知道。"

查克点了点头。"贝克这家伙一定会在严刑拷打下招供。"

"楼梯边上那个警卫，我觉得他接到消息了。"

"也许他只是想让我们俩签字。"

"无论是哪种情况，我们都会被人记住。"

港湾的那一头传来波士顿灯塔的雾号，这是泰迪孩提时代住在赫尔镇时每天晚上都能听见的，是他知道的最寂寞的声音。这声音让你不由自主地想要抓住什么，一个人、一个枕头或是你自己。

"诺伊斯。"查克说。

"嗯。"

"他真的在这里？"

"千真万确。"

"看在上帝的分上，泰迪，怎么会这样？"

于是，泰迪把有关诺伊斯的来龙去脉告诉了查克：诺伊斯如何挨揍，如何对泰迪怀有敌意，他的恐惧，他四肢如何颤抖，他的哭泣——事无巨细都告诉了查克，除了诺伊斯对查克的意见。查克听着，偶尔点点头，他看泰迪的神情像极了围坐在篝火边望着夏令营指导员，听对方讲述午夜恶魔故事的孩子。

泰迪忍不住想，如果事实并非如此，这一切又该作何解释？他讲完后，查克问道："你相信他？"

"我相信他在这儿。这一点毫无疑问。"

"他可能在精神方面出了问题，我是指他精神崩溃了。他的确有过病史。这样的话，他们就有正当理由了。他在监狱里疯了，于是，他们就说：'哦，这人曾经是阿舍克里夫医院的病人，我们把他送回去好了。'"

"有可能，"泰迪说，"但是我最后一次见到他的时候，觉得他看起来正常得要命。"

"那是什么时候？"

"一个月前。"

"一个月可以发生很多变化。"

"这话不假。"

"那么灯塔呢？"查克又问道，"你认为灯塔里住着一群疯狂的科学家，就像我们之前说过的那样，他们正往利蒂斯的头骨里植入天线？"

"我认为他们不会把一个污水处理厂用铁丝网围起来。"

"我同意，"查克说，"但你不觉得这一切都有点过于大吉尼奥尔[①]了吗？"

泰迪皱起眉头。"妈的，我不明白这词是什么意思。"

"恐怖，"查克说，"就是童话故事里非常非常吓人的那种。"

"这个我懂，"泰迪说，"可那个什么'大吉二奥尼'呢？"

"大吉尼奥尔，"查克说，"这是个法语词，抱歉。"

泰迪看到查克试图用微笑化解尴尬的局面，也许他正在想如何换个话题。泰迪问："你在波特兰长大，一定学过不少法语。"

"我是在西雅图长大的。"

"噢，对。"泰迪以手抚胸，说，"抱歉。"

"我喜欢戏剧，"查克说，"这是个戏剧上的专业用语。"

"你知道吗？我认识一个在西雅图分局工作的人。"泰迪说。

"是吗？"查克拍着身上的口袋，漫不经心地回答。

"是啊。可能你也认识他。"

---

① 指巴黎的"大木偶剧院"，创办于十九世纪末，以上演残酷血腥的剧目著称。

"的确有可能。"查克说，"你想知道我从利蒂斯的档案中发现了什么吗？"

"他的名字叫乔。乔……"泰迪打了个响指，看着查克，"帮我一起想想，我突然想不起来他姓什么了，乔，呃，乔……"

"叫乔的人多着呢。"查克一边说，一边把手伸向裤子后面的口袋。

"我还以为西雅图分局的人不多呢。"

"就是这个！"查克猛地把手从裤子后袋里抽出来，手中却空无一物。

泰迪看见查克没能抓住的那张叠得方方正正的纸片从口袋里露出一角。

"乔·费尔菲尔德。"泰迪一边说，一边回想着查克的手从口袋里猛然抽出的样子，那姿势真别扭。"你认识他？"

查克的手又缩了回去。"不认识。"

"我确定他已经调去那里了。"

查克耸了耸肩。"我没听过这名字。"

"噢，也许是波特兰。我把它们搞混了。"

"是啊，我早注意到了。"

查克终于把纸片掏了出来。泰迪回想起他们到达的那一天，查克用一种相当笨拙的动作把枪交给警卫，弄了半天才打开枪套。一般来说联邦法警不会有这样的问题，在某种程度上，这种问题能叫人在执行任务时丧命。

查克伸手摊开那张纸片。"这是他的入院初诊表，利蒂斯的，我只找到了这张表和他的药物记录这两样东西。没有意外报告，没有会诊笔记，没有照片。怪得很。"

"很诡异，"泰迪说，"的确。"

查克的手仍然向外伸着，纸片从他的指间垂下。"拿去吧。"他说。

"不了，"泰迪说，"你先拿着好了。"

"你难道不想看看吗？"

泰迪说："我以后再看好了。"他看着他的搭档，不再说话，任凭沉默在两人之间蔓延。

"怎么？"查克终于开口了，"我根本不认识那个叫乔什么的家伙，所以你就在这儿取笑我？"

"我没有取笑你，查克。就像我说的，我把波特兰和西雅图两边的情况搞混了。"

"对。那么——"

"我们继续赶路吧。"泰迪说。

泰迪站起身。查克在原地坐了几秒钟，看着那张纸仍在手里飘荡。他瞧瞧四周的树，又抬头看看泰迪，然后向远处的海岸望去。

雾号又一次响起。

查克起身，把纸片重新放回裤子后袋，说"好吧"，又说"就这样吧"，再说"那行啊，你带路吧"。

泰迪开始向东穿过树林。

"你想去哪里？"查克问他，"去阿舍克里夫医院不是这条路。"

泰迪回头看了他一眼。"我不想去阿舍克里夫。"

查克似乎被惹恼了，也许是被吓坏了。"那我们他妈的到底要去哪里，泰迪？"

泰迪笑了。"去灯塔，查克。"

"我们在哪儿？"查克问。

"我们迷路了。"

他们已经走出树林，但眼前并未如预期那样出现灯塔周边的围栏，莫名其妙地往北偏了很多。暴风雨把这片树林变成了湿地，路上净是些东倒西歪的树，他们不得不绕行。泰迪早就料到已经偏离了方向，但根据他刚才的计算，他们很有可能绕到了墓地那边。

他仍然可以看见灯塔。灯塔上端的三分之一探出来，前面挡着一座小山丘、一丛 V 字形的树和一堆棕绿相间的植物。他们所站的这片原野正前方是一片长长的潮汐沼泽，再往前是一个斜坡，周围由嶙峋的黑色岩石围成天然屏障。泰迪知道，摆在他们面前的路只有一条：穿过树林折回去，希望能找到他们转错弯的地方，这样就不必原路返回。他把想法尽可能地解释给查克听。

查克用一根棍子扫落沾在裤脚上的芒刺。"或者我们可以绕一圈，从东边到达灯塔。还记得昨天晚上跟麦克弗森一起吗？那个司机走了一条像车道的路。山丘那头一定是墓地，我们绕着走走好吗？"

"只要不比刚才走的那段糟糕就好。"

"噢，你不喜欢那段路？"查克用手掌摸摸后颈，"我的话，我喜欢蚊子，我脸上大概还有一两块地方没被它们叮到。"

这是两人在一个多小时内首次对话，泰迪感觉到他们都试图打破两人之间逐渐累积起来的紧张感。

但这个时机稍纵即逝。泰迪又沉默了太久，查克则开始沿着原野的边缘走路，有意无意地向西北方向走去——这座小岛总是把他们推向海岸边。

他们一起行走、攀爬、再行走，这个过程中，泰迪始终望着查克的背影。这是他的搭档，他曾经这样告诉诺伊斯。他说，他信任他。但是为什么呢？因为不得不信任，因为没有人能够独自对抗这一切。

如果他消失了，如果他被永远留在这个岛上回不去，那么参议员赫利会是他的一个挚友。毫无疑问。参议员的要求会得到关注，会有人听到，但在目前的政治气候下，一位来自新英格兰这样的小地方、名声相对较弱的民主党人士，说的话能有多大影响？

联邦法警局不会坐视不管，他们肯定会派人来。但问题在于时间——他们能及时赶到吗？在阿舍克里夫医院里的医生彻底把泰迪变成诺伊斯，或是那个更加糟糕的玩抓人游戏的男子之前，能及时赶到吗？

泰迪希望如此，因为他发现注视查克背影的次数越多，就越能肯定：他是孤身一人在奋斗，完完全全一个人。

"还有那么多石头，"查克说，"真要命，头儿。"

他们正行进在一条狭窄的海岬上，右边是几乎垂直的岩壁，岩壁下方就是大海，左边是约一英亩的灌木平原。渐渐地，风变大了，天空变成红棕色，空气中有股咸味。

那些石堆散落在平原上，总共是九堆，排成三排，四周都有斜坡保护。那些斜坡呈碗状围着平原。

泰迪说："怎么回事，我们把这事忘了？"

查克将一只手伸向天空。"再过两小时太阳就落山了。你应该已经意识到，我们还没有到达灯塔，甚至连墓地都没到。我们甚至都不确定从这里是不是能走到那里，而你却想一路爬下去看那些石头！"

"嘿，如果密码……"

"都这时候了，密码还有这么重要？我们掌握了利蒂斯在这儿的证据，你看见诺伊斯了。我们要做的就是带着这些信息和证据回去，你的任务就完成了。"

他说得没错，泰迪心里很清楚，不过，前提是他俩依然在同一战线上。如果他们不在同一战线上，而这个密码又是查克不想让他看见的……

"十分钟下去，再花十分钟上来。"

查克疲倦地坐到深色的岩石上，从外套里掏出一支烟。"好吧，我坐在这儿等你。"

"请自便。"

查克拢起双手把香烟点着。"我就是这么打算的。"

泰迪看着烟雾从他弯曲的指间飘出来，散到海面上。"一会儿见。"他说。

查克背对着他。"小心别把脖子给摔断了。"

泰迪走下去用了七分钟，比预计的要少三分钟，可能是因为地面很松，沙子较多，他滑了几次。他真希望早餐的时候不是只喝了一杯咖啡，现在胃里空空如也，饿得咕咕直叫。低血糖加上缺乏睡眠让他觉得迷迷糊糊，眼前直冒金星。

他数着每个石堆的石头数，并把数字记在笔记本上，旁边还写上了对应的字母：13(M) − 21(U) − 25(Y) − 18(R) − 1(A) − 5(E) − 8(H) − 15(O) − 9(I)。

他合上笔记本，放进衣服前面的口袋，开始沿着沙土斜坡向上爬，到最陡峭的地方就手脚并用，失足向下滑落时就紧紧抓住一大丛滨海植物。他花了二十五分钟才爬上去，天空已经变成深红铜色。他知道查克说得没错，无论他站在哪个立场：天很快就要黑了，这纯粹是浪费时间，密码到底怎样又有什么关系？

他们现在不可能到达灯塔了，即使到了那里，接下来又能做什么呢？如果查克和他们是一伙的，那么和他一起去灯塔无异于自投罗网。

泰迪看见山顶，看见海岬上突起的山脊，还有笼罩着大地的红铜色天穹。他想，这件事也许只能这样了，多洛雷丝，到目前为止我只能做到这些。利蒂斯会活下去，阿舍克里夫医院也会继续存在。但是我们知足了，因为我们心里明白，这个调查已经拉开序幕，而它最终可以让整个事件真相大白。

泰迪在山顶发现一个豁口，那是一个与海岬相连的窄洞，开口处已经风化。泰迪站在洞口，背抵着沙墙，双手抓着头顶的平滑岩石。他手臂用力，将身体拉了上去，用胸口抵住海岬，随后又将两腿甩上去。

泰迪侧身躺着，望着远处的大海。大海在薄暮时分是多么湛蓝，在白昼将尽的时刻是多么生机勃勃。他躺在那儿，感到微风吹拂着脸颊，大海在渐渐暗去的天色下无尽地向远处伸展，他感到自己是如此渺小，如此平凡。但那并非一种无能为力的感觉，那是一种奇怪的骄傲，感觉自己是大自然的一部分。是的，一粒尘埃，但却是大自然中的一粒尘埃，与大自然同在，一同呼吸。

他的目光越过那块平坦的黑色岩石，一边脸颊贴着它，直到这时他才意识到，查克并没有在上面等他。

17

查克躺在悬崖下，海浪轻轻拍打着他。

泰迪先让双腿从海岬边缘滑落，用鞋底试探着黑色的岩石，直到有把握脚下的石头可以承受他的重量。他无意识地屏住气，双肘从海岬边缘滑过，感觉到脚陷入岩石中，这时石头突然松动，右脚踝随之弯向左边，他猛地贴紧崖壁，上半身的重量压在上面，然后脚下的石头稳住了。

他转过身，把身体放低，直到像螃蟹那样紧紧贴在岩石上，接着开始往下爬。做这事可没法快起来。有的石块牢牢地嵌入悬崖，像战舰船体的螺钉一样牢固，有的仅仅是因为下方的石块才得以撑在那里，而且在把身体的重量压上去之前，根本无从判断哪块牢固，哪块不牢固。

十分钟后，泰迪看到一支查克的幸运牌香烟，抽了一半，烧焦的部分呈黑色，尖得好像木工铅笔的笔尖。

他是怎么摔下去的？风变大了，但还没大到能把人从平坦的悬崖边刮下去。

泰迪想着查克的样子：独自一人在悬崖顶上，在生命的最后一分钟里抽着烟。他想起所有那些他曾关心过的逝者，他们死了，而他必须艰难地撑下去。当然，他想起了多洛雷丝，想起他的父母，父亲此刻正躺在这片大海深处的某个地方，母亲在他十六岁那年离开。他想到了图蒂·维切利，在西西里，子弹从他的牙齿间穿入，他向泰迪露出古怪的笑容，好像吞下了什么味道奇怪的东西，鲜血从嘴角流淌下来。他想到了马丁·费伦和贾森·希尔，还有那个从匹兹堡来的壮实的波兰裔机枪手——叫什么来着？——雅达克，没错，他叫雅达克·吉利比奥弗斯基。那个金发小毛孩在比利时总把大家逗得哈哈大笑。他腿部中弹，一副若无其事的样子，可是后来却血流不止。当然还有弗朗基·戈登，在椰林俱乐部的那晚，他被泰迪晾在一边。两年后，泰迪把弗朗基·戈登钢盔上的香烟弹下来，骂他是艾奥瓦来的狗屎鸟人。弗朗基说道："你骂脏话的本事比我认识的任何人都——"话音未落就踩到了地雷。泰迪的小腿肚上至今还留着一块当时的弹片。

现在是查克。

如今泰迪还能否弄明白该不该相信他，该不该在死前一刻认定他是值得信任的？查克能逗他大笑，也让过去三天里头痛的侵袭变得不那么难以忍受。查克今天早上还对他说，他们早饭吃本尼迪克蛋，晚饭吃切成薄片的鲁本三明治。

泰迪抬头望了望海岬边缘，估计自己已经向下爬了一半路程。天空开始呈现出大海的深蓝色，而且每分每秒都在加深。

究竟是什么原因让查克从悬崖边摔了下去？

绝非自然原因。

除非他掉落了什么东西，除非他为了捡什么东西才下去，除非他和泰迪现在一样，试图顺着悬崖爬下去，抓住或踩到了吃不起分量的岩石。

泰迪停下来喘息，汗水从脸上滴落。他小心翼翼地从岩石上挪开一只手，用裤子擦干，然后把手放回原处，抓紧，另外一只手重复刚才的动作。正当把手放回一块凸起的岩石上时，他发现了一张纸片。

纸片嵌在一块石头和一簇褐色的树根之间，在海风的吹拂下轻轻飘动。泰迪的手从那块黑色岩石上挪开，手指夹起那张纸。无须打开，他便知道那是什么。

利蒂斯的入院初诊表。

泰迪把纸片塞进后袋，想起当初查克把它随随便便地往后袋里一插，现在他明白查克为何会到下面来。

是为了这张纸。

是为了泰迪。

最后二十英尺的崖壁由大圆石组成，它们是被海藻覆盖的巨大黑色卵石。触及这些石头时，泰迪转过身，让双臂放在身后，手掌根部支撑着全身的重量。他顺着这段悬崖一路往下，看到了躲在岩石裂缝里的老鼠。

泰迪终于到达悬崖下，来到海岸边。他瞧见查克的尸体，走近一看才发现根本不是尸体，只是一块石头，被太阳晒得发白，缠绕着厚厚的一层黑色海藻。

谢天谢地。查克没有死，这块被海藻覆盖、又长又窄的石头并非查克。

泰迪双手放在嘴前合拢成杯子的形状，朝悬崖上方喊着查克。

他不断呼唤，听到声音传到海面上，从岩石上弹回来，随风飘荡。他等着查克从海岬上探出脑袋。

也许他正打算下来寻找泰迪，也许他现在正在上面准备。

泰迪喊着他，直到喉咙沙哑。

然后，泰迪停下来，等待回应。天色变得很暗，已看不见悬崖顶部。泰迪听到风的声音，听到岩石裂缝中老鼠的动静，听到一只海鸥的鸣叫，还有浪涛拍岸的声音。几分钟后，他再次听到波士顿灯塔传来的雾号。

泰迪的视觉逐渐适应了黑暗，他看到一双双眼睛正望着他，几十双眼睛。老鼠们懒懒地趴在圆石上，盯着他看，毫不胆怯。夜间，这是属于它们的海岸，不属于他。

不过，泰迪害怕的是水，不是老鼠。这些该死的讨人厌的东西，他可以向它们开枪。一旦有几个同伙被炸成碎片，看它们还有几个胆敢这么嚣张。

但泰迪没带枪，转眼间它们的数目又翻了一倍。长长的尾巴来来回回扫过石头。泰迪感到海水已逼到脚后跟，他感到所有这些眼睛都盯着他，无论害怕与否，他都开始觉得脊梁有刺痛感，脚踝处也开始发痒。

他沿着海岸慢慢前行，看到月光下数百只老鼠聚集在石头上面，好像一只只海豹在晒日光浴。他看着一些老鼠被挤下圆石，跌落到自己刚才站过的沙滩上。这时，他转过头看看余下的海岸还剩多少路。

没多远了。前面约三十码又是一处探出水面的悬崖，彻底截断了海岸，在其右侧的海面上，泰迪看见了一座小岛，之前他完全没注意过。月光下，它如同一块褐色的肥皂，颤颤巍巍地浮在海面上。来岛上的第一天，他和麦克弗森到过那一带的悬崖。那片海上根本没有岛，他敢肯定。

这该死的小岛是从哪里冒出来的？

此刻，泰迪能听到老鼠发出的声音，有几只正在打架，但大多数在用爪子敲击石头，互相吱吱叫着，泰迪感到脚踝处的刺痒爬上了膝盖和大腿内侧。

他回望身后的海岸，到处都是老鼠，已经遮住了整个沙滩。

他顺着峭壁向上望，多亏这一轮几近完满的月亮和漫天闪亮的星斗。接着他看见一种颜色，和两天前还完全不存在的小岛乍现海上一样，让人捉摸不透。

那是橘黄色，位于较大的崖壁的中段，黑色峭壁上垂暮时分出现的橘黄色。泰迪目不转睛地盯着，只见那橘黄色光点忽明忽暗地闪烁着，暗下去又亮起来，暗下去又亮起来，极像跳动的脉搏。

好像是火焰。

泰迪意识到那是个洞穴，或者至少是道相当大的裂缝。里面有人。是查克，必定是他。也许他是为了捡那张纸，从海岬上面往下爬，也许他受了伤下不来，只好暂且到洞里歇脚。

泰迪摘下帽子，来到离他最近的大圆石边。六双眼睛打量着他，他用帽子去打，它们四下逃窜，污秽不堪的身躯纷纷从岩石上冲下。泰迪迅速爬上这块石头，朝下一块石头上的几只老鼠踢过去，它们躲到边上。于是他在岩石上跑起来，从一块跳到另一块，每跳一下，老鼠的数目都在减少，到达最后几块黑色鹅卵石上时，一只老鼠都看不到了。然后，他开始攀爬崖壁，下来时弄伤的手还在流血。

不过，这片悬崖爬起来较为容易。它比之前那片更高，而且宽得多，但有几段明显的斜坡，岩石上的凸起之处也更多。

他在月光下爬了一个半小时，星星注视着他，如同那些老鼠打量他。爬着爬着，他开始想不起多洛雷丝，记不清她的模样，看不到她的脸、她的手和她太阔的双唇。他觉得她正从身边消失，自从她死后还未曾有过这种感觉。他明白这只是体力透支、缺乏睡眠和食物造成的，但她确实正在消失。当他在月光下攀爬的时候，她离开了。

但他仍可以听见她的声音。尽管想不起她的模样，他却听到她的声音在脑海中响起，她说：继续爬，泰迪，继续爬，你可以过新的生活。

难道就只是这样吗？两年来，他一直过着令人窒息的生活。他常常在黑暗中呆坐，一边听汤米·多尔西和艾灵顿公爵的音乐，一边凝视茶几上的那把枪。他确定自己在这糟糕透顶的生活中不可能再向前迈出一步，他对她的思念如此强烈，有一回为了克制情感上的需要，他咬紧牙关，咬断了门牙——两年来，经历了这一切后，难道真的该把她抛在一边了？

我没有梦到你，多洛雷丝。我知道没有。但是，此时此刻，我觉得仿佛梦到了你。

应该这样，泰迪，应该的。放我走吧。

是吗？

是的，宝贝。

我会试试看的，好吗？

好。

泰迪能瞧见在上方闪烁的橘黄色火光。他能感受到那热量，虽然隐隐约约，但不会错。他把手伸到头顶上方的岩石平台上，看到那光映照着手腕。他用力攀上石台，胳膊肘撑着匍匐前进，陡峭的石墙映着那橘黄色的光亮。他站起身，洞顶几乎碰到头。他看到入口向右弯曲，便转了进去，发现那火光的来源是一堆燃烧的木头，堆在地面上挖出的一个不大的坑中。篝火另一侧有个女人，双手背在身后。她张口问道："你是谁？"

"泰迪·丹尼尔斯。"

女人一头长发，身着浅粉色的病号服和束带长裤，脚穿拖鞋。

"那是你的名字，"她说道，"你是干什么的？"

"我是警察。"

她歪了歪头，发丝刚开始现出灰白色。"你是那个法警？"

泰迪点点头。"你能不能把手从身后拿到前面来？"

"为什么？"她问道。

"因为我想知道你手里攥着什么。"

"为什么？"

"我想知道你手里的东西会不会伤害到我。"

她微微一笑。"我想这个要求不算过分。"

"很高兴你这么想。"

她把双手从背后拿出来，露出一把又细又长的外科手术刀。"如果你不介意，我就继续握着。"

泰迪两手一举。"我没意见。"

"你知道我是谁吗？"

泰迪回答："阿舍克里夫医院的一名病人。"

她又朝他歪了歪头，摸了一下罩衫。"天哪，你是从哪里看出来的？"

"哟，我说得没错。"

"是不是所有的联邦法警都这么敏锐？"

泰迪说："我有一会儿没吃东西了，所以已经比平时迟钝了些。"

"睡得多吗？"

"什么意思？"

"你来到岛上之后，睡得多吗？"

"睡得不太好，但这不能说明什么。"

"噢，这确实能说明问题。"她把裤腿卷至膝盖，坐到地上，并示意泰迪也坐下来。

泰迪坐下，隔着火堆凝视她。"你是蕾切尔·索兰多，"他说，"你是真的那个。"

她耸耸肩。

"你杀了自己的孩子？"他问。

她用手术刀拨弄一根木头。"我从来没有孩子。"

"没有？"

"没有，我从来没结过婚。你知道了肯定会大吃一惊，我以前不仅仅是这里的一名病人。"

"你怎么会不仅仅是病人呢？"

她戳戳另一根木头，木头发出吱吱嘎嘎的声音，火堆上顿时升起星星点点的火花，未到洞穴顶部便消散了。

"我以前是这儿的员工，"她说，"从战争刚刚结束的时候起就是。"

"你原来是护士吗？"

她隔着火堆望着他。"我原来是医生，警官，特拉华州德拉蒙德医院的第一位女医生，也是阿舍克里夫的第一位女医生。先生，在你眼前的是个名副其实的先驱者。"

或许是个妄想症患者，泰迪心想。他抬眼看去，发现她的目光正落在自己身上，目光亲切、谨慎又善解人意。

她说："你以为我疯了。"

"不。"

"对一个躲在洞里的女人，你还能怎么想呢？"

"我想这也许有什么原因。"

她黯然一笑，摇了摇头。"我没有疯，没有。当然了，一个疯子还能说些什么别的呢？这就像卡夫卡式的荒诞。假如你并没有发疯，但人们对世界宣称你疯了，那么你所有的抗议都适得其反地加强了他们的观点。你明白我的意思吗？"

"差不多吧。"泰迪说。

"就把它看作三段论吧，假设这个三段论基于这个前提：'精神病患者都否认自己精神失常。'这样你能明白吗？"

"当然。"泰迪说。

"好，第二个前提：'鲍勃否认自己精神失常。'第三部分就是'所以'。'所以——鲍勃是精神病患者。'"她把手术刀放在膝盖边的地上，用一根棍子捅了捅火堆，"如果你被认为是精神失常，那么所有那些原本可以证明你并非精神失常的行为都将被视作精神失常者的行为。你理由充分的抗议变成反抗，你有根有据的恐惧被视为妄想症状，你的求生本能被打上防御机制的标记。这是个毫无胜算的处境，实际上是一种死刑。一旦你来到这里，就再也出不去了。没有人能从 C 区离开，没有。好吧，是有几个人脱身了，我同意你的看法，有几个出去了，但他们被动过手术，是脑部手术，吱嘎一声就从眼睛里穿进去。这是一种野蛮的医疗方法，昧着良心，我跟他们这样说过，我抗争过，也写过信。他们本来可以把我调走的，你明白吗？他们本可以炒我鱿鱼或把我打发走，安排我做教师或者把我赶去其他州工作，但这样做还不够好。他们不能让我离开，就是不能那样做，不行，就是不行。"她说着说着激动起来，低头用棍子乱捅火堆，仿佛在对自己的膝盖说话，而不是泰迪。

"你以前真的是医生？"泰迪问。

"嗯，是的，我以前是医生。"她抬起眼睛，不再盯着膝盖和那根棍子，"实际上，我现在仍然是。不过，我以前是这里的员工。我开始问起大量运送的阿米妥钠麻醉剂和含鸦片成分的致幻药，我开始质疑——很不幸，我太高调了——那些手术程序，说得委婉点，它们似乎相当具有实验性。"

"他们到底在这里干些什么？"泰迪问。

她报之以一笑，歪着嘴角。"你一点概念都没有吗？"

"我知道他们藐视《纽伦堡法案》的规定。"

"藐视？他们完全无视它。"

"我知道他们在进行激进的治疗。"

"没错，激进，但不是治疗。这里根本没有什么治疗，警官。你知道这家医院的资金来自哪里吗？"

泰迪点点头。"非美活动调查委员会。"

"更别提那些贿赂金了，"她说，"钞票源源不断流向这里。现在请你问问自己，身体是如何产生痛苦的？"

"这取决于你受伤的部位。"

"不对，"她用力摇了摇头，"这跟肉体毫无关系。大脑通过神经系统把神经信号传输出去，是大脑控制着疼痛。"她说，"它也控制着恐惧、睡眠、共情、饥饿，事实上，与心、灵魂或神经系统有关的一切都受大脑操控，一切东西。"

"好吧……"

她的双眼在火光中发亮。"要是你能控制它，会怎么样呢？"

"你是说大脑？"

她点点头。"重新制造出一个人来，他不需要睡眠，不会感到疼痛，也没有爱心或同情心。他是一个无法被审讯的人，因为他的记忆库被扫得干干净净。"她拨弄着火堆，抬眼望着他，"他们在这里制造鬼魂，警官。这些鬼魂将到外面的世界去，从事鬼魂般的工作。"

"可是那样的能力、那样的知识，是——"

"这是多年以后的事，"她赞同道，"哦，是的。这是一个时间长达几十年的过程，警官。剥夺性实验。很像纳粹在犹太人身上做的实验，看极端冷热产生的效应，实验结果用来帮助第三帝国的士兵。不过，你没意识到吗，警官？从现在起半个世纪后，知情人回顾起来会说……"她用食指敲敲肮脏的地面，"这就是当初开始的地方。纳粹利用犹太人，苏联利用他们自己的犯人，而在美国，我们拿禁闭岛上的病人做实验。"

泰迪一言不发，不知该说什么。

她回头看着火堆。"他们不能让你离开。你知道，是不是？"

"我是联邦法警，"泰迪说，"他们怎么拦得住我？"

听到这里，她露出愉快的微笑，拍了一下手。"我出身望族，是一名受人敬重的精神医生。我原以为这样就足够了，但我不得不告诉你，这可不够。我问你——你这辈子有没有受过什么创伤？"

"谁没有受过些创伤呢？"

"啊，对啦。但我们现在谈论的不是总体，不是别人。我们讲的是特定对象，是你。你没有可以被他们利用的心理弱点吗？在过去，有没有发生过一件事或者几件事，可以被认为是你精神失常的先决因素？这样一来，他们把你关到这里——他们会那样做的——到那时你的朋友或同事会说：'这也难怪，他终于疯了。谁能受得了呢？是战争让他变成这样，而且他还失去了母亲和其他亲人。'对吧？"

泰迪说："这话可以用到任何人身上。"

"对，这就是关键。你不明白吗？是，它适用于任何人，可是他们将会用在你身上。你的脑袋感觉怎么样？"

"我的脑袋？"

她咬着下唇，点了点头，"就是你脖子上顶着的那个，没错。怎么样？最近有没有做奇怪的梦？"

"做过。"

"头痛吗？"

"我容易犯偏头痛。"

"老天哪，不会吧？"

"是真的。"

"你来这里之后有没有吃过药，哪怕阿司匹林？"

"吃过。"

"也许你感觉到有点不对劲？不是百分之百的自己？你会说，这没什么大不了的，只是觉得有点不舒服。也许你的脑子思考问题不像平时那么快，但你会说，自己这些天来都睡不好觉。陌生的床，陌生的地方，还有暴风雨。你会对自己这么说的，对不对？"

泰迪点点头。

"而且我猜，你一直以来都在医院的餐厅吃饭，喝他们供应的咖啡。那你至少告诉我，你抽的香烟总算是自己的吧？"

"我搭档的。"泰迪承认。

"从来没有从医生或者杂工那里拿过一支？"

泰迪能感觉到那天晚上打牌赢来的香烟正躺在他的衬衫口袋里。他记得他们到达当天，他曾抽过一根考利的烟，那味道比他这辈子抽过的任何烟都要香甜。

她从他脸上看出了答案。

"抗精神病的麻醉药在血管里，平均三四天后才能发挥作用。在这几天里，你几乎很难注意到药物的效果。有时候，病人会发作，这种发作常常被认为是偏头痛，尤其是在病人有偏头痛病史的情况下。但无论如何，发作的情况并不多见。通常，唯一会被注意到的效果，就是病人——"

"别再称呼我病人了。"

"梦里的情形变得越来越逼真，做梦的时间也越来越久，这些梦经常会串在一起，互相叠加，最后就像是毕加索创作的一部小说。另一个显著的效果是病人会感觉有一点……呃，迷糊。他的思考会有那么一丁点困难。不过他一直睡不好觉，而且还做那些梦，所以就算感觉有点迟钝也情有可原。另外，警官先生，我刚才并没有称呼你为'病人'，还不到时候。我只是打个比方而已。"

"如果我今后避开所有的食物、香烟、咖啡、药物，现在已经造成多大伤害了？"

她将面前的发丝在脑后盘成一个发髻。"恐怕已经非常大了。"

"如果我要到明天早晨才能离开这座岛，如果那些药物已经开始发挥作用，我怎样才能知道呢？"

"最明显的征兆就是口干舌燥，但同时又很矛盾地一直想分泌唾液。哦，对了，还会出现麻痹症状。你会发现有些轻微的颤抖，开始是在手腕和拇指相连的地方，过一段时间会蔓延到拇指，最后支配整只手。"

支配。

泰迪问："还有其他吗？"

"对光很敏感，左半边脑袋疼，讲话开始困难，变得更加结结巴巴。"

泰迪能听到外面的涛声，潮水渐渐上涌，扑在岩石上溅起浪花。"他们在那个灯塔里干些什么？"他问。

她双臂环抱着身子凑近火堆。"手术。"

"手术？他们可以在医院里做呀。"

"脑部手术。"

泰迪说："那也可以在医院里做呀。"

她凝视着一簇簇火焰。"探索式手术。不是'我们把他的头颅打开后重新修好'那种，不是，而是'我们把他的头颅打开，看看拿掉这个会怎样'那种，是非法的，从纳粹那儿学来的。"她向他微笑，"就是在那里，他们试着制造出鬼魂。"

"这事有谁知道？我的意思是，在这座岛上有谁知道？"

"你是说关于灯塔的事？"

"对，灯塔。"

"每个人都知道。"

"得了吧，杂工呢？护士呢？"

她透过火焰盯着泰迪的眼睛，眼神镇定而清澈。

"每个人都知道。"她重复。

他不记得曾睡着过，但他一定是睡着了，因为她正把他摇醒。

她说："你必须走了。他们以为我死了，以为我被淹死了，如果他们来找你，就有可能发现我。很抱歉，你必须离开。"

他站起身，揉揉眼睛。

"有一条路，"她说，"就在这悬崖顶的东面。顺着这条路往西走下去，大概一个小时，你就能到那幢老指挥官宅院的后方。"

"你是蕾切尔·索兰多吗？"他问，"我知道我见过的那个是假的。"

"你怎么知道的？"

泰迪回想起前一天晚上他的大拇指。他们把他扶到床上去时，他正瞪着自己的两个拇指。他醒来时，手却已被擦干净。是鞋油，他起先以为，但随后记起曾摸过她的脸……

"她的头发是染的，最近才染的。"他说。

"你该走了。"她温柔地搂着他的肩膀转向洞口。

"如果我想回来……"他说。

"我不会在这儿了。我白天会挪地方，每天都换一个地方过夜。"

"但我可以来找你，带你离开这里。"

她朝他悲伤地一笑，用手把他的头发掠过太阳穴朝后梳。"刚才我说的话，你一句都没听进去，是不是？"

"我听进去了。"

"你再也不会离开这里了。现在你成了我们中的一员。"她紧紧地压着他的肩膀，把他推向洞口。

走到悬崖平台上，泰迪停下脚步，扭过头望着她。"我有个朋友。他今天晚上本来跟我在一起，后来我们走散了，你有没有见过他？"

她又露出那种悲伤的笑容。

"警官，"她说，"你没有朋友。"

18

泰迪来到考利屋子后面时，已几乎迈不动腿。他从屋后绕过来，走上通往医院大门的那条路，感觉这段距离好像有今早四倍之远。这时有个人从暗处冒出来，走到他身边，挽住他的胳膊，说："我们还在想呢，你到底会在什么时候出现。"

是院长。

他的皮肤像蜡烛一样白，滑得好像喷过漆，而且隐约有些透明。泰迪注意到，他的指甲跟皮肤一样白，长得几乎要弯成钩，但修得十分精致。他的双眼才是最突兀的地方，那是一种柔软的蓝，充满了陌生的惊叹，一双婴儿才有的眼睛。

"很高兴总算遇到你了，院长。你好吗？"

"噢，"那人说，"我好得不得了。你呢？"

"不能再好了。"

院长握紧他的手臂。"那就好。我们刚才都去悠闲地散了个步，是不是？"

"嗯，既然病人已经找到，我就到岛上四处逛逛。"

"我想你肯定过得很愉快。"

"非常愉快。"

"好极了。那你有没有碰到岛上的本土居民？"

泰迪一时语塞。此刻他的脑袋不停地嗡嗡作响，两腿几乎站不直。"哦，你是说那些老鼠？"他说。

院长拍拍他的背。"那些老鼠，没错！它们有一种不可思议的尊贵感，你不觉得吗？"

泰迪望着此人的双眼说："只是老鼠。"

"是有害生物，没错，我明白。即使它们认为跟你保持着安全距离，可瞧它们蹲在那儿望着你的那种姿态，还有移动时的那种速度，你还来不及眨眼，它们就从洞里进进出出……"他抬头望着星星，"好吧，或许尊贵这个词用得不恰当。那务实怎么样？它们是异常务实的动物。"

两人来到医院大门口，原地转身，面朝考利的屋子和远处的大海，院长这才松开泰迪的胳膊。"你喜欢上帝最新的礼物吗？"

泰迪看着眼前这个男子，在那双完美的眼睛中感觉出一种病态。

"上帝的礼物。"院长说，手臂扫过暴风雨肆虐过的地方，"我第一次下楼看到家里客厅内的那棵树时，觉得它就像上帝之手，正向我伸过来。当然不是真的这样，而是一种比喻，它向我伸出手来。上帝喜欢暴力。你明白吗？"

"不，"泰迪说，"我不明白。"

院长向前走了几步，转过身面对泰迪。"造成这一切，还能有什么别的原因吗？原因就在于我们，出自我们中间。我们做这些事要比呼吸还自然。我们发动战争，焚烧祭物，掠夺并杀害自己的同胞，让漫山遍野都躺着散发恶臭的尸体。为了什么？为了向上帝证明，我们以他为榜样。"

泰迪望着他。院长的手摩挲着按在腹部的那本小书的封皮，笑着，露出满口黄牙。

"上帝赐予我们地震、飓风和龙卷风。他赐予我们朝我们头顶喷火的高山和吞噬船只的大海。他赐予我们大自然，而大自然是笑里藏刀的杀手。他赐予我们疾病，让我们相信人最终难逃一死。他赐予我们创伤，只是为了让人感觉到生命正从中流失。他给了我们欲望、愤怒、贪婪和污秽的心，是为了让我们展开暴行，以向他表达敬意。没有任何道德秩序像我们刚才目睹的这场暴风雨那样纯粹，绝对不可能有。只有这个——我的暴力能不能征服你的？"

泰迪说："我不确定我——"

"能不能？"院长向他靠近。

泰迪能闻到他的口臭。"能不能怎样？"

"我的暴力能不能征服你的？"

"我并不暴力。"泰迪说。

院长在脚边啐了一口唾沫。"你要多暴力就有多暴力。我知道，因为我要多暴力就有多暴力。不要因为窘迫而否认自己的杀戮欲望，也别让我觉得窘迫。撇开社会的约束，假如我是你享用一顿美餐的唯一阻碍，那么你会用石头砸烂我的头，吃掉我的肉。"他身体前倾，"如果现在我一口咬住你的眼睛，你能阻止我把你弄瞎吗？"

泰迪在他婴儿般的眼睛里看到了欢喜。他想象着此人的心脏，是黑色的，在他的胸膛里跳动。"那你试试看啊。"他说。

"就要有这种态度。"院长低声说。

泰迪站稳脚跟，他能感觉到血液在手臂中涌动。

　　"是的，没错，"院长低语道，"'我与身上的枷锁结为好友'。"

　　"什么？"泰迪发现自己的声音也低沉下来，一阵莫名的刺痛让他不由得颤抖。

　　"是拜伦的诗，"院长回答，"你会记住这一句，对不对？"

　　院长后退一步，泰迪微笑着说："这番话可不是你平常会说的，是吧，院长？"

　　院长报之以同样的淡淡一笑。"他认为不要紧。"

　　"什么不要紧？"

　　"是说你。你力量微弱的最后一搏，他认为这不碍事，但我可不这么想。"

　　"哦，是吗？"

　　"是。"院长垂下手臂，向前走了几步，两手交叉背在身后，那本小书就压在脊柱尾部。然后他转过身，两脚分开，像军人那样站着，眼睛盯着泰迪。"你说你出去散步了，但我知道是怎么回事。我了解你，孩子。"

　　"我们才刚认识。"泰迪说。

　　院长摇摇头。"我们这类人彼此了解已经有好几个世纪了，我对你了如指掌。我想你很悲伤，我真的这么认为。"他噘起嘴，低头盯着自己的鞋，"悲伤没什么关系。对一个男人来说很可悲，但我觉得没关系，因为它对我不起作用。但我同时也认为，你很危险。"

　　"每个人都有权拥有自己的看法。"泰迪说。

　　院长的脸沉了下来。"不，没有。人很愚蠢。他们吃喝拉撒、滥交、繁殖后代，这最后一条尤其不幸，因为如果人口能大大减少，这个世界就会变得美好许多。白痴、杂种、精神病和品德低劣的人——我们生出来的就是这样一些人，我们就是用这些人来毁坏地球的。现在在南方，他们想让黑鬼规规矩矩的。不过我要告诉你，我在南方待过，孩子，那里的人都是黑鬼。白皮肤黑鬼，黑皮肤黑鬼，还有女黑鬼，到处都是黑鬼，他们比两条腿的狗还要没用，至少狗还能时不时地闻出点气味。你就是个黑鬼，孩子，你就是块下等料，我从你身上闻得出来。"他的声音轻得出奇，简直有些娘娘腔。

"这个嘛，"泰迪说，"过了明天早上，你就不用再为我担心了，是吧，院长？"

院长微笑着说："是啊，不用再担心了，孩子。"

"到时候我就离开这座岛，不会再给你添乱了。"

院长向他迈了两步，脸上的笑容消失了，脑袋朝向泰迪，用婴儿般的眼神盯着他。"你哪里都别想去，孩子。"

"恕我不敢苟同。"

"随你怎么想。"院长身子前倾，闻了闻泰迪脸庞左侧的空气，然后又把头移到右侧。

泰迪问："闻到什么了？"

"唔——"院长站直了身子，"孩子，我好像闻到了恐惧的味道。"

"那么，你也许该去冲个澡，"泰迪说，"把你身上的狗屎冲掉。"

两人一时沉默。然后院长开口道："记住那些枷锁，黑鬼，它们是你的朋友。还有，要知道我非常期待我们的最后一支舞。啊，那将会是怎样的一场杀戮啊。"

说完，他转过身，走上通向他屋子的那条路。

男宿舍里十分冷清，一个人影都没有。泰迪来到他的房间，把雨衣挂进衣橱，然后寻觅查克回来过的迹象，却毫无所获。

他想过要坐在床上，但他知道如果这样做就会昏睡过去，可能要到第二天早上才会醒来。于是，他走进浴室，往脸上泼了些冷水，用湿漉漉的梳子把平头往后梳了梳。他觉得全身的骨头都快要散架了，血液稠得像麦芽糖，双眼凹陷，眼圈发红，肤色土灰。他又朝脸上泼了几捧冷水，擦干后来到院子里。

四下里空无一人。空气竟然暖和起来，变得潮湿而黏稠，蟋蟀和蝉也开始鸣叫。泰迪在院子里漫步，希望查克比他先到，也许正和他一样在到处闲逛，然后两人不期而遇。

大门旁是那个警卫，泰迪看到有些房间里亮着灯，除此之外，周围一片空寂。他向医院大楼走去，登上台阶，一拉门，发现上了锁。他听到铰链的咔嗒声，于是望出去，只见警卫打开了大门，到外面与同事会合。大门再次关拢时，泰迪从医院大楼门前往回走，听见鞋子与混凝土平台摩擦发出的声音。

他在台阶上坐了一会儿。诺伊斯的理论也不过如此，毫无疑问，泰迪此刻完完全全孤身一人。没错，被反锁在里面。不过就他目前的观察，没有人监视他。

他绕到医院大楼后面，看到一个杂工正坐在平台上抽烟，胸口一阵发胀。

泰迪走上前，那个又瘦又高的黑人小伙子抬起头看着他。他掏出一根烟，问道："有火吗？"

"有。"

泰迪身子前倾，让小伙子帮他把烟点上，然后直起身感激地笑了笑。这时他想起那个女人告诉过他，抽他们的香烟会怎样，于是把烟从嘴里缓缓吐出，没有吸进肺里。"今晚怎么样？"他问。

"很好，先生。你呢？"

"我还好。人都去哪儿了？"

小伙子用大拇指往身后一指。"都在那儿，开什么大会呢，不知道是什么事。"

"所有的医生和护士都去了？"

小伙子点点头。"还有一些病人，我们打杂的多数都去了，我在这里待着是因为这扇门的门闩有点不好使。不过，除我之外，每个人都在那里。"

泰迪又假抽了一口，暗暗希望没有被注意到。他犹豫着是否应该蒙混着走上楼梯，指望小伙子把他当作另一个杂工，也许来自 C区。他从小伙子身后的窗户望进去，发现走廊被挤满了，人们正纷纷朝前门走去。

他谢谢小伙子借火给他，然后绕到医院正面，遇到正拥在那里的一群人，有的在交谈，有的在点烟。他看到马里诺护士对特里·华盛顿说了些什么，同时把手搭在他肩上，特里听罢仰头大笑。

泰迪正要向他们走去，考利在台阶上叫住他："警官！"

泰迪转过身。考利走下台阶朝他走来，碰了碰他的胳膊肘，朝围墙走去。"你去哪里了？"考利问。

"随便走走，在岛上四处看看。"

"真的？"

"真的。"

"发现了什么有趣的吗？"

"老鼠。"

"哦，当然了，我们这里有很多老鼠。"

"屋顶修得怎么样了？"泰迪问。

考利叹了口气。"我屋子里到处都放着用来接水的桶，阁楼没救了，一塌糊涂，客房的地板也一样。我老婆一定会抓狂，她的婚纱就在那个阁楼里。"

"你老婆现在在哪儿？"泰迪问。

"波士顿。"考利回答，"我们有套公寓在那里，她和孩子们需要离开这里休息一下，所以就去度假一周。有时候你会有那种想要离开的念头。"

"大夫，我来这里才三天，已经有这种念头了。"

考利点点头，露出温和的微笑。"可是你会去的。"

"去哪里？"

"回家，警官，既然蕾切尔已经找到了。渡轮通常在上午十一点左右到这里，我估计你中午就能回到波士顿。"

"这再好不过了。"

"嗯，可不是嘛。"考利用手挠了挠头，"我想告诉你件事，警官，我并没有冒犯你的意思——"

"噢，你又来了。"

考利举起一只手。"不，不，我不是要对你的情绪发表个人看法。不是的，我是想说，由于你在场，刺激了很多病人的情绪。你也知道——大侦探来了嘛，这让几位病人有点紧张。"

"我很抱歉。"

"不是你的错。这是因为你代表的形象，而不是你个人的问题。"

"啊，这样的话就没关系了。"

考利倚着墙，一只脚抵在上面，身上的白大褂皱巴巴的，领带也松松垮垮，看上去和泰迪一样疲惫。

"今天下午C区里传言说，有个不明身份的男子穿着杂工的制服出现在一楼。"

"嗯？"

考利看着他说："真的。"

"还有这种事？"

考利从领带上拈起一些绒毛，用手指轻轻弹出。"这个陌生人显然在制伏危险分子方面很有经验。"

"不是吧？"

"是的，就是这样。"

"这个陌生人还做了什么？"

"啊。"考利双肩往后伸展，脱下白大褂搭在手臂上，"我很高兴你对这个感兴趣。"

"嘿，没有什么比八卦消息、闲言碎语更有意思了。"

"有道理。据称该陌生人——请注意，我无法核实这个消息——与一个大家都知道是偏执型精神分裂症患者的人做了一番长谈，那人叫乔治·诺伊斯。"

"呃……"泰迪说。

"千真万确。"

"那个，呃……"

"诺伊斯。"考利说。

"诺伊斯。"泰迪重复道，"没错，那个人——他有妄想症，是吧？"

"非常极端，"考利说，"他总是胡言乱语，胡说八道，刺激每个人的情绪。"

"又是这个词。"

"抱歉。没错，这么说吧，他会让大家心情不快。在两周前，他把人激怒了，惹得一名病人揍了他一顿。"

"真是难以想象。"

考利耸耸肩。"确实发生了这种事。"

"那么，他胡诌了什么呢？"泰迪问，"讲了什么荒诞的故事？"

考利摆摆手。"就是普通偏执狂的那种妄想，比如说，全世界的人都一起抓他。"他点燃香烟，抬眼看了看泰迪，双目在火焰中炯炯发亮，"那么，你马上就要离开喽？"

"我想是吧。"

"坐第一班渡轮？"

泰迪向他挤出僵硬的笑容。"只要有人叫我们起床。"

考利回之以一笑。"我想这点我们可以做到。"

"那就好。"

"很好。"考利说，"来支烟吗？"

泰迪对着考利递过来的那包香烟举起一只手。"不，谢了。"

"打算戒吗？"

"想少抽点。"

"也许是好事。我在杂志上看到，烟草可能跟一堆可怕的病有关。"

"真的？"

他点点头。"癌症，听说就是其中一种。"

"这年头，死法还真多。"

"是啊。不过治疗的方法也越来越多。"

"你这么认为？"

"不然我也不会做这一行了。"考利向头顶吹出一缕烟。

泰迪说："你这儿有没有过一个名叫安德鲁·利蒂斯的病人？"

考利又垂下头，下巴贴向胸膛。"没什么印象。"

"没印象？"

考利耸耸肩。"难道我应该听说过？"

泰迪摇摇头。"他是个我认识的人，他——"

"怎么？"

"什么意思？"

"你是怎么认识他的？"

"打仗的时候。"泰迪说。

"哦。"

"总之，我听说他出了点状况，被送到这里来了。"

考利缓缓吸了口烟。"你听错了吧。"

"显然。"

考利说："嗨，听错也是难免的。我以为一分钟前你提到'我们'呢。"

"什么？"

"'我们'，"考利说，"第一人称复数。"

泰迪一手放在胸前。"当时我是在说自己吗？"

考利点点头。"我以为你说'只要有人叫我们起床'。叫'我们'。"

"嗯，我就是那样说的，一点没错。顺便问一下，你有没有见到他？"

考利向他扬起眉。

泰迪说："哎，他在这儿吗？"

考利笑了，两眼望着他。

"怎么了？"泰迪问。

考利耸耸肩。"我只是有点困惑。"

"困惑什么？"

"你啊，警官。你这开的是什么怪玩笑？"

"什么玩笑？"泰迪说，"我只是想知道他在不在这里。"

"谁？"考利问，声音里有点被激怒的意味。

"查克。"

"查克？"考利慢条斯理地说。

"我的搭档，"泰迪说，"查克。"

考利把身子从墙上挪开，指尖夹着的香烟晃晃悠悠。"你没有搭档，警官。你是一个人来的。"

19

泰迪说："慢着……"他发现考利靠得更近，正仰头凝视着他。他闭嘴不语，夏夜的气息让他感觉眼皮沉重。

考利说："再跟我说一遍有关你搭档的事。"

考利好奇的眼神是泰迪见过的最冷酷的事物，里面充满了智慧和探寻之意，同时又万分冷漠。那是综艺秀中捧哏角色的眼神，假装不知道对方会在何时抛出妙语。

而泰迪就是面对着斯坦的奥利弗[①]，是身着宽松背带裤、用木桶充当裤子的小丑，是最后一个领会笑点的人。

"警官？"考利又朝前迈了一小步，仿佛轻手轻脚地去抓一只蝴蝶。

如果泰迪表示抗议，如果他要求知道查克的下落，如果他争辩说确实有过查克这么个人，那就让他们有机可乘了。

---

① 斯坦·劳莱和奥利弗·哈台是世界喜剧电影史上著名的二人组合。

泰迪迎上考利的目光，看到了他眼中的笑意。

"精神病患者都否认自己精神失常。"泰迪说。

考利再向前迈出一步。"你说什么？"

"鲍勃否认自己精神失常。"

考利双臂交叉放在胸前。

"所以，"泰迪说，"鲍勃是精神病患者。"

考利站着，身体后仰，微笑呈现在他脸上。泰迪也向他投以同样的微笑。他们就这样站了一阵子，晚风拂过围墙上方的树林，树叶发出轻柔的沙沙声。

"你知道，"考利说，低头用脚尖踢着草皮，"我在这里创立了一些有价值的东西，但有价值的东西在它所处的时代往往遭到误解。每个人想要的只是立竿见影的特效药。我们已经厌倦了恐惧，厌倦了悲伤，厌倦了被某种情绪压倒的感觉，厌倦了总是感到厌倦。我们想要重回过去，可我们甚至已经不记得那些日子了。而且矛盾的是，我们还急于全速冲向未来。耐心和自制成为前行过程中的第一批伤员，这不是什么新鲜事了，完全不是。事情向来都是这样。"考利抬起头，"正如我有这么多有权势的朋友，我也有同样多有权势的仇敌。那些人想夺走我创立的东西，我可不能不做抗争就轻易放弃。明白吗？"

泰迪说："哦，我明白了，大夫。"

"很好，"考利放下交叉在胸前的手臂，"那你那位搭档……"

泰迪说："什么搭档？"

泰迪回到房间时，特里·华盛顿正躺在床上看一本过期的《生活》杂志。

泰迪看了看查克的铺位，床已经重新铺过，床单和毯子塞得严严实实，完全看不出前两个晚上有人睡过。

泰迪的外套、衬衫、领带、裤子都已洗好并送了回来，挂在衣橱里，外面套着塑料袋。他换下杂工的衣服，把制服穿上，此时特里仍翻着光滑的杂志。"警官，你今天晚上过得怎么样？"他问。

"还不错。"

"那很好啊，很好。"

泰迪注意到特里根本不看他一眼，目光紧盯着那本杂志，反反复复翻着那几页。泰迪把口袋里的东西换过来，把利蒂斯的入院初诊表和自己的笔记本放在外套的暗袋里。他坐在查克的床铺上——就在特里的床铺对面，打好领带，系好鞋带，然后默默坐在那里。

特里又翻了一页杂志。"明天会很热。"

"真的吗？"

"会热得要命。病人可不喜欢炎热的天气。"

"哦。"

他点点头，又翻过一页。"是啊，长官。天一热，弄得他们浑身发痒，总之很难受，接着明天晚上又是满月，事情会更糟糕。不该来的都来了。"

"为什么会那样？"

"什么，警官？"

"我说满月。你认为这会让人发疯？"

"我知道确实会。"他发现有一页杂志卷角了，于是用食指把它将平。

"怎么会？"

"这个嘛，你想想看——月亮会影响潮汐，对吧？"

"是啊。"

"它会对水产生某种磁铁般的作用。"

"这我相信。"

"人类的大脑，"特里说，"百分之五十以上是水。"

"不是开玩笑吧？"

"不开玩笑。你想想，月亮老先生连海洋都能拽得动，那它对我们的脑袋会有多大的影响啊。"

"华盛顿先生，你在这里待了多久了？"

他终于将平了卷角，把那一页翻过去。"噢，已经很久了，从一九四六年退伍一直到现在。"

"你参过军？"

"是啊。我当兵是为了拿枪，可他们却给了我一口锅。长官，我就是用这手蹩脚的厨艺跟德国佬打仗的。"

"这真是瞎胡闹。"泰迪说。

"没错，警官，确实是胡闹。这仗要是让我们去打的话，那它在一九四四年就会结束。"

"我完全赞同这个说法。"

"你去过好多地方，是吧？"

"对，没错，见过点世面。"

"那你有什么感想呢？"

"语言不同，换汤不换药。"

"是啊，一点都没错。"

"华盛顿先生，你知道今天晚上院长怎么称呼我吗？"

"怎么讲，警官？"

"说我是个黑鬼。"

特里从杂志上抬起眼。"他说什么？"

泰迪点点头。"他说这个世界上有太多下等人，杂种、黑鬼、白痴。他说对他而言，我不过是个黑鬼。"

"你不喜欢别人这么叫，是吧？"特里轻笑了一声，"可是，你并不知道当个黑鬼意味着什么。"

"我意识到了，特里。不过，这人是你的老板。"

"不是我老板，我是为医院这边工作的。那个白鬼，他是监狱那边的。"

"但他还是你老板。"

"不，他不是。"特里用胳膊肘支起身子，"听到没有？我的意思是，关于这件事我们还有哪点不清楚，警官？"

泰迪耸耸肩。

特里两脚悬在床边，坐起身来。"你是想把我气疯吗，长官？"

泰迪摇摇头。

"那我对你说我不为那狗娘养的白人干活，你为什么不同意？"

泰迪又朝他耸耸肩。"如果真到了紧急关头，他一声令下，你还不是得立刻跳起来去做。"

"什么？"

"立刻跳起来，像只兔子那样。"

特里一只手摸着下巴，挤出深表怀疑的笑容打量着泰迪。

"我没有冒犯的意思。"泰迪说。

"噢，是啊，是啊。"

"只不过我注意到，这座岛上的人总有办法制造他们自己的事实。以为只要讲的遍数够多，那些事就会变成真的。"

"我不为那人干活。"

泰迪指着他。"对啊，这就是这座岛的真相，我了解并爱上了这点。"

特里露出一副随时会动手揍他的样子。

"你看，"泰迪说，"他们今晚开了个会。之后，考利医生来找我，跟我说我从来就没有搭档。如果我问你，你也会说同样的话。你会否认你曾经跟这个人坐在一起打牌，有说有笑。你会否认他说过，要对付你那个又老又坏的姑妈，方法就是跑得快些。你会否认他曾在这里睡过这张床。是不是，华盛顿先生？"

特里低头看着地板。"我不明白你在说什么，警官。"

"啊，知道了，知道了，我从来就没有搭档。现在这成了事实，就这么定了。我没有搭档，他既没有负着伤待在这座岛上的某个地方或是死了，也没有被关在 C 区或是灯塔里。我从来就没有搭档。你要不要跟着我重复一遍，这样我们就弄清楚了？我从来就没有搭档。快啊，跟着我说一遍。"

特里抬眼望着他。"你从来就没有搭档。"

泰迪说："而且你也不为院长干活。"

特里双手紧握膝盖，望着泰迪，泰迪看得出他痛苦万分，双眼变得潮湿，下巴发颤。"你必须离开这儿。"他低语道。

"这点我意识到了。"

"不。"特里摇了几下头，"你根本不知道这里到底在发生什么事。忘掉你听到的，忘掉你以为自己知道的。他们会找到，他们要对你做的事根本无法避免，无论怎样都回不了头了。"

"告诉我。"泰迪说，"告诉我这里正在发生什么事？"但特里又摇了摇头。

"我不能告诉你，真的不能。看着我。"特里扬起眉，睁大眼睛，"我——不能——这么——做。你只能靠你自己，如果我是你，就不会等渡轮。"

泰迪嘿嘿地笑了。"我连这个医院都迈不出一步，更别提离开这座岛了。就算我能做到，我的搭档——"

"忘了你的搭档，"特里压低嗓门，"他走了，你明白吗？老兄，他不会回来了，你要明白。你得为自己着想，只为你自己一个人。"

"特里，"泰迪说，"我被关在这儿了。"

特里站起来走到窗前，泰迪无从判断他是在望着外面的一片黑暗还是在看着玻璃上自己的影子。"你绝不能再回来。你不能对别人说起我跟你讲过的任何事情。"

泰迪等他说下去。

特里回过头望着他。"你能答应吗？"

"我答应。"泰迪说。

"渡轮明天上午十点到这里，十一点整开往波士顿，如果有人能偷偷登上那艘船，也许可以成功地到达海港那头。否则就得再多等两三天，届时有一条叫'贝齐·罗斯'的拖网渔船停泊在距离南海岸很近的地方，船边会抛下一些东西，"他回头看着泰迪，"这座岛上的人不该有的那些东西。它不会直接开到海岸边，不会，先生。所以，如果要上船，就只能一路游过去。"

"我不能在这岛上多待三天。"泰迪说，"我不熟悉这儿的地形，可是院长和他的手下却了如指掌。他们会找到我。"

"那就只能坐渡轮了。"特里说。

"是只能坐渡轮，但要怎样才能离开医院呢？"

"他妈的，"特里说，"信不信由你，今天你可真走运。暴风雨把一切都弄乱了，尤其是电力系统。现在我们修好了围墙上的大部分铁丝网，只是大部分。"

泰迪问："哪些地方还没修好？"

"西南角。那里有两段没修好，就在两堵墙交会成直角的地方。其他部分会把你烧成烤鸡，所以不要手滑伸手乱抓一气，明白吗？"

"明白。"

特里朝玻璃中自己的影子点点头。"我建议你赶快行动，别浪费时间。"

泰迪站起身。"查克……"他说。

特里脸色一沉。"没有查克这么个人，明白吗？从来没有过。等你回到外面，爱怎么说查克就怎么说，但在这里那人根本就没有存在过。"

泰迪面朝围墙的西南角，突然想到特里可能在骗他。如果他把手放在铁丝网上牢牢抓住，结果上面有电，第二天早上他们就会在墙脚发现他的尸体，黑得像隔月的牛排。于是问题解决，特里成了本年度最佳雇员，或许还能得到一块不错的金表。

泰迪四处搜寻，找到一根长长的树枝，然后转向墙角右边那段铁丝网。他向围墙冲过去，脚在墙上一蹬，向上跳起，用树枝朝铁丝网拍去。铁丝网喷出一团火焰，点燃了树枝。泰迪双脚落地，望着手中的树枝。火熄灭了，但树枝还余烟未消。

他又试了一次，这回是朝着角落上方的铁丝网，没有任何反应。他再次落地，吸了口气，然后蹬着左边的墙跳起，又击中铁丝网。还是没有任何反应。两墙交会处的上方有根金属柱，泰迪朝围墙跑了三次才跳起来抓住它。他握紧了柱子爬上墙顶，肩膀撞到了铁丝网，膝盖、胳膊肘也撞到了，每一次他都以为必死无疑。

可是他没死。爬上墙顶之后的事情就容易多了，他只需放低身子落到墙那边。

他站在树丛中，回头望着阿舍克里夫医院。他来这里是为了寻找真相，结果没有找到。他来这里是为了找利蒂斯，结果同样没有找到，而且还在途中失去了查克。

回到波士顿后，他会有时间来后悔这一切，有时间来自责和羞愧，也有时间来思考，跟参议员赫利商议，想出一个解决计划。他会回来，很快就会回来，这点毫无疑问。那时他很可能带着法院传票和联邦搜查令，而且会乘坐自己的船。到那时，他会怒火中烧，到那时，愤怒也将有理有据。

可是现在，他仅仅因为活着来到了围墙的另一边而松了口气。他暂得解脱，但仍惊魂未定。

泰迪花了一个半小时才回到那个洞穴，发现那女人已经离开，火堆只剩下几缕余烬。他在火堆旁坐下，尽管外面的空气温暖得有些反常，而且越来越闷。

泰迪等候着她，希望她只是出去拾柴火。但他心知肚明，她不会再回来。或许她认为他已经被抓住，此时正把她的藏身之处告诉院长和考利。或许——这实在是异想天开，但泰迪纵容自己这样去想——查克发现了她，他们去了一个她认为更加安全的地方。

火熄灭时，泰迪脱下外套盖在肩膀和胸前，脑袋靠着墙。如同前一天晚上那样，他失去知觉前注意到的最后一件东西是他的大拇指。

它们开始抽搐。

第四天

糟糕的水手

20

所有死去的人和多半已死的人正准备穿上大衣。

他们在一间厨房里，大衣就挂在衣钩上。泰迪的父亲拿起他那件旧双排扣粗呢短大衣，肩膀一甩，两只胳膊伸了进去，然后他帮多洛雷丝也穿上大衣，对泰迪说道："你知道圣诞节我想要什么吗？"

"不知道，爸爸。"

"风笛。"

泰迪明白他指的是高尔夫球杆和球袋。"就跟艾克[①]想要的一样。"他说道。

"一点没错。"父亲边说边把外套递给查克。

查克穿上外套——一件不错的大衣，战前产的羊绒料子——伤疤不翼而飞，可那双精致的、像是借来的手还在。他把手摊在泰迪面前，摇动着手指。

---

① 美国前总统艾森豪威尔的昵称，他酷爱打高尔夫球。

"你跟那个女医生一起走了吗？"泰迪问道。

查克摇摇头。"我实在太有修养了。我去赌马了。"

"赢了吗？"

"输得很惨。"

"遗憾啊。"

查克说："跟你老婆吻别吧。亲亲她的脸颊。"

泰迪身体前倾，靠近他的母亲，还有正咧着血淋淋的嘴朝他微笑的图蒂·维切利，然后他吻了多洛雷丝的脸颊，问道："宝贝，你怎么全身都湿透了？"

"我身上干得不得了。"她对泰迪的父亲说。

"如果我只有现在一半年纪，"泰迪的父亲说，"小妞，我就会娶你。"

他们个个浑身湿透，连他母亲和查克也是如此。他们的大衣在滴水，淌得地板上到处都是。

查克递给他三段木头，说："这是用来生火的。"

"谢谢。"泰迪接过木头，即刻便忘了放在什么地方。

利蒂斯和蕾切尔·索兰多走进厨房，他们没穿大衣，确切地说，他们一丝不挂。利蒂斯把一瓶黑麦威士忌从泰迪的母亲头顶递过来，然后拥住多洛雷丝。泰迪本该妒火中烧，但蕾切尔在他面前跪下，拉开他的裤子拉链，把那儿含在嘴里，然后查克、他父亲、图蒂·维切利和他母亲都朝他挥手告别，利蒂斯和多洛雷丝两人跌跌撞撞地回了卧室。泰迪能听到他们在床上的声音：正手忙脚乱地卸下彼此的衣服，粗重地喘息，一切看似都很完美，都很美妙。此时他扶起了多洛雷丝，又听到蕾切尔和利蒂斯疯狂做爱的声音，他吻了吻妻子，一只手放在她腹部的开口处，她说"谢谢"，然后他从背后进入她，把那些木头推下厨房桌子。院长和他手下的人正享用着利蒂斯拿来的那瓶黑麦威士忌，院长还朝泰迪眨眨眼，对他的做爱技巧表示赞许，并向他举起酒杯，对手下的人说："这个白皮黑鬼，你们一看到他，就先放枪。听到没有？千万不能有半点犹豫。这个人要是从岛上逃走，我们就全都完了。"

泰迪甩开盖在胸前的大衣，爬向洞口。

院长和他的手下正在上方的山脊上。旭日东升，海鸥鸣啸。

泰迪看看手表：上午八时。

"大家不能轻举妄动，"院长说，"这人在格斗方面训练有素，久经考验，非常厉害。他得过紫心勋章和橡树叶簇勋饰。在西西里，他曾赤手空拳杀死两个人。"

泰迪知道这些信息记录在他的人事档案中。可真见鬼，他们是怎么弄到他的人事档案的？

"他耍刀弄枪很熟练，空手搏斗也相当在行。绝对不能靠近这个人，一有机会就开枪，把他当成两条腿的狗那样放倒。"

泰迪发现自己在这种危急关头居然还笑得出来。两条腿的狗这个比喻，院长的手下听他讲过多少次了？

三名警卫顺着绳子从较窄的崖壁边爬下来，泰迪离开悬崖边凸起的岩石平台，看着他们沿崖壁向下到了沙滩。几分钟后他们又攀上来，泰迪听其中一人说："长官，不在下面。"

他倾听片刻，直到他们在海岬和路边搜寻后撤走。为了弄清是否有人殿后，他又等了整整一小时才离开洞穴，并留给搜寻队足够的时间走远，以免被他们撞见。

等他踏上那条路时已是九点二十分。他沿路向西，尽量保持快步，也不忘竖起耳朵，注意前后方是否有人找来。

特里对天气的预测准确无误，这一天酷热无比。泰迪脱下夹克，叠起来夹在胳膊下面，把领带扯下塞到口袋里，嘴巴干燥得如同岩盐，眼睛被汗水刺得发痛。

梦中他又见到了查克，他正在穿大衣，那画面比利蒂斯爱抚多洛雷丝更令他刺痛。在蕾切尔和利蒂斯出现以前，梦中的每个人都已经死了，只有查克例外。可是查克从同一排衣钩上取下大衣，跟随他们一起出了门。

泰迪厌恶这一幕颇具象征意味的场景。如果他们在海岬上抓住了查克，那也许是在泰迪从下面沙滩爬上来的那段时间里。无论偷袭他的人是谁，一定是个非常厉害的家伙，因为查克连一声喊叫都没有发出。

想让两个——不是一个——联邦法警消失，需要多大的力量？

至高无上的力量。

如果他们的阴谋是让泰迪精神失常，那么对待查克就得换个法子。没有人会相信两名法警在四天时间里同时发疯，所以查克必须出意外，也许是在暴风雨来袭之时。如果他们真的很聪明——看上去确实如此——那么或许查克的死可以被解释为让泰迪彻底崩溃的事件。

这种说法具有不可否认的合理性。

可是如果泰迪没能离开这座岛，那么无论听上去多合理，波士顿分局的人都会派其他法警来这里调查，否则绝不会接受这种说法。

那他们会发现什么？

泰迪低头看着颤抖的手腕和大拇指，它们抖得愈发厉害，而且睡了一夜之后，头脑并没有清醒些。他觉得意识混沌模糊，口齿不清。等到波士顿分局派人来这儿，要是那些药已起作用，他们大概会发现他口水沾湿了浴袍，坐到哪里都会大小便失禁。这样，阿舍克里夫医院对于事情的交代就得到了证实。

他听到渡轮的鸣笛声，于是爬上一个小山丘，刚好看到船在港湾里掉完头，开始倒向码头。他加快步伐，十分钟后透过树叶看到了考利那栋都铎式建筑的背面。

他离开那条路，走进树林，听到人们从渡轮上卸货时把箱子扔到码头上的砰砰声、金属手推车的当当声，还有木板上的脚步声。他来到最后一排树边，看到下方码头上有几个杂工，两名渡轮驾驶员倚着船尾站着。他还看到了警卫，很多警卫，步枪的枪托落在腰际。他们身体转向树林，眼睛扫视着通往阿舍克里夫医院的丛林和空地。

杂工们卸完货，拖着小推车回到码头，警卫们还留在那里，泰迪知道他们今天上午唯一的任务就是确保他上不了船。

他掉头在林中潜行，穿过树林来到考利的屋子旁。他听到楼上有人声，看到其中一人背对他站在屋顶斜面上。他在房子西面的车库里发现了那辆车，一九四七年产的别克路霸，有着紫红色的外壳和白色皮革内饰，车身上过蜡，在暴风雨后的阳光下熠熠生辉，是主人心爱的座驾。

泰迪打开驾驶座车门，闻到皮革的气味，仿佛这辆车刚刚出厂。他打开仪表盘右边的杂物箱，发现几盒火柴，便全部取了出来。

他从口袋里抽出领带，从地上找了块小石子，用领带较窄的那一端包住，打了个结，然后掀起车盖，拧开油箱，将系着石子的领带顺着油管慢慢放入油箱，最后只剩下前端宽的那一截露在外头，好像从某人脖子上垂下来似的。

泰迪记起多洛雷丝给他这条领带时的情景，她用领带蒙住他的双眼，坐在他膝头。

"对不起，亲爱的，"他低声说道，"我喜欢它，是因为它是你送的。可说实话，这条领带难看极了。"

随后，他抬头朝向天空，对她露出歉意的微笑，接着他点燃整盒火柴，用那盒火柴点着领带。

他拼命跑起来。

汽车爆炸时，他正穿过丛林。他听见喊叫声，扭头看了一眼，透过树叶看见团团火球正向上蹿起。接着车窗炸碎，发生一连串较小的爆炸，如同焰火。

他到了树林边缘，把外套卷成一团藏到几块石头下。他看到警卫们和渡轮上的人沿着小径向考利的屋子那头跑，他明白如果要做这件事那就非现在不可，已没有时间让他思量。这样也好，因为如果此时再多想，那接下来的事就永远不会付诸行动。

他冲出树林，沿着海岸跑。在到达码头、随时会被跑回渡轮的人发现前，他向左一个急转，跳进水里。

天哪！海水冰冷彻骨。泰迪本来指望白天的热气能让海水稍稍暖和些，可是冰冷的感觉电流般传遍全身，挤走他肺部的氧气。但是泰迪继续前行，努力不去想水里还有什么——鳗鱼、水母、海蟹，说不定还有鲨鱼。这看似可笑，但泰迪知道，一般来讲，鲨鱼在水深三英尺的地方攻击人类，差不多就是他目前的位置。现在水没到他的腰际，而且越来越深。泰迪听到考利的屋子那边传来喊叫声，他无视心脏的剧烈跳动，一头钻入水中。

他看到出现在梦中的那个女孩，就在他下方漂浮着，双眼睁开，随波逐流。

他甩甩头，她便消失了。此刻他看见船的龙骨就在前方，粗黑的一长段在绿波中起起伏伏。他游过去抓住，沿着龙骨来到船的前端，绕到另一侧，迫使自己尽量慢慢浮出水面，只露出头部。他吐出一口气，感觉太阳照在脸上，然后吸入新鲜空气，努力不去想这番景象——双腿垂在海水深处，某种生物从边上游过，看见了他的腿，不明白那是什么，于是凑近闻了闻……

梯子还在他记得的地方，恰好在他眼前，于是他一只手抓住第三根横档，身子悬在那里。此刻他听到人们正跑回码头，听到他们沉重的脚步落在木板上，然后听见院长发话："搜一下那条船。"

"长官，我们只不过走开了——"

"你们擅自离开岗位，难道现在还想狡辩？"

"不是，长官。对不起，长官。"

几个人的重量压上了渡船，泰迪手中的梯子向下一沉。他听到他们在船上走动，还有开门和搬动家具的声响。

有什么东西从泰迪大腿间滑过，像是一只手。他咬紧牙关紧握梯子不放，强迫脑袋保持一片空白，因为他不愿想象那东西什么模样。那个不明物继续移动，他松了口气。

"我的车，该死的！他炸掉了我的车！"考利嗓音嘶哑，气喘吁吁。

院长说："大夫，这实在搞得太离谱了。"

"我们说好让我来决定的。"

"如果这人离开这座岛——"

"他不会离开这座岛！"

"我想你肯定也没有料到，他会把你的车子付之一炬吧。我们得立即停止这次行动，才能减少损失。"

"我费了太多心血，不能就这样认输。"

院长提高嗓门："要是他离开这座岛，我们就完蛋了！"

考利的嗓门也提高到院长的分贝："他绝不会离开这座该死的岛！"

足足一分钟，都没有人说话，泰迪能感受到甲板上他们的重量。

"那好吧，大夫。不过那艘渡轮必须留下。在人找到之前，船不准离开码头。"

泰迪仍然悬在那里，双脚几乎被冻成冰棍，火燎般疼痛。

考利说："波士顿那边会要求解释。"

泰迪在牙齿打战之前闭起嘴。

"那就跟他们解释一下，但这艘渡轮必须留下。"

泰迪觉得左腿后面被什么轻轻一推。

"好吧，院长。"

泰迪的腿又被推了一下，他踢回去，听到了水花溅起的声音像枪声般刺穿空气。

船尾响起脚步声。

"他不在船上，长官。我们到处都搜过了。"

"他去了哪里？"院长问，"有谁知道？"

"真该死！"

"怎么了，大夫？"

"他朝灯塔那里去了。"

"这我也想到过。"

"我会处理。"

"带几个人过去。"

"我说了我会处理。我们那里已经有人了。"

"人手不够。"

"我会处理，我说过了！"

泰迪听到考利的脚步声砰砰响着回到码头，踩到沙滩后变轻了。

"不管他在不在灯塔，"院长对手下说，"这艘船哪儿都不准去。去问引航员要引擎钥匙，然后拿给我。"

泰迪在水里游了大部分路程才到达那里。

他松手离开渡轮朝海岸游去，游了一会儿双脚踩到沙地，可以借力划水前行，直到离得够远，他才从水下探出脑袋，冒险回瞥一眼。在几百码之外，警卫们已将码头包围起来。

他又潜回水中，继续划水，不敢冒险采用自由式或狗刨式，以免激起水花。顷刻，他来到海岸线的拐弯处，绕过去，走上沙滩，坐在阳光下，冷得抖个不停。他沿着海岸一直走，直到一组露出地面的岩石迫使他又回到水中。

他把两只鞋系在一起挂在脖子上，又开始游泳，一边游一边想象父亲的尸骨就在同一片海底的某处，想象鲨鱼的鱼鳍和噼啪作响的巨大尾巴，还有露出两排白牙的食人鱼。他知道他经历这一切都是迫不得已，海水冻得他失去知觉，现在他别无选择。过两天"贝齐·罗斯号"在小岛南端抛下赃物时，他可能不得不再来一遍。他明白，征服恐惧的唯一方法就是去面对，这点他在战争中已充分领教，但即便如此，如果他能够做到，他绝对、绝对不会再踏入海洋一步。他感觉到大海正注视着他，触摸着他。他能感觉它的年龄，它比众神更加古老，因为杀害人数之多而扬扬得意。

大约一点，他看到了灯塔。他无法确定，因为手表在西装外套里，但太阳的位置显示现在差不多是这个时间。他在灯塔的陡峭岩体下方上岸，躺在一块岩石上，让太阳照在身上，直到身体停止颤抖，皮肤变得不那么蓝。

如果查克在那上面，无论状况怎样，泰迪都会把他救出来，不管查克是死是活，他都不会扔下他不管。

那样你就会死。

那是多洛雷丝的声音，他知道她是对的。如果他得再挨两天等"贝齐·罗斯"到来，而那时又不能带着完全清醒、行动自如的查克，那他们永远都无法逃脱。他们会被抓回来……

泰迪笑了。

……像两条腿的狗。

我不能扔下他，他告诉多洛雷丝，我做不到。如果我找不到他，那是另一回事，可他是我的搭档啊。

你只不过刚认识他。

那他也是我的搭档。如果他在那里，如果他们正在伤害他，强行把他扣留，那我就必须救他出来。

就算你会死？

就算死我也会这样做。

那么我希望他不在那里。

他爬下那块岩石，踏上一条由沙子和贝壳铺成的小径，在大片海草边蜿蜒向前。此时他突然想起，考利认为他有自杀倾向。其实不然，那更像是种死亡的意愿。多年来，他都想不出活下去的理由，真的。但他也想不出死的理由。自行了断？即使在那些最最孤独寂寥的夜晚，那样的选择似乎也很可悲、很窘迫、微不足道，然而——

那个站着的警卫突然出现在那里，泰迪吓了一跳，对方受惊吓的程度也不亚于他。警卫的裤子拉链还没拉好，步枪挂在背后，他先伸手去拉拉链，然后改变主意，但此时泰迪的掌根已经压上他的喉结。泰迪捏住他的喉咙，身子下蹲，朝他的后背一踹，他便翻过去躺在地上。泰迪直起身，用力朝他的右耳踢去，他眼珠向后翻，嘴巴张开。

泰迪在他身旁弯下腰，把背带从他肩上扯下，然后从他身下抽出步枪。泰迪能听到警卫的呼吸，并没有杀了他。

现在他有枪了。

他用这把枪对付了下一个警卫，守在铁丝网前的那个，缴了对方的械。那警卫其实还是个孩子，他问道："你要杀我吗？"

"天哪，小鬼，不会。"泰迪一边说一边用枪托碰了一下那孩子的太阳穴。

铁丝网那头有座小小的临时住房，泰迪先去那里看了看，发现几张行军床、几本色情杂志、一壶冷咖啡，还有几套警卫制服挂在门后的钩子上。

他回到屋子外面，走向灯塔，用枪杆顶开门，发现一楼除了一个阴冷潮湿的水泥房间外空无一物，只有墙上的霉斑，以及一道螺旋扶梯，用和墙壁同样的砖砌成。

他沿着梯子上楼，来到和楼下一样空空如也的第二个房间，他知道这里一定有个地下室之类的宽敞场所，也许通过那些走廊和医院的其他地方相连。因为到目前为止，这里看起来只是一座灯塔。

他听到头顶传来刮擦声，于是退出来回到楼梯那儿，再往上爬了一段，来到一扇沉重的铁门前。他用枪管前端抵住门，感觉到门微微开启了一点。

泰迪又听见了那种刮擦声，能闻到烟味，听到海涛声，感觉到阵阵海风。他知道院长如果足够聪明，在门那一边设了警卫，那么他一推开门就死定了。

快跑，宝贝。

不行。

为什么不？

因为一切都源于这里。

什么？

一切，每件事。

我不明白这是怎么——

你，我，利蒂斯，查克，还有诺伊斯，那个可怜的小鬼。一切都是因为这里。如果这件事不立刻停止，我就会阻止。

是他的手，查克的手。你不明白吗？

不明白，怎么了？

他的手，泰迪，跟他不相称。

泰迪明白她的意思，他知道跟查克的手相关的事情很重要，但没有重要到要让他站在楼梯上浪费时间去考虑的程度。

好吧，小心点。

泰迪在门的左边蹲下身，枪托抵着左胸，右手撑在地上保持平衡，接着伸左脚向门踢去，门敞开时，他左膝跪地，把枪托抵在肩上，顺着枪管瞄准前方。

被瞄准的是考利。

他坐在一张桌子后面，背对着一小格窗子，身后的蓝色海洋闪着银光，大海的气息充满整个屋子，微风抚弄着他两侧的头发。

考利没有讶异的表情，也毫无惧色。他把香烟在面前的烟灰缸边轻轻弹了弹，对泰迪说："你怎么全身都湿透了，宝贝。"

21

考利身后的墙面覆盖着粉红色的床单，四角用起皱的胶带固定。他面前的桌子上有几个文件夹、一台军用野战无线电、泰迪的笔记本、利蒂斯的入院初诊表，还有泰迪的西装外套。角落里的椅子上摆着一部磁带录音机，转盘正在转动，顶上一支小巧的麦克风指向房间中央。考利身前是一本黑皮封面的笔记本，他在上面写下什么，然后对泰迪说："坐。"

"你说什么？"

"我说坐啊。"

"之前呢？"

"你清楚我说的每一个字。"

泰迪把步枪从肩上卸下，但仍瞄着考利，走进房间。

考利又继续写字。"它是空的。"

"什么？"

"枪。里面一颗子弹都没有。你对枪支很有经验，怎么会没注

279

意到？"

泰迪拉开枪膛看了看，果然是空的。为了确认，他把枪对准左边的墙扣动扳机，结果什么都没发生，只有撞针发出脆响。

"把枪扔在角落里好了。"考利说。

泰迪把步枪放在地板上，从桌子下面拉出椅子，但没有坐下。"那些床单后面是什么？"

"等会儿我们要讲到。你先坐吧，放松点。坐啊。"考利伸手从地板上拾起一条厚重的毛巾，扔到桌子对面给泰迪，"擦擦，不然会感冒。"

泰迪先擦干头发，然后脱下衬衫，揉成一团扔在角落里，擦干上半身。擦完，他拿起桌上的西装外套。"你不介意吧？"

考利抬起头。"没问题，没问题，请便。"

泰迪穿上西装，在椅子上坐下。

考利又继续写，笔尖在纸上划出沙沙声。"你是不是把那些警卫伤得很重？"

"不太严重。"

考利点点头，把笔扔在笔记本上，拿起无线电，转动手柄来积蓄能量。接着，他从背包里取出听筒，打开开关，朝着电话机说话："对，他在这里。请希恩医生先帮你的人看一下，然后让他上来。"

他挂上听筒。

"神出鬼没的希恩医生。"泰迪说。

考利的眉毛抬起又落下。

"我来猜猜看——他坐今天上午那班渡轮到的。"

考利摇摇头。"他一直都在岛上。"

"藏在眼皮底下。"泰迪说。

考利摊开双手，肩膀微微一耸。"他是个杰出的精神医生，很年轻，但前途无量。这是我们的计划，我和他一起想出来的。"

泰迪觉得左耳下方的颈部一阵悸动。"到目前为止进展顺利吗？"

考利翻起笔记本里的一页纸，看了看下一页的内容，然后又让它从指间落回原处。"不太顺利，我原本抱的期望更高。"

他看着桌子对面的泰迪，泰迪从他脸上读到了一种表情。他来到岛上第二天的上午在楼梯间里见过那种表情，在暴风雨前夕的医生会议上也见过，它不太符合考利这个人的整体感觉，也不符合这座小岛、这座灯塔和他们在玩的这个恐怖游戏给人的感觉。

怜悯。

泰迪再清楚不过，他敢发誓那种表情就是怜悯。他把目光从考利脸上移开，环顾这个小房间和墙上的床单。"事情就是这样？"

"就是这样，"考利表示赞同，"这就是灯塔，是圣杯，是你一直在寻找的真相。你想要找到的，除了这个还有别的吗？"

"我还没有看到地下室。"

"没有什么地下室，这里是灯塔。"

泰迪看着自己的笔记本，它躺在两人之间的桌子上。

考利说："你的办案笔记，没错。在我屋旁的树林里发现的，和你的西装外套在一起。你炸掉了我的车。"

泰迪耸耸肩。"对不起。"

"我喜欢那辆车。"

"是啊，我当时的确感觉到了。"

"一九四七年的春天，我站在那个汽车展厅里，还记得挑中这辆车时我心想：约翰，车子的问题就搞定了，你至少十五年内不必再去买车。"他叹了口气，"完成这桩事的时候，我满心欢喜。"

泰迪双手一举。"再次向你道歉。"

考利摇摇头。"难道你压根儿没想过,我们怎么会让你上那艘渡轮?就算为了引开我们的注意力,你把整个岛都炸掉,你又能怎样呢?"

泰迪耸耸肩。

"你只有一个人,"考利说,"我们所有人今天上午的唯一任务就是不让你上船。我就是弄不懂,你是什么逻辑啊。"

泰迪说:"这是我离开这儿的唯一办法。我必须试试。"

考利困惑不解地盯着他,然后喃喃自语:"上帝啊,我真喜欢那辆车。"说完他低头盯着双膝。

泰迪问:"有水吗?"

考利想了一会儿,然后转动椅子,露出他身后窗台上的一个水罐和两个玻璃杯。他倒了两杯,递了一杯给桌子对面的泰迪。

泰迪一饮而尽。

"嘴巴很干吧?"考利问,"口干舌燥,就好像挠不到的痒处,无论喝多少水都不管用?"他把那个水罐推到桌子对面,看着泰迪又倒满一杯。"你双手发抖,已经相当严重了。你的头痛怎么样了?"

他说这些话时,泰迪感到左眼里有一股灼热的疼痛向外延伸至太阳穴,上及头顶,下至颌骨。"不算糟糕。"他说。

"会越来越严重。"

泰迪又喝了些水。"会这样的,那个女医生也跟我这么说。"

考利笑着往后一靠,用笔敲敲笔记本。"这回你说的是谁?"

"我不知道她叫什么,"泰迪说,"不过她曾经和你一起工作过。"

"哦。那她究竟跟你说了什么?"

"她告诉我抗精神病的药物在血液中达到足以产生药效的浓度需要四天时间,她预测我会有口干、头痛和颤抖的症状。"

"聪明的女人。"

"没错。"

"那不是抗精神病药物的作用。"

"不是？"

"对。"

"那是什么原因？"

"戒药反应。"考利回答。

"戒了什么药？"

考利再次露出微笑，目光投向稍远的地方，然后打开泰迪的笔记本，翻到他写过的最后一页，推到桌子对面给他看。"这是你的笔迹，对不对？"

泰迪低头瞥了一眼。"对。"

"最后的密码？"

"嗯，密码。"

"可是你没破解。"

"我没机会。也许你没注意到，我忙得有点焦头烂额。"

"当然，是这样。"考利弹弹那页纸，"要不要现在破解？"

泰迪低头看着那九个数字和字母：

13(M)–21(U)–25(Y)–18(R)–1(A)–5(E)–8(H)–15(O)–9(I)

他感觉到那股疼痛正刺向眼睛后面。"现在我感觉不是很舒服。"

"可是这很简单啊，"考利说，"九个字母。"

"我的脑袋正痛着呢，等我缓过来再说。"

"好吧。"

"我戒了什么药？"泰迪问，"你给我吃了什么药？"

考利把手指关节压得咔咔响，然后哈欠连天地往椅背上一靠。"氯丙嗪。它有副作用，恐怕还挺多。我不太喜欢这种药，在最近这一连串事件发生之前，我本想让你开始服丙咪嗪，但我看现在是不行了。"他身子前倾，"通常来讲，我不是非常支持药理学，但依你的情况，我认为用药绝对有必要。"

"丙咪嗪？"

"有些人把它称作妥富脑。"

泰迪露出微笑。"还有氯丙……"

"……嗪。"考利点点头，"氯丙嗪。你吃的就是这种，现在正在戒药。过去两年里，我们一直在给你用这种药。"

泰迪问："过去？多久？"

"两年。"

泰迪轻笑。"哎，我知道你们这些人势力庞大，不过也用不着唬人唬到这种地步吧。"

"我没有唬人。"

"你给我下药已经两年了？"

"我比较喜欢'用药'这个字眼。"

"怎么，你们有人在波士顿分局工作，任务就是每天早上在我的咖啡里下药？或者说，慢着，我每天上班路上都在一家报摊买咖啡，他就在那里干活，这样安排更好。这么说，两年来你都派了个人在波士顿偷偷给我下药。"

"不是在波士顿。"考利平静地说，"是在这儿。"

"这里？"

他点点头。"这里。你在这里已经两年了，你是这家精神病院的病人。"

泰迪现在能听见潮水正不断上涌，愤怒地拍击着悬崖底部的岩石。他十指紧扣，让双手不再颤抖，并且努力不去理睬眼睛里愈发灼热、愈发持久的悸动性疼痛。"我是联邦法警。"泰迪说。

"你曾经是联邦法警。"考利说。

"现在也是。"泰迪说，"我是美国政府的联邦法警。我星期一上午离开波士顿，那天是一九五四年九月二十二日。"

"是吗？"考利问，"告诉我你是怎么去渡轮码头的。开车吗？车停在哪儿？"

"我坐地铁。"

"地铁到不了那儿。"

"我转乘公交。"

"你为什么不开车？"

"车送去修了。"

"噢。还有星期天，你想得起星期天的事吗？能告诉我你做了什么吗？你能不能如实告诉我，你在渡轮卫生间里醒来前一天发生的任何事情？"

泰迪做得到。应该说，他原本做得到，但他脑袋里那股该死的疼痛在左眼里狂敲猛打，钻入鼻窦。好吧，努力回忆，告诉他你星期天做了什么。你下班回家。你回到梧桐树大街的公寓。不，不对。不是梧桐树大街。梧桐树大街的公寓已经被利蒂斯放火烧毁。不，不对。你住在哪儿？老天啊！他能看见那个地方。对，没错。那是在……城堡山。就是它，城堡山大道，在水边。

好了，好了，放松点。你回到城堡山的住所，吃了晚饭，喝了点牛奶，然后上床睡觉。对吗？是这样。

考利说："那这个呢？你有没有见过这个？"他把利蒂斯的入院初诊表推到桌子对面。

"没有。"

"没有？"他吹了声口哨，"你是为它而来的。如果你把这张纸带回去给参议员赫利——我们宣称没有记录的第六十七号病人存在的证据——就可以揭开这里的惊天秘密了。"

"正确。"

"是啊，没错。可是在过去的二十四小时内，你竟然连瞄上一眼的时间都没有？"

"再说一遍，我忙得有点——"

"焦头烂额，没错。我能理解。那好，现在你看一眼吧。"

泰迪低头一瞥，看到了利蒂斯的姓名、年龄、入院初诊日期。评注区域里写着：

> 病人极具智慧，高度妄想。已知有暴力倾向，极度焦虑。对于自己的罪行未表露忏悔之意，因他否认曾犯下任何罪行。患者建立了一连串情节丰富、具有高度幻想的故事，以避免直面行为的真相。

底下的签名是希恩医生。

泰迪说："大体是正确的。"

"大体正确？"

泰迪点点头。

"关于谁？"

"利蒂斯。"

考利站起身走到墙边，拽下一条床单。墙上有四个六英尺高的大写字母写成的名字：

EDWARD DANIELS–ANDREW LAEDDIS（爱德华·丹尼尔斯–安德鲁·利蒂斯）

RACHEL SOLANDO–DOLORES CHANAL（蕾切尔·索兰多–多洛雷丝·沙纳尔）

泰迪静候不语，考利似乎在等他发话。整整一分钟，两人都静坐无语。最后泰迪说："我猜，你有想法。"

"看看这些名字。"

"我看到了。"

"你的名字、第六十七号病人的名字、失踪病人的名字，还有你老婆的名字。"

"嗯，我又没瞎了眼睛。"

"这里出现了你那个四的法则。"考利说。

"此话怎讲？"泰迪揉着太阳穴，想把那股痛劲消除。

"这个嘛，你是破解密码的天才。你告诉我吧。"

"告诉你什么？"

"爱德华·丹尼尔斯和安德鲁·利蒂斯这两个名字，有什么相同之处？"

泰迪对着自己的名字和利蒂斯的名字凝视片刻。"它们都有十三个字母。"

"对，没错。"考利说，"的确如此。还有别的吗？"

泰迪盯着看了又看。"没了。"

"噢，再想想看。"考利脱下白大褂，挂在椅背上。

泰迪努力想集中精神，尽管他对这个室内游戏已经感到厌倦。

"慢慢来。"

泰迪凝视着那些字母，直到笔画边缘开始模糊。

"发现什么了吗？"考利问。

"没有，我什么都看不出。只不过都有十三个字母。"

考利用手背重重敲着那些名字。"你再看看！"

泰迪摇摇头，感觉想吐。那些字母抖动着。

"集中注意力。"

"我正集中呢。"

"这些字母有什么相同之处？"考利问。

"我不知道……都有十三个字母。十三。"

"还有呢？"

泰迪费劲地盯着那些字母，直到视线模糊。"没了。"

"没了？"

"没有，"泰迪说，"你想要我说什么？我没法告诉你我不知道的东西，我没法——"

考利大吼："它们有着同样的字母！"

泰迪弓着背向前凑，试图让那些字母停止抖动。"什么？"

"它们有着同样的字母。"

"不。"

"这两个名字之间构成易位构词法。"

泰迪重复了一声："不。"

"不？"考利皱起眉头，手挥过那行字，"这些字母是完全相同的。你看看，爱德华·丹尼尔斯，安德鲁·利蒂斯，同样的字母。你有破译密码的天分，战时甚至动过念头想去当密码破译员，难道不是吗？可别告诉我你看着这两个名字却看不出它们有十三个相同的字母。"

"不！"泰迪用掌根按压双眼，想看得更清楚些，或是想挡住光线，他无法确定。

"你说'不'，意思是它们并非相同的字母，还是你不希望它们是相同的？"

"不可能。"

"这是事实。你睁大眼睛看清楚。"

泰迪张开双眼，但仍然摇着头，那些颤抖的字母左右摇摆。

考利用手背敲打下一行字。"那么试试这一行：'蕾切尔·索兰多－多洛雷丝·沙纳尔'，都有十三个字母。你来说说看，它们有什么相同之处？"

泰迪知道自己看到了什么，但同时也明白那绝不可能。

"没有？这也看不出来？"

"不可能。"

"事实如此，"考利说，"又是相同的字母，同样是易位构词法。你来这里寻找真相？这就是关于你的真相，安德鲁。"

"我叫泰迪。"泰迪说。

考利俯视着他，脸上再次充满假惺惺的同情。"你的名字是安德鲁·利蒂斯，"考利说，"阿舍克里夫医院的第六十七号病人是谁？就是你，安德鲁。"

22

"一派胡言！"泰迪尖声叫道，声音直蹿上脑袋。

"你的名字叫安德鲁·利蒂斯，"考利重复道，"二十二个月前，法院下令将你遣送到这里。"

泰迪用力一挥手。"那也是受你们这些人指使。"

"看看证据吧。拜托，安德鲁。你——"

"别叫我那个名字。"

"你两年前来到这儿，因为你犯下了可怕的罪行，它不可能被社会原谅，但是我能原谅。安德鲁，看着我。"

泰迪的视线从考利伸出的手一路沿手臂向上，经过胸膛，直至他的脸庞，眼前这个男人的双眼中正闪烁着伪装出的怜悯，还有道貌岸然的神情。

"我叫爱德华·丹尼尔斯。"

"不。"考利带着疲倦的挫败感摇了摇头，"你叫安德鲁·利蒂斯。你做了件可怕的事，无论如何都不能原谅自己，于是你就演

290

戏。你创作了丰富而复杂的叙事结构，而你就是其中的男主角——安德鲁。你相信自己还是联邦法警，到这里来办个案子。你发现了一个阴谋，也就是说，我们告诉你的一切，在你的幻想中都成了我们对你施展的诡计。也许我们本来可以放手，让你活在你的幻想世界中。我原本很乐意这样做，假如你对人没有伤害，那我会非常乐意。可是你很暴力，非常暴力，因为你当兵和执法的时候都接受过训练，你这方面太在行了。你是我们这里最危险的病人，我们无法控制你，于是决定——看着我。"

泰迪抬起头，看到考利将身子探向桌子这头，眼神充满恳求。

"于是决定，如果我们无法让你的精神恢复正常——现在，就是现在——就要对你采取永久性措施，确保你不会再伤害任何人。你明白我说的这些吗？"

在这片刻——甚至只有片刻的十分之一——泰迪几乎相信了他。

泰迪微笑。"大夫，你们这一幕演得还真好。谁是唱黑脸的——希恩？"他回头朝门瞥了一眼，"我想，他大概也要出场了吧。"

"看着我，"考利说，"看着我的眼睛。"

那对眼睛发红，因缺乏睡眠而潮湿。还有别的，那是什么？泰迪迎着考利的目光，打量着那双眼睛，然后他想到了——要不是他了解真相，他会发誓考利正饱受心碎的折磨。

"听着，"考利说，"你就只剩下我了，从来就只有我。你这个幻想出来的故事我已经听了两年，我了解每一个细节、每一处转折——那些密码、失踪的搭档、暴风雨、山洞里的女人、灯塔里的邪恶实验。我知道诺伊斯和虚构的参议员赫利，我知道你一直梦见多洛雷丝，她腹部的开口，还有她浑身湿透的模样，我也知道那几段木头。"

"你净胡扯。"泰迪说。

"那我怎么会知道？"

泰迪颤抖着用手指将证据一一列出。"我一直在吃你们做的食物，喝你们的咖啡，抽你们给的香烟。天哪，我刚到那天早上，还从你这里拿了三片'阿司匹林'。然后又有一天晚上你给我下药，我醒来时你就坐在我身边。从那时起，我就变得不一样了，一切就从那时开始，那天晚上，我偏头痛发作之后。当时你给我吃的是什么药？"

考利向后靠，表情扭曲，好像吞下了什么酸的东西，然后望向窗外。"我快没时间了。"他低语。

"什么？"

"时间，"他轻声道，"他们给了我四天，我快用完了。"

"那就放我走。我回波士顿，向分局交一封投诉信，不过别担心——你有这么多权高势重的朋友，我相信这不会造成什么影响。"

考利说："不，安德鲁。我几乎没有朋友了。我在这里奋战了八年，而天平已经向另一端倾斜了。我快输了，输掉我的职位，输掉我的资金。我在监事会全体成员面前发过誓，说我可以构建精神病学史上最宏大的角色扮演实验，它将拯救你，把你带回现实中。可是如果我错了呢？"他双眼睁大，一手托住下巴，好像要把它推回正常的位置。接着，他垂下手，望着桌子对面的泰迪。"你还不明白吗，安德鲁？如果你败了，我也就败了。如果我败了，一切都完了。"

"老天，"泰迪说，"那真是太糟了。"

窗外传来几声海鸥沙哑的叫声。泰迪闻得到海盐和阳光的味道，还有浸泡在海水中的潮湿沙砾的味道。

考利说道："我们换个方法试试吧。你认为蕾切尔·索兰多——顺便提一下，她是你通过想象虚构出来的——你认为她的姓名跟你死去的妻子的姓名有同样的字母，而且同样都杀死了自己的孩子，仅仅是个巧合吗？"

泰迪站起身，从肩膀开始整双手臂都在发抖。"我老婆没有杀死孩子。我们从来就没有小孩。"

"你们从来没有过小孩？"考利走向墙壁。

"我们从来没有过小孩，你这个蠢货！"

"噢，好吧。"考利扯下另一条床单。

床单后面的墙上是一张犯罪现场示意图，几张湖的照片，还有若干张三个死去小孩的照片，接下来是名字，同样是大字号的大写字母：

爱德华·利蒂斯

丹尼尔斯·利蒂斯

蕾切尔·利蒂斯

泰迪双目低垂盯着自己的手。那双手剧烈地颤抖，仿佛不再是他身体的一部分，要是他能够用脚踩住那双手，他会那样做。

"是你的孩子，安德鲁。你难道就这么站着，一口否认他们曾经存在过吗？"

泰迪用抽搐的手指向房间另一头的考利。"那是蕾切尔·索兰多的孩子，那是蕾切尔·索兰多湖畔小屋的犯罪现场示意图。"

"是你的房子。你们之所以搬去那里，是医生对你妻子的建议。你还记得吗？在她意外地放火烧掉你们之前的公寓后，医生建议让她离开城市，给她一个更自然的环境，或许她就会好转。"

"她没病。"

"她精神失常，安德鲁。"

"你他妈的别再叫我那个名字！她没有精神失常。"

"你老婆有抑郁症，她被诊断患有躁郁症，她有——"

"她没有！"泰迪说。

"她有自杀倾向，她会伤害孩子。你不愿面对现实。你认为她只是身体虚弱，你告诉自己精神是否失常是可以选择的，她唯一要做的就是想起自己的责任，对你、对子女的责任。你酗酒，而且越来越厉害。你躲进自己的壳里，总是不肯回家。你无视所有迹象，老师、教区牧师和她的家人告诉你的一切，你都不予理睬。"

"我老婆没有精神失常！"

"为什么？因为你觉得丢脸。"

"我老婆没有——"

"她看精神科医生的唯一原因，是她曾试图自杀，结果被送去医院。这件事连你也无法控制。医生说她对自身很危险，他们告诉你——"

"我们从来没看过什么精神科医生。"

"她对孩子们很危险，你被一再警告过。"

"我们从来没有过小孩。我们商量过想要，可是她没法怀孕。"

老天哪！他感觉仿佛有人握着擀面杖把玻璃碎片敲进他的脑袋。

"到这儿来，"考利说，"来，凑近一点，看看这些犯罪现场照片上的名字，你会有兴趣知道——"

"那些你可以捏造，你可以编出来。"

"你做梦，你总是在做梦。安德鲁，你不停地做梦。你对我讲过那些梦。你最近有没有梦到过那两个男孩和那个小女孩，嗯？那个小女孩有没有领你去你的墓碑？你是个'糟糕的水手'，安德鲁，你知道这意味着什么吗？意味着你是个糟糕的父亲。你没有为他们导航，安德鲁，你没有救他们。你想谈谈那几段木头吗？到这儿来看看他们，告诉我他们是不是你梦中的小孩。"

"你胡说！"

"那你看呀，到这儿来看。"

"你们给我下药，杀了我的搭档，还说他根本没有存在过。你们要把我关在这儿，因为我知道你们的勾当。我知道那些实验。我知道你们对精神分裂症患者做了些什么，你们随意滥用脑白质切除术，漠视《纽伦堡法案》，我早识破了你们的鬼把戏，大夫！"

"是吗？"考利背靠着墙，双臂交叉于胸前，"那么求你了，教教我吧。过去四天你在这地方四处行走，可以到达这所医院的任何一个角落。那些纳粹医生在哪里？那些撒旦般的手术室在哪里？"

他回到桌边，翻阅了一会儿泰迪的笔记，接着说道："你还是认为我们在给病人洗脑吗，安德鲁？从事长达几十年的实验，制造出——你有一回是怎么称呼他们的？哦，对了——鬼魂士兵？刺客？"他轻声一笑。"我的意思是，我不得不佩服你，安德鲁，即使在这个妄想症愈发严重的年代，你的幻想还是荒谬绝顶。"

泰迪向他伸出一根颤抖的手指。"你们是一所实验性的医院，采用激进的方法——"

"对，没错。"

"你们只收最暴力的病人。"

"又说对了。不过我要补充一点，是最暴力同时妄想最严重的病人。"

"而且你们……"

"我们怎么？"

"你们做实验。"

"对了！"考利双手一拍，迅速鞠了个躬，"罪名成立。"

"实验性的外科手术。"

考利举起一根手指。"啊，不对。抱歉，我们不用手术来进行实验。手术是最后不得已的手段，而不得已的手段总是在遭到我多次最强烈的反对之后才会进行。可是我势单力薄，我也无法在一夜之间改变几十年来的公认惯例。"

"你撒谎！"

考利叹了口气。"只要你能拿出一个证据，证明你的理论——只要一个。"

泰迪默不作声。

"而对于我列出的所有证据，你都拒绝回应。"

"因为那根本不是证据，是你编造出来的。"

考利双手合十，举到唇边，似乎是在祈祷。

"让我离开这座岛，"泰迪说，"作为联邦派来的执法人员，我要求你让我离开。"

考利闭上眼睛，过了一会儿再次睁开时，双目更加清澈，也更为坚定。"好吧，好吧，你把我难倒了，警官。这样吧，我们来点简单的。"他从地上拎起一个柔软的皮革公文包，打开，把泰迪的枪扔在桌上，"这是你的枪，对不对？"

泰迪目不转睛地看着那把枪。

"枪柄上刻着你的姓名缩写，没错吧？"

泰迪凝视着，汗水流进眼睛。

"是，还是不是，警官？是你的枪吗？"

泰迪看见枪管上的凹陷处，那是菲利普·斯塔克斯朝他开枪却击中枪管而留下的，结果那人被弹回的子弹射中。他还看见刻在枪柄上的姓名缩写 E.D.，是他最终在缅因州击毙布雷克后分局送的礼物。还有，在扳机护环下侧有刮痕且稍有磨损，那是他一九四九年冬天在圣路易斯奔跑捉拿罪犯时掉了枪造成的。

"是你的枪吗？"

"是。"

"拿起来，警官。确保里面装了子弹。"

泰迪看着那把枪，又看了看考利。

"动手啊，警官。把它拿起来。"

泰迪把枪从桌上拿起，枪在他的手中颤抖。

"装上子弹了吗？"考利问。

"是的。"

"你确定？"

"我感觉得出分量。"

考利点点头。"那就开枪吧。因为你要离开这座岛，只有这么一条路。"

泰迪试图用另一只手稳住手臂，但那只手同样也在颤抖。他吸了好几口气，缓缓吐出。他透过蒙住双眼的汗水，带着身体的震颤，沿着枪管瞄准。他在准星的另一端看到考利，至多两英尺远，可是他却忽上忽下，忽东忽西，好像两人都站在大海里的一艘船上。

"你有五秒钟，警官。"

考利从无线电背包里拿出听筒，摇了几下手柄，然后泰迪看着他把话筒放到嘴边。

"现在剩下三秒了。扣动扳机，否则你到死那天都得在这个岛上。"

泰迪能感觉出枪的分量。即使双手颤抖，他也还有机会。他可以杀了考利，再干掉候在外面的任何人。

考利说："院长，你可以派他上来了。"

泰迪的视野清晰了，剧烈的颤抖也减弱为轻微的颤动，他沿着枪管向前看，考利正把听筒放回背包。

考利脸上露出奇怪的表情，好像此刻才突然想到，泰迪尚存扣动扳机的能力。于是，考利举起一只手，说道："好吧，好吧。"

泰迪击中考利胸膛正中央，然后将双手举起半英尺高，击中他的脸。

出来的是水。

考利皱了皱眉，然后眨了几下眼，掏出手帕。

泰迪身后的门打开了，他转过身，瞄准进门的男子。

"别开枪，"查克说，"我忘记穿雨衣了。"

23

考利用手帕擦擦脸，又坐到椅子上。查克绕过桌子来到考利身旁，泰迪则转动手中的枪，怔怔地望着。

查克入座时，泰迪向桌子对面望去，注意到他身着一件实验室工作服。

"我以为你死了。"泰迪说。

"没有。"查克答道。

突然间，话语变得难以出口。泰迪感觉快要结巴了，正符合那女医生的预料。"我……我……本来……我本来打算死也要带你离开这儿。我……"他把枪放在桌上，觉得全身的力气都流失殆尽。他瘫在椅子上，无法继续。

"这件事我真的很抱歉。"查克说，"在这出戏开始之前，我和考利医生也经过了好几周的精神折磨。我从没有想让你感觉到背叛，或让你遭受不必要的痛苦。你得相信我。可是我们确定除此之外别无选择。"

"这件事情时间有点紧迫，"考利说，"这是我们为了挽救你所做的最后努力，安德鲁。即使是在这儿，这也是个激进的主意，但我指望它能有用。"

泰迪想拭去流入眼中的汗水，却模糊了双眼。他透过蒙眬的视线看着查克。"你是谁？"他问。

查克朝桌子对面伸出一只手。"莱斯特·希恩医生。"他答道。泰迪对那只悬在空中的手不予理睬，它最终缩了回去。"这么说，"泰迪边说边用鼻子猛吸潮湿的空气，"当时你让我认定必须找到希恩，可你……你正是希恩本人。"

希恩点点头。

"你叫我'头儿'，讲笑话给我听，逗我开心，无时无刻不盯住我，是这样吗，莱斯特？"

他看着桌子对面的希恩，对方试图不把目光移开，但没能做到，只得低头看着领带，用它轻轻拍着前胸。"我必须看住你，确保你的安全。"

"只要安全，"泰迪说，"那么一切都没问题了，都很道德。"

希恩放下领带。"安德鲁，我们认识已经有两年了。"

"那不是我的名字。"

"两年了。我是你的精神主治医师，已经两年了。看着我，难道你认不出我？"

泰迪用西装外套的袖口抹了抹蒙住眼睛的汗水，这下视线清晰了。他望着桌子对面的查克。南方佬查克，他摆弄枪械的别扭感和那双与职业不相符的手，皆是因为它们并非警察之手，而是医生之手。

"我当你是我的朋友，"泰迪说，"我信任你，我告诉你有关我老婆的事，跟你讲我父亲的事。我为了找你爬下那段该死的悬崖。那时你在监视我吗？你在确保我的安全吗？你本来是我的朋友，查克。噢，抱歉，你叫莱斯特。"

莱斯特燃起一支烟。泰迪欣慰地发现莱斯特的双手也在颤抖，但抖得并不厉害，不像他那么严重。莱斯特点着烟后把火柴往烟灰缸里一扔，抖动即刻停止，但是仍然……

我希望你也有同样的病，泰迪心想，无论是什么病。

"对啊，"希恩说（泰迪得提醒自己不要把他当作查克），"我当时是在确保你的安全。我的失踪，没错，是你幻想的一部分。但你本来应该在路上发现利蒂斯的入院初诊表，而不是在悬崖底下。我不小心让它掉下了海岬。我刚从后口袋掏出来，它就被风吹跑了。我爬下去找它，因为我知道如果我不去，你就会去。然后我被困住了，就在悬崖边缘的下面。二十分钟后，你恰好从我身前爬下去，我的意思是，只有一英尺的距离。我差点就伸手抓住你。"

考利清了清嗓子："当我们看到你爬下悬崖的时候，差点要取消这次行动。也许我们应该这么做。"

"取消？"泰迪以拳掩嘴，发出一声嗤笑。

"是的，"考利说，"取消。这是一出剧，安德鲁，是一出——"

"我叫泰迪。"

"戏。剧本是你写的，我们协助你演出。可是没有结局就不能成戏，结局永远都是你到达这座灯塔。"

"方便得很。"泰迪边说边环顾四周的墙。

"两年来，你几乎一直在对我们讲这个故事。你如何到这里来寻找一名失踪的病人，如何在无意中发现我们纳粹式的手术实验、苏联式的洗脑。病人蕾切尔·索兰多如何杀死她自己的孩子，手法与你老婆杀死你们的孩子如出一辙。正当接近真相之时，你的搭档——你难道不喜欢你给他取的名字：查克·奥尔？我的意思是，老天，你以快好几倍的速度说出这个名字试试。^①这只不过是你开的另一个玩笑，查克——你的搭档被抓走了，只剩你一人孤军奋战，但我们抓住了你，我们如何给你下药，你如何在向参议员赫利汇报这件事情之前被关了起来。你想要新罕布什尔州在任参议员的名单吗，安德鲁？我这里有。"

"这些全都是你们造出来的？"泰迪问，"是的。"

泰迪笑了，像多洛雷丝去世之前那样放声大笑。他听着自己响亮的笑声，回音缭绕，与他嘴里发出的又一串笑声交汇，在他的头顶回荡，铺满四周的墙壁，迅速扩散到外面的海浪中。

"那你是怎么伪造出一场暴风雨的？"他拍着桌子问道，"大夫，告诉我。"

"暴风雨造不出来。"考利回答。

"对，"泰迪说，"造不出来。"他又开始拍击桌面。

考利看看他的手，然后抬头望着他的双眼。"但有时候你可以预测它要来了，安德鲁，尤其是在岛上。"

泰迪摇摇头，感觉到笑容仍然石膏般凝结在他脸上，尽管这笑容的温度已经消失，尽管这笑容看上去可能既愚蠢又无力。"你们这些人从来不肯认输。"

"暴风雨对你的幻想至关重要，"考利说道，"于是我们等来了这一场。"

泰迪说："撒谎。"

---

① "查克·奥尔"原文为 Chuck Aule，连读时与 chuckle（轻笑）发音相近。

"撒谎？你怎么解释易位构词法的事情？照片上那些孩子——假如是蕾切尔·索兰多的孩子，那么你从没见过——怎么会恰恰是你梦里出现的那几个？当你走进这扇门时，安德鲁，我怎么会知道要对你说'你怎么全身都湿透了，宝贝'？你以为我能读懂别人的心思？"

"不，"泰迪说，"当时我身上确实湿了。"

有那么一会儿，考利的脑袋仿佛即将从颈部发射出去。他长长地吸了口气，双手相扣，向前紧挨桌子。"你的枪里填满了水。你那些密码？太显而易见了，安德鲁，你在跟自己开玩笑。看看你笔记本里的这串密码，最后一串。你看看，九个字母，三行，要破译它轻而易举。你看看。"

泰迪低头看着纸页。

13(M)–21(U)–25(Y)–18(R)–1(A)–5(E)–8(H)–15(O)–9(I)

"我们没时间了，"莱斯特·希恩说道，"你要理解，它总在变化，我是说精神病学。有时候学科内部也会有自己的战争，我们快要输了。"

M–U–Y–R–A–E–H–O–I

"是吗？"泰迪茫然地问，"你说的'我们'是谁？"

考利说："是这样一群人，他们相信触及人思想的方式，不是用碎冰锥扎大脑或使用大剂量的危险药物，而是通过对自我的坦诚接纳。"

"对自我的坦诚接纳，"泰迪重复道，"天哪，说得还真动听。"

考利说过，三行。也许每行有三个字母。

"听我说，"希恩说道，"如果我们在这里失败，那就是输了，不仅仅关系到你。当前，优势还在外科医生手上，但局面很快将发生变化，药剂师会控制大局，手段之野蛮不会减少一分。看上去就是这样。目前这种把人变成僵尸后关押起来的做法会在更体面的掩饰下进行，这里，在这个地方，它就会用到你身上，安德鲁。"

"我叫泰迪，泰迪·丹尼尔斯。"

泰迪猜出第一行也许是"你"(you)。

"奈林已经用你的名字订好手术室了，安德鲁。"

泰迪的目光从纸上抬起。

考利点点头。"我们在这出戏上花了四天时间。如果失败了，你就会被送去手术。"

"什么手术？"

考利看着希恩，希恩则凝视着手中的烟。

"什么手术？"泰迪再次问道。

考利正待张口，却被希恩打断了，他的声音十分憔悴："经眼眶的前额叶脑白质切除术。"

泰迪听罢一惊，目光回到那页纸上，找出了第二个字："是"(are)。"就像诺伊斯一样，"他说，"我猜你会告诉我说，他也不在这里。"

"他在这里。"考利说，"你对希恩医生讲的有关他的大部分故事都是真的，安德鲁。但他从没有回过波士顿，你从没在监狱里遇见过他。自一九五〇年八月以来他一直在这儿。他确实达到了条件，可以从 C 区转出入住 A 区，可是之后就遭到了你的殴打。"

泰迪从最后三个字母上抬起眼："我怎么了？"

"你打了他，两个星期前，几乎把他打死。"

"我为什么要那样做？"

考利向希恩望去。

"因为他叫你利蒂斯。"希恩说。

"不，他没有。我昨天还看到他，他——"

"他怎么？"

"他没有叫我利蒂斯，我绝对可以肯定。"

"没有？"考利翻开他的笔记本，"我有你俩的谈话记录。我办公室里还有录音带，不过现在我们姑且先看看谈话记录吧。你听听这是不是很熟悉？"他扶正了眼镜，脑袋朝那一页纸凑过去，"我引用这儿的话——'这事跟你有关。还有，利蒂斯，从头到尾都是这样。我只是偶然被卷进来，用来牵线搭桥罢了。'"

泰迪摇摇头。"他不是在叫我利蒂斯。你偷换了重点。他是说，这事跟你有关——指的是我——还有利蒂斯。"

考利嗤笑一声："你还真有本事。"

泰迪露出微笑。"你才真有本事呢。"

考利往下看着谈话记录。"那这个呢——你还记得问过诺伊斯，他的脸怎么了吗？"

"当然记得。我问他谁该承担责任。"

"你当时的原话是'谁干的'，对吗？"

泰迪点点头。

"然后诺伊斯回答——我引用这一句——'你干的'。"

泰迪说："对，可是……"

考利盯着他，就像盯着玻璃瓶里的一只昆虫。"什么？"

"他当时说得像……"

"我听着呢。"

泰迪觉得词语很难连缀成句，或像货车车厢那样排列成行。

"他的意思是——"他缓慢、谨慎地说，"我没能阻止他被送回这里，这间接导致他挨打。他并不是说我打了他。"

"他说，你干的。"

泰迪耸耸肩。"他是这么说，但我们俩对那句话的解读不同。"

考利翻过一页。"那这个呢？诺伊斯又说：'他们知道。你还不明白吗？你的一举一动，你的整个计划。这是个游戏，一出精心布置的舞台剧。所有这些都是为了你。'"

泰迪靠在椅背上。"照这么说，所有这些病人，所有的人都认识我两年了，然而在过去四天里，在我进行这个，呃，化装舞会时，竟会没有一个人向我吐露半句实话？"

考利合上笔记本。"他们习惯了，一年来你时不时地把那个塑料警徽出示给人看。一开始我以为那是个值得一试的测验——把那个塑料徽章给你，看你反应如何。但你使用的方式却是我完全没有算到的。来，把你的钱包打开，告诉我它是不是塑料做的，安德鲁。"

"让我先把密码破译出来。"

"你差不多完成了，只剩三个字母。要帮忙吗，安德鲁？"

"是泰迪。"

考利摇摇头。"安德鲁，安德鲁·利蒂斯。"

"泰迪。"

考利看着他在纸上排列那些字母。"是什么？"

泰迪笑了。

"告诉我们。"

泰迪摇摇头。

"别这样，跟我们分享吧。"

泰迪说："是你干的，那些密码是你留下的。你用我老婆的名字造出蕾切尔·索兰多这个名字，都是你的鬼把戏。"

考利语速缓慢、一字一句地问道："最后那个密码是什么？"

泰迪把笔记本转过去，让他们看到：

你（YOU）

是（ARE）

他（HIM）

"你满意了？"泰迪说。

考利站起身，看上去精疲力竭，似乎已紧绷到极限，言语中透着一种泰迪从没听过的凄凉。

"我们抱过希望，原本指望能够拯救你。我们把名誉都押在上头。现在消息传开，会说我们竟然允许一名病人将他最离谱的妄想搬进现实，到头来得到的不过是几个受伤的警卫和一辆烧毁的汽车。专业上的羞辱对我来讲不是问题。"他向那个小窗格外面望去，"也许我不适合这个地方，或是这个地方不适合我。但总有一天，警官先生，这一天不会太远，我们治疗人类经历的手段，将会来自人类经历本身，这点你明白吗？"

泰迪无动于衷。"不太明白。"

"我不指望你会明白。"考利点点头，双臂于胸前交叉。整个房间好一会儿都鸦雀无声，唯有微风的吹拂和海浪的冲撞。"你当兵时拿过很多勋章，接受过一流的徒手格斗训练。自从你来到这里，已经打伤了八个警卫，还不包括今天的两个，还有四名病人和五个杂工。我和希恩医生一直在尽我们所能为你争取，可是大多数医务人员和所有监狱工作人员都要求我们拿出成果来，否则就得剥夺你的行动能力。"

他离开窗台，向书桌这头探过身子，哀愁而幽深的双眼盯住泰迪。"这是我们最后一丝希望，安德鲁，如果你不承认自己是谁、做过什么事，如果你自己不努力游向精神健全的彼岸，那我们没法救你。"他朝泰迪伸出手。"握住它，"他说，声音嘶哑，"求你了，安德鲁，帮我拯救你。"

泰迪坚定又决绝地握了握那只手，向考利报以最最直率的握手和最最直率的凝视，然后露出微笑，说道："别再叫我安德鲁。"

24

泰迪戴着镣铐被带到了C区。

一进楼，他们就带他去地下室，囚室里的人纷纷朝他大吼大叫，称他们准保会伤害他，准保会强奸他。有一个还发誓说，要把他像母猪那样捆起来，然后把他的脚趾一个一个地吃掉。

他戴着脚镣手铐，两旁各有一名警卫。这时一位护士进入囚室，在他手臂上注射什么。她有一头草莓色的头发，身上带着香皂的味道，当她凑近给他打针时，泰迪闻出一缕她的气息，认出了她。

"你假扮过蕾切尔。"他说。

她说道："按住他。"

警卫们抓住他的肩把他的胳膊扳直。

"是你，你染过头发，你是蕾切尔。"

她说"别动"，然后把针扎进他的手臂。

他迎上她的目光。"你是个出色的演员。我是说，你真把我给骗过去了，对我讲你亲爱的、死去的吉姆怎样怎样。可真有说服力啊，蕾切尔。"

她垂眼避开他的目光。

"我叫埃米莉，"她边说边把针头拔出来，"现在你睡吧。"

"等等。"泰迪说。

她在囚室门口驻足，回首看着他。

"就是你。"泰迪说。

那个点头并非发自她的下巴，而是她的眼睛：向下微微一扫，然后她给了他一个微笑。如此凄楚，让他不禁想亲吻她的发丝。

"晚安。"她说道。

他完全没觉察到警卫解下他的镣铐，也没听到他们离开。其他囚室传来的声响平息了，紧贴他脸部的空气变成琥珀色，他感觉仿佛平躺在一朵潮湿的云中央，双脚双手如海绵一般。

然后他做了梦。

在梦里，他和多洛雷丝住在湖畔的一座屋子里。

因为他们必须离开城市。

因为城市既残忍又暴力。

因为她一把火烧了他们在梧桐树大街上的公寓，想把鬼魂赶走。

他梦到他们的爱情坚定如钢，任凭火烧雨淋、铁锤敲打仍坚不可摧。

他梦到多洛雷丝精神失常。

他梦到一天晚上他喝醉时他的小蕾切尔说的话，当时他还不至于醉到没法给她讲枕边故事。蕾切尔叫他："爸爸？"

他问："怎么啦，亲爱的？"

"妈妈有时候看着我的样子好怪。"

"怎么怪了？"

"就是很怪。"

"会让你笑出来吗？"

她摇摇头。

"不会？"

"嗯。"她回答。

"哦，那她是怎么看你的？"

"好像是我叫她很伤心。"

然后他为她塞好被子，亲亲她，跟她道晚安，接着用鼻子轻触她的脖颈，告诉她说她没有叫任何人伤心。不会的，不可能，永远都不。

又一个晚上，他正要上床睡觉，多洛雷丝揉着手腕上的疤痕，躺在床上望着他说："你去另一个地方之后，一部分的你就没再回来。"

"什么另一个地方，亲爱的？"他把手表搁在床头柜上。

"回来的那部分你，"她咬住嘴唇，看上去好像正要用双拳捶打自己的脸，"却不该回来。"

她以为街角的肉店老板是个间谍。她说他朝她微笑的同时手上的切肉刀正在滴血，而且她肯定他会讲俄语。

她说有时她可以感觉到那把切肉刀抵在她胸前。

有一回他们去芬威球场看棒球比赛，小泰迪对他说："我们可以住在这儿。"

"我们本来就住在这儿啊。"

"我的意思是：住在这个球场。"

"我们住的地方有什么不好？"

"水太多了。"

泰迪从便携扁酒瓶里啜了一口，开始琢磨他这个儿子。他个头高，很结实，但对于这个年纪的男孩来讲，他太容易哭了，而且动不动就受到惊吓。这年头孩子们就是这样成长的。在经济高速发展的年代，他们被过分溺爱，性格软弱。泰迪希望自己的母亲还在世，这样她就能教育这些孙辈要勇敢、坚强。这个世界才不管你呢，不会给予你什么，只会夺走。

当然，这方面的教育男人也可以做，但是能一点一滴对他们灌输的还得是女人。

然而，多洛雷丝却用梦和幻想充斥他们的脑袋，带他们看了太多电影、马戏和狂欢表演。

他又从酒瓶里啜了一口，对儿子说："水太多了。还有其他什么吗？"

"没了，爸爸。"

他会问她："怎么回事？有什么我没做？有什么我没给你？要怎么做才能让你开心？"

她会说："我很开心。"

"不，你不开心。告诉我需要做什么，我就会去做。"

"我没事。"

"你变得火气很大。不发火的时候，你就开心过头，兴奋得团团转。”

“哪有？”

“这样吓到了孩子，也吓到了我。你没事才怪。”

“我没事。”

“你总是闷闷不乐。”

“不，”她说，“你才是。”

他跟牧师谈过，牧师来拜访了一两次。他也跟她的姐妹谈过，姐姐德莉拉有一回从弗吉尼亚州赶来待了一周，似乎起了点作用。

他们都只字不提看医生的事，疯子才需要看医生。多洛雷丝没疯，她只是精神绷得太紧。

精神绷紧，情绪哀伤。

泰迪梦到有一晚她叫醒他，让他去拿枪。那个肉店老板在他们屋里，她说，就在楼下厨房，正在用俄语打电话。

那一夜，椰林俱乐部前的人行道上，他探入出租车内，脸离她仅一英寸……

他朝里望着，心想，我认识你，我已经认识你一辈子了。我一直在等，等着你出现，这么多年来一直在等。你还没出生，我就认识你了。

就这么简单。

他坐船到国外打仗前，并不像其他美国大兵那样迫切想跟她上床，因为那一刻他知道，他会从战场上平安归来。他会回来，因为诸神不会摆出特定的星相，注定让你遇见自己灵魂的另一半，然后又把她从你身边带走。

他探入车内，告诉她这些，然后说："别担心，我会回来。"

她用手指触碰他的脸。"你会，是吗？"

他梦到自己回到了湖畔的小屋。

之前在俄克拉何马州，他花了两个星期追捕一个家伙，从南波士顿码头区到俄克拉何马州的塔尔萨市，中间停留过大约十个地方，他总是慢了半步。最后，那人从一个加油站的厕所出来时，跟他撞了个满怀。

他那天上午十一点踏进家门，庆幸当天不是周末。男孩们都去上学了，他感到全身的骨头似乎仍停留在旅途的颠簸中，急切渴望挨到枕头。他走进屋里，一边唤着多洛雷丝，一边倒了双份的苏格兰威士忌。这时她从后院进来，说："不够多。"

他端着酒转身问道："你说什么，亲爱的？"他发现她身上湿漉漉的，好像刚刚走出淋浴间，但她穿着一件旧的深色连衣裙，上面的印花已经褪色。她赤着脚，水从她的发梢滴落，从她的裙边滴落。

"宝贝，"他问，"你怎么全身都湿透了？"

她说"不够多"，把一个瓶子放在流理台上，又说"我还醒着呢"，然后走出去。

泰迪望着她走向亭子，拖着长长的步子逶迤向前，晃晃悠悠。他把酒放在流理台上，拿起那个瓶子，发现是她出院后医生开的阿片酊。每当他不得不出差时，他就算出这期间她需要几茶匙的量，然后将药剂倒入一个小瓶，放在她的药箱里，大瓶则被他锁进地窖。

这个瓶子里有六个月的剂量，已被她用光。

他看到她步履蹒跚地走上亭子的台阶，跪倒在地，又继续向上走。

她是怎么弄到这个瓶子的？地窖橱柜上的锁可不是普通的锁，就算是强壮的男人用钳子也无法打开。她不可能弄开它，而且唯一的钥匙在他手上。

他望着她坐在亭子中央的秋千上，然后看看那个瓶子。他想起离开的那晚，他就站在这里，把所需剂量一茶匙一茶匙地倒进药箱的小瓶里，然后喝了一两口黑麦威士忌，望着窗外的湖面，把小瓶放进药箱里，上楼跟孩子们道别。回到楼下，电话铃响起。他接了分局打来的电话，抓起外套和旅行包，在门口吻了她，向他的车走去……

却把那个大瓶子留在了厨房流理台上。

他打开纱门走到外面，穿过草坪来到亭子前，拾级而上。她则望着他走过来，全身湿透，慵懒地摇着秋千前后摇荡，一条腿悬在空中摇晃。

他问道："亲爱的，你是什么时候把这个喝光的？"

"今天上午。"她朝他吐了吐舌头，然后给了他一个迷蒙的微笑，抬头望着亭子弧形的顶部，"可是，还不够多，睡不着。我就想睡觉，太累了。"

他看到那几段木头漂浮在她身后的湖面，心知它们并非木头，但却将目光移回到妻子身上。"你为什么会觉得累？"

她耸耸肩，放下手往身子两侧一拍。"对这一切都倦了，真累啊，就只想回家。"

"这里就是你的家啊。"

她朝亭子顶部指指。"回老家。"她说。

泰迪又朝那几段木头望去，它们在水中缓缓转动。

"蕾切尔在哪儿？"

"在学校。"

"她太小了，学校还不接收她，亲爱的。"

"我的学校不会。"她回答，朝他露出牙齿。

泰迪惊叫起来。他大声喊着，声音大到多洛雷丝从秋千架上惊落，他从她身上跃过，从亭子后面的护栏上跃过，一路边跑边喊着"不"，喊着"上帝"，不要啊！千万别！是我的孩子啊！耶稣啊！噢，噢，噢！

他纵身跳入水中，绊了一下，脸朝下跌进湖里。湖水像油似的裹住他，他向前游啊游，从那三段木头中间冒出水面。那三段木头，是他的孩子们。

爱德华和丹尼尔斯脸朝下，蕾切尔却是仰面浮着，双眼睁开望着苍穹，瞳孔里铭刻着她母亲的忧伤，目光追寻着天空中的云朵。

他把他们一个接一个捞出来放在岸边，动作小心翼翼。他坚定又温柔地抱住他们，可以感觉到他们的骨头。他抚摸着他们的面颊，还有他们的肩膀、胸膛、双腿、双脚。他亲吻了他们好多遍。

然后，他跪倒在地呕吐起来，直至胸口灼烧，胃里呕空。

他又回来把他们的手臂交叉放在胸前，这时他注意到丹尼尔斯和蕾切尔手腕上有绳子绑过的痕迹，当即明白爱德华是第一个死的，另外两个孩子当时在边上，听到了动静，知道她会回来找他们。

他再次亲吻每个孩子的脸颊和额头，然后合上蕾切尔的双眼。

她把他们带到水中时，他们可曾在她怀里挣扎过？他们可曾喊叫过？或者他们渐渐失去力气，呻吟着放弃了挣扎？

他眼前浮现出他们相遇那晚她穿着紫罗兰色裙子的模样，还有第一眼见到她时她脸上的神情，他当时就爱上了那种神情。他本来以为她的神情仅仅是因为那条裙子，因为她为在一家高档俱乐部里穿着一条精致的裙子而忐忑不安，但实际并非如此。那是惶恐，无法克制又始终存在的惶恐。那是对外界的惶恐——那惶恐来自火车、炸弹，也来自叮叮当当的有轨电车、霰弹枪、黑暗的街道、俄国人、潜水艇、充满怒汉的小酒馆、鲨鱼遍布的海洋和手握步枪的亚洲人。

她害怕所有这些，怕得要命，但最令她害怕的东西来自她自身，一只拥有超常智慧的虫子待在她的脑袋里，伴随她一生，肆意摆弄她的大脑，到处爬来爬去，心血来潮就扯松里面的线路。

泰迪离开孩子们，在亭子里坐了许久，看着她荡秋千。最最糟糕的是，他多么爱她啊。如果可以牺牲自己的头脑来让她恢复正常，他会去做的。卖掉自己的四肢？可以。一直以来她就是他全部的爱。是她让他挺过战争，在这个可怕的世界上继续生存。他爱她胜过自己的生命，胜过自己的灵魂。

但他却辜负了她，辜负了他们的孩子，辜负了两人共同缔造的生活。因为他拒绝看清她，拒绝真正了解她，拒绝明白她精神失常并非她的过错，不是她能控制的，也不能证明她有道德上的弱点或者缺乏坚韧的品格。

他拒绝认识这些，因为假如她确实是他的真爱，他永远的另一半，那么别人会怎样看待他的头脑、他的神智和他的道德弱点？于是，他回避这一切，躲避她。他丢下她，他唯一的爱，让她孤身一人，让她的头脑销蚀自身。

他望着她摇摆。噢，天哪，他是多么爱她。爱她，胜过爱他的两个儿子。（这令他深感愧疚。）

但胜于他对蕾切尔的爱吗？也许没有。也许没有。他看到蕾切尔在母亲的怀抱里，让母亲把她带到水中。他看到女儿睁大双眼，沉入湖里。

他看着妻子，眼前仍然浮现出女儿的身影，心里想着：你这个残忍、冷酷的精神病贱女人。

泰迪坐在亭子的地上哭泣，不知哭了多久。他流着泪，看到他带鲜花回家时站在门前台阶上的多洛雷丝，看到蜜月旅行时回眸望着他的多洛雷丝，看到身着紫罗兰色裙子的多洛雷丝、怀着爱德华的多洛雷丝、吻过后推开他将他脸颊上一根她的睫毛拂去的多洛雷丝、蜷曲在他怀里对着他的手轻轻一啄后放声大笑的多洛雷丝、露出像星期天上午那样愉快微笑的多洛雷丝，还有面孔破碎、只剩一对大眼睛瞪着他的多洛雷丝，她看起来如此害怕、如此孤单，始终是这样，未曾改变，某一部分的她如此孤单……

他站起身，膝盖发颤。

他在她身旁坐下。她说道："你是我的好男人。"

"不，"他说，"我不是。"

"你是。"她握住他的手，"你爱我。我知道。我知道你不完美。"

他们当时在想什么？——丹尼尔斯和蕾切尔——当他们醒来，发现妈妈正用绳子绑住他们的手腕时，当他们注视着她的双眼时，心里在想什么？

"噢，老天啊！"

"我知道。但你是我的，而且你很努力。"

"噢，宝贝，"他说，"请别再说了。"

还有爱德华。爱德华应该会想逃走，她就会在屋子里追他。

现在她神采奕奕，非常快乐。她说："我们把他们带到厨房里去吧。"

"什么？"

她爬到他身上，跨坐着把他拥入她潮湿的怀里。"我们来让他们坐在餐桌边，安德鲁。"她吻了吻他的眼睛。

他抱住她，将她的身体紧紧揽住，伏在她的肩头哭泣。

她说："他们是活的洋娃娃，我们把他们的身子擦干。"

"什么？"他伏在她肩头闷声问道。

"我们为他们换衣服。"她在他耳边低语。

他无法看着她被关在白色的盒子里，白色的橡皮盒子，盒盖上只有一扇小小的观察窗。

"今天晚上让他们睡我们的床。"

"求求你别再说了！"

"就一晚。"

"别说了。"

"然后明天我们可以带他们去野餐。"

"要是你爱过我……"泰迪看着他们躺在岸边的景象。

"我一直爱着你，宝贝。"

"要是你爱过我，那就别说了。"泰迪说。他想去孩子们身边，让他们复活，带他们离开这里，离开她。

多洛雷丝一只手放在他的枪上。他紧紧扣住那只手。

"我要你爱我，"她说，"我要你给我解脱。"

她拽着他的枪，但他挪开她的手。他望着她的眼睛，那样明亮而具有杀伤力。那不是人的眼睛，也许是狗的，也许是狼的。

二战之后，去过达豪集中营后，他就发誓不再杀人，除非别无选择，除非另一个人的枪已经指着他，只有这种时候例外。他再也无法要人的性命，再也无法做到。

她用力拉着他的枪，双眼变得更为明亮，他再次挪开她的手，向湖边望去，看到他们整齐地排列着，肩并着肩。他从枪套里拔出手枪，拿给她看。

她咬住嘴唇，流着泪点点头。她抬头望着亭子顶部，说："我们假装他们还跟我们在一起。我们来给他们洗澡，安德鲁。"

然后，他用枪抵住她的腹部，他的手在颤抖，嘴唇哆嗦着说："我爱你，多洛雷丝。"

即使在那一刻，他的枪抵住她身体的一刻，他还是确定自己无法做到。

她朝下一看，似乎很惊讶还坐在他身上。"我也爱你，我真爱你，我爱你就像……"

然后，他扣动扳机。枪声从她的眼睛里传出，她嘴里噗地吐出一口气，一只手捂住那个窟窿望着他，另一只手紧抓着他的头发。

鲜血溢出时，他把她拉近，她的身体在他怀里渐渐变软，他揽着她，抱着她，泪水中饱含着对她的深情，浸湿了她褪色的衣衫。

他在黑暗中坐起身，先闻到了香烟的气味，接着看到烟头发出的光，火光一亮，希恩抽了一口烟望着他。

他坐在床上落泪，哭泣不止，喊着她的名字："蕾切尔，蕾切尔，蕾切尔。"他看到她的双眼注视着天空中的云朵，发丝向四周飘散开去。

待到他停止抽泣，眼泪不再流淌时，希恩问："蕾切尔全名叫什么？”

“蕾切尔·利蒂斯。”他回答。

“那你叫……”

“安德鲁，”他说，“我叫安德鲁·利蒂斯。”

希恩打开一盏小灯，映照出铁栅栏外的考利和一名警卫。那名警卫背朝他们，考利向里面望着，双手抓着栅栏。

“你为什么在这里？”考利问。

他接过希恩递来的手帕，擦了擦脸。

“你为什么在这里？”考利再一次问道。

“因为我杀了我老婆。”

“你为什么那样做？”

“因为她杀了我们的孩子，而且她需要安息。”

“你是联邦法警吗？”希恩问。

“不，我以前是，现在不是了。”

“你在这里待了多久？”

“从一九五二年五月三日到现在。”

“蕾切尔·利蒂斯是谁？”

“我女儿，当时她四岁。”

“谁是蕾切尔·索兰多？”

“她不存在，是我编出来的。”

“为什么？”考利问。

泰迪摇头。

“为什么？”考利再次问。

“我不知道，我不知道……”

“你知道，安德鲁。告诉我为什么。”

"我不能。"

"你能。"

泰迪抓住自己的脑袋摇来晃去。"别逼我说出来。好不好？求你了，大夫！"

考利紧抓着铁栅栏。"我必须听你说出来，安德鲁。"

他透过铁栅栏望着考利，真想扑上前去咬他的鼻子。"因为，"他欲言又止，清清嗓子，朝地上吐了口唾沫，"因为我接受不了，我知道是我让老婆杀死孩子的。我忽略所有的征兆，指望一切都会过去。是我害了他们，因为我没有带她去寻求帮助。"

"还有呢？"

"知道这个实在太痛苦了，我没有办法接受。"

"但你不得不接受，你自己心里清楚。"

他点点头，把双膝抱在胸前。

希恩回头瞥了眼考利。考利隔着铁栅栏注视着里面，点了一根烟，目不转睛地盯着泰迪。"我怕的就是这个，安德鲁。我们以前也走到过这一步。九个月前我们有过同样的突破，但接着你就倒退了回去，非常快。"

"对不起。"

"谢谢你这么说，"考利说，"但现在道歉对我没有意义。我必须知道你接受了现实，我们谁都经不起再一次倒退。"

泰迪看着考利，这个眼睛下方挂着大眼袋、过于消瘦的男子，这个前来拯救他的人。这人可能是他仅有的一个真正的朋友。

他在她的双眼里看到枪声；他把两个儿子的手放在他们胸前时，感觉到他们的手腕湿漉漉的；他看到女儿的头发，用食指把头发从女儿脸上拂开。

"我不会再倒退回去了，"他说，"我叫安德鲁·利蒂斯。一九五二年的春天，我杀死了我的老婆多洛雷丝……"

25

他醒来时，阳光照进房间。

他坐起身，朝铁栅栏望去，却发现只有一扇窗，比正常的位置低，然后他才意识到这是因为自己身在高处，还在那个与特里和毕比同住的房间里，睡的是上铺。

屋内空无一人。他从上铺跳下，打开衣橱，发现里面有他的衣服，刚洗干净送回来。他穿上了，走向窗户，一只脚搁在窗台上系鞋带，目光投向窗外的院落，看到数目相当的病人、杂工和警卫，有的在医院前面兜来转去，有的在打扫卫生，还有的在照料喷泉四周残余的蔷薇花蕾。

给另一只脚系鞋带时，他仔细观察了自己的手：它们稳若磐石。他的视线如孩提时代一般清晰，头脑也同样清醒。

他离开房间，走下楼梯，进入院子，在通风廊上从马里诺护士身边经过。她朝他微微一笑，道了声："早上好。"

"今天早晨真美。"他说。

"真是美极了。我想暴风雨把夏天吹得再也不会回来了。"

他靠在扶栏上，望着那片蓝得如同婴儿眼睛的天空，闻到了空气中六月之后就未曾有过的清新气息。

"好好享受吧。"马里诺护士说。他的目光尾随她走向通风廊那头，打量着她扭动的臀部，觉得这也许是个健康的征兆。

他走进院子，经过几个下了班正在玩掷球游戏的杂工。他们向他挥挥手说："早上好。"他也挥手问候。

他听到渡轮靠近码头时的鸣笛声，看见考利和院长在医院前方的草坪中央交谈。他们朝他点点头，他也点头回应。他在医院台阶的一角坐下，望着周遭的一切，感受到久违的愉悦心情。

"来。"

他接过香烟放进嘴里，身子朝火焰凑过去。在芝宝打火机合上前，他闻到了汽油味。

"今天上午怎么样？"

"很好，你呢？"他把烟吸入肺里。

"好得没话说。"

他发现考利和院长正注视着他们。

"我们有没有搞清楚院长的那本书是什么？"

"没有，这个谜也许会跟我们一起进坟墓。"

"那就实在太遗憾了。"

"这世上有些事情注定不会让我们知道，姑且就这么想吧。"

"这想法挺有意思。"

"好吧，我试着这么想。"

他又抽了一口烟，注意到烟草抽起来非常甜，味道也很浓郁，萦绕在喉咙中。"我们下一步行动是什么？"他问。

"你说吧，头儿。"

他朝查克微笑。两人悠然自得地坐在早晨的阳光下，仿佛世间一切都很如意。

"得想办法离开这个岛，"泰迪说，"赶紧回家。"

查克点点头。"我就猜到你会说类似的话。"

"有什么主意吗？"

查克说："让我想想。"

泰迪点点头，身子向后靠在台阶上。他可以让查克想一会儿，甚至好一会儿。他望着查克在举起手的同时摇摇头，然后看到考利点头示意，跟院长说了几句话，然后他们穿过草坪朝他走来。四个杂工尾随其后，其中一人手持一个白色包裹，是某种材质的布料。当那个杂工打开包裹，将它摊开在阳光下时，泰迪觉得里面有什么金属的东西闪了一下。

泰迪说："想不出来，查克，你认为他们看穿我们的计划了吗？"

"不会的。"查克向后仰头，在阳光下稍稍眯起眼，接着朝泰迪咧嘴一笑，"这方面我们太聪明了。"

"对，"泰迪说，"的确是这样，不是吗？"

图书在版编目（CIP）数据

禁闭岛 / （美）丹尼斯·勒翰著；金宇译. -- 海口：
南海出版公司，2024. 8. -- ISBN 978-7-5735-0942-0

Ⅰ. I712.45

中国国家版本馆CIP数据核字第20247SL169号

著作权合同登记号　图字：30-2015-018

禁闭岛

〔美〕丹尼斯·勒翰 著

金宇 译

出　　版	南海出版公司　　（0898）66568511
	海口市海秀中路51号星华大厦五楼　　邮编 570206
发　　行	新经典发行有限公司
	电话(010)68423599　　邮箱 editor@readinglife.com
经　　销	新华书店

责任编辑　张　锐
特邀编辑　曹　阅
营销编辑　周昕诺　陈兆鑫
装帧设计　李照祥
内文制作　田小波　张　典

印　　刷	北京盛通印刷股份有限公司
开　　本	880毫米×1230毫米　1/32
印　　张	10.5
字　　数	240千
版　　次	2024年8月第1版
印　　次	2024年8月第1次印刷
书　　号	ISBN 978-7-5735-0942-0
定　　价	59.00元